綺咲潔
ill.とよた瑣織
キャラクター原案 きよせ
novel スピラ
JN137414
裏切られたので
こちらから
婚約破棄させて
いただきます
侯爵令嬢
リディアの
美しき決断

アーネスト・マクラレン
マクラレン王国の王太子
リディア・ベルレアン
ベルレアン侯爵令嬢
――いよいよ始まるのね。

今から
王城勤務者二名の
弾劾の検討を始める。
名を呼ぶので
二名は、前に出ろ！
エイミー・コールデン
コールデン子爵令嬢
ロジェリオ・ライブリー
ライブリー侯爵家の嫡男

君のことが心配で頭から離れなくて、
夜中だがこっそり会いに来てしまった。
夢かと思いました。
でも、本当にアーネスト様……!?

綺咲潔
ill.とよた瑣織
キャラクター原案 きよせ
novel スピラ
裏切られたので
こちらから
婚約破棄させて
いただきます
侯爵令嬢リディアの美しき決断

Contents

プロローグ

それは五年前のことだった。

「リディ、ロジェ、今日は君たちに大切な話がある」

ある日突然、幼馴染みであり王太子でもあるアーネスト様が、私と同じく幼馴染みのロジェリオことロジェ様を王子宮に呼び出し、今まで目にしたことがないほど深刻そうな表情で言った。

その言葉に、私の心臓がドクンと鳴る。

「アーネスト、いったい何があったんだ？」

ロジェ様の問いかけに続けて、私もすかさず彼に訊く。

「アーネスト様がそのようなお顔をされるとは、いったいどのようなお話でしょうか？」

その問いに、アーネスト様は切なさと寂しさが入り混じったような笑みを浮かべて答えた。

「俺はこの国の王太子だろう？　それで此度、隣国との平和条約締結のために、国際交流として、王太子の俺が隣国の王子と交換で、向こうの王宮に留学することになったんだ」

「いつからですかっ？」

「もう三日後には、この国を発つ予定だよ」

「えっ……？　そんな早くにか⁉　いくらなんでも、突然過ぎるだろ……」

ロジェ様はあまりに唐突な言葉に狼狽《うろた》えた様子で声を漏らした。

一方、思いがけないほど早い突然の別れを知った私は、驚きのあまり声も出なかった。

しかし、どれだけ驚いたとしても聞かなければならないことがある。

「……すぐに帰って来ますよね？　まさか二度と会えないなんてことないですよね？」

「まったく会えないということはないと思う。しかし、また会える日がいつ来るかは……正直分からない」

期待とは裏腹な返答に、私は思わず頭を殴られたかのような衝撃を受けた。

アーネスト様とロジェ様と私は母親同士が友人のため、幼少期から三人でよく遊んでいた。いわゆる幼馴染みというやつだ。

アーネスト様は小柄で私と同じ身長。それでいて中性的な顔立ちだったため、女の子に間違われることもあった。

けれど、三人の中で誰よりも広い心の持ち主でもあった。私たちのどんなに面白くない話でも楽しそうに聞いてくれたり、相談があったら誰よりも真剣に考えてくれたりする、まるで兄のような存在だった。

実際、私は年齢の離れた実の兄よりも、一つ年上のアーネスト様によく懐《なつ》いていたし、ロジェ様にとっても相当信頼できる相手だったはずだ。

だからこそ、私はアーネスト様がこの三人の空間からいなくなるということが信じられなかったし、信じたくなかった。

歴史を振り返ると、他国では平和条約を結ぶために外国に留学した王子が、人質となり殺された事例がある。

また、殺されずとも一生祖国に帰って来ることが叶わなかった王子の話を聞いたことがある。

それゆえに、この突然の知らせは私たちにとって良くないものに他ならなかった。

しかし、そんな私たちの心配や不安をよそに、アーネスト様は続けた。

「俺は三日後には、もうこの国を発っていると言っただろう？　だから、ふたりに伝えておきたいことがあって呼んだんだ」

アーネスト様はそう言って、私たちに真剣な眼差しを向けた。だが、すぐにその場の空気を和ませるかのように、優しく目を細めた。

「まあ、平和条約を締結することができれば、すぐに帰って来られるから、今から話すことは大《おお》袈裟《げさ》かもしれないけどね！」

――本当は一番不安なはずなのに、アーネスト様は私たちに心配をかけまいと振る舞っているんだわっ……。

ここまでしてくれている彼を前に、絶対に涙を流すわけにはいかない。

「何でも聞こう、言ってくれアーネストっ……！」

「アーネスト様、何でもお伝えください！」

私は溢れそうな涙を必死に堪えながら、彼を見つめて言った。

「そうだな、ロジェから話そうか……」

そう言うと、アーネスト様はロジェ様に目を向けた。

「ロジェ、俺の親友である君にふたつ頼みたいことがある。以前、領地やこの国を守ることができる人間になりたいと言っていただろう？　ここでひとつ目の頼みだ。俺が隣国から帰ってきたとき、ロジェにはその願いを叶えていてほしい」

「願いを叶える……？」

「ああ。騎士でも文官でも何でもいい。俺が王になったとき、助けになってくれ」

「ああ、もちろんだ！　アーネストのことはいくらでも僕が支えるよ！」

ロジェ様は胸に拳を押し当て頼もしく笑って見せたが、何かを思い出したのか口を開いた。

「ところで……ひとつ目の頼みってことは……」

「ああ、ロジェにはもうひとつ頼みたいことがあるんだ」

アーネスト様はそう言うと、表情を引き締めて続けた。

「……リディが頼れる存在になってもらいたいんだ。嫌なことや悲しいこと、不安や不満があっても隠すような子だ。僕がいなくなったら、きっと寂しがるだろうから、兄代わりとしてよく見てやってくれ」

そう言うと、アーネスト様はちらりと私を見て微笑んだ後、すぐにロジェ様に視線を戻した。

「当然だよ！　だってリディは僕らの妹みたいなものだからね！」

「そうだ。僕らの……妹。だから、もしロジェがリディのことを泣かしたら許さないからな！」

「そんなことするわけないよ！　約束する！」

ロジェ様はそう叫ぶと、「そうだろ？」と同意を求めるように私に顔を向けた。

――ああ、私は本当にどれだけ恵まれているんだろうか。

自分よりも私のことを気にかけてくれるアーネスト様に、私はまだ何も返せていないのに……。

ふたりの会話を聞いていると、思わず泣きそうになる。けれど泣いてはいけない。

「次はリディ。君には三つ頼みたいことがある」

こちらを見たアーネスト様と視線が交わった。

「何でもおっしゃってください！　アーネスト様！」

「ずいぶんと頼もしいな。じゃあ、さっそくひとつ目の頼みだ。どうか、俺の妹であるパトリシアの良き話し相手になってもらいたい」

「えっ、パトリシア殿下のですか？」

意外な頼みで驚いてしまった。

「パトリシアはまだ十一歳になったばかりだ。本来なら友人がいる年頃だが、王女ゆえに、気軽に友人を作ることもできないし、兄の俺までもいなくなる」

アーネスト様は憂いを帯びた表情で視線を落とした後、再び私に焦点を合わせ、優しい笑みを浮かべた。

「だが、侯爵家という家格以前に、リディア、君だからこそパトリシアの話し相手を任せられる。それに、パトリシアはリディのことが大好きだ。頼めないか？」

ひとり置いていく妹のことが心配なのだろう。アーネスト様の瞳には、切実さが見え隠れしていた。

「もちろんです！　私もパトリシア殿下のことは大好きですから、喜んでお受けいたします！」

「そうか、そう言ってもらえて安心したよ」

私の答えに安心したのか、アーネスト様は微笑みのまま続けた。

「じゃあ、ふたつ目の頼みだ。最近リディは、救貧院や孤児院にまつわる慈善活動に取り組み始めただろう？　それを、これからも続けてほしいんだ。そして、この国を支えとなる力を持つ人々の助けになってもらいたい」

そんなの当然のことだ。どうか安心してほしいと、私は彼に笑いかけながら言った。

「もちろんです！　最近は教育に関する慈善活動にも取り組もうと思っているんですよ！」

「ふふっ、そうか、それなら安心して留学することができるよ」

《留学》……この言葉に胸が痛むけれど、私はその気持ちをグッと堪え口角を上げたまま、彼に訊ねた。

「アーネスト様、三つ目の頼みは何でしょうか？」

アーネスト様が微かに目を見開いた。その表情からは、どこか今までとは違う緊張を感じた。

「……リディ。君には俺が必ず帰って来ると信じて待っていてほしい。これが三つ目の頼みだ」

「そ、そんなの当たり前ですよ！　帰ると信じるに決まっているじゃありませんか！」

当たり前すぎる頼みに動揺し、つい強い口調で返す。

すると、隣で一緒に話を聞いていたロジェ様も口を開いた。

「リディだけじゃなくて僕にも言えよ！　帰ってこなかったら、許さないからな！」

このロジェ様の発言にアーネスト殿下は苦笑しながら応えた。

「そんなに怒らなくても良いじゃないか。寂しがり屋のリディが待ってると思うと、必ず帰らないとなって思えるんだよ」

切なげに、でも嬉しそうに笑うアーネスト様は、ロジェ様の肩をポンポンと叩いて続けた。

「けれど、ロジェも寂しがり屋だったね。ごめん、ごめん。君も僕が帰ってくると信じて待っていてくれ」

「ああ！　約束だぞ、アーネスト！　必ず帰って来いよ」

「アーネスト殿下のこと、帰ってくると信じて待っていますわ！」

アーネスト様がいなくなってしまうという感覚が徐々に現実味を帯びる中、私とロジェ様は揃って今にも零れそうな涙を堪えながら、アーネスト様に伝えた。

「ふたりとも……ありがとう。しばらく離れ離れになるけれど絶対に帰ってくるから、その間を頼むよ」

眩しそうに微笑みながら、アーネスト様が告げる。その言葉に私たちは大きく頷いた。

結局、アーネスト様と会話したのはこの日が最後となった。

それから三日後、私やロジェ様はもちろん、国民に見送られながらアーネスト様は隣国へと旅立ったのだった。

◇　◇　◇

一緒にアーネスト様を見送りに行った帰りの馬車から降りるなり、ロジェ様は私に告げた。

「アーネストに言われて決心したんだ。……僕は騎士になる！　領地や国を守れるような立派で強い騎士になって、リディやいつか帰って来るアーネストから頼られる存在になりたいんだ！」

ロジェ様の決意に満ちた熱い眼差しを受け、突き動かされるように私の決意も固まった。

「私も慈善活動に取り組んで、国を支えてくれる人の助けになりたい！　貧困や孤児という理由だけで才能の芽を潰したくないわ。私も人を頼ってばかりじゃなくて、頼られる存在になるわ！」

いざ言葉にすると、アーネスト様との記憶が蘇ってくる。気を緩めたら泣きそうだ。

「よし！　よく言ったリディ！　さすがは僕の幼馴染みだ！　僕らには、頼られる存在になるっていう共通目標ができたな！」

そう言いながら、突然ロジェ様は私の頭をわしゃわしゃと撫でた。

「もう！　ロジェ様はすぐに意地悪するんだから！」

「だってリディ、泣きそうな顔をしてただろ？　これで涙は引っ込んだよね！」

――やっぱり気付いていたのね。

ちらりとロジェ様を見ると、彼も今にも泣きそうな顔をして笑っていた。

「アーネストとリディを泣かせないって約束したばかりなのに泣くなよ」

「ロジェ様こそ泣かないでね。みんなに頼られる強い騎士になるんでしょ！」

「僕は泣いてないよ！」

強がるロジェ様を見て、私より年上のアーネスト様と同い年とは思えず、かわいいと思ってしまう。

「……と、それはいいとして、リディ」

呼びかけに振り返ってロジェ様の顔を見ると、良いことを思いついた子どものような顔で、こちらを見ていた。

「今日から僕らは共通目標ができ、頼り頼られる関係になったというわけだ！　それで、お願いがあるんだ。……年齢は僕の方が上だけど、今日からは様を付けずに《ロジェ》と呼んでくれないかな？」

「今さらどうしてそんなお願いを？」

「母上たちの仲が良いから、僕らは生まれた時からずっと会っていただろう？　なのに、僕より年齢がひとつ下というだけで、同じ侯爵家なのにリディが様って敬称をつけ続けるから、何だか距離を感じていたんだ」

〝様付け〟に慣れていて、全くおかしいと思っていなかったわっ……。

「ロジェ様ったら、そんな風に思っていたの？」

「うん。……今日から同じ目標を持つ仲間になったし、他の人からは呼ばれたくないけど、リディにはこれを機にそう呼んでもらえるようになったら嬉しいよ」

「分かった。ロジェのお願いだもの！　今日からそう呼ぶわね」

少し気恥ずかしい気持ちでロジェを見つめると、輝く太陽のような満面の笑みを浮かべたロジェの嬉しそうな顔が視界に飛び込んできた。

「ありがとう、リディ！　リディと距離がより近づいた気がするよ。勇気を出して良かった！」

「こんなことでいいなら、もっと早く言ってくれたら良かったのに」

なんて言いつつ、私は気恥ずかしさを覚えながらも、力強く笑うロジェに微笑みかけた。

「アーネストがいないのは寂しいけど、リディと距離が近付けば、何とか乗り越えられそうだ！」

「私もロジェとの距離が近付いた気がするわ！　アーネスト様に自信をもって再会できるように、お互い頑張りましょうね！」

「ああ！　お互い励まし合って、頑張ろうな！」

もしかしたら、私はこの日からロジェのことを好きになり始めていたのかもしれない。

◇◇◇

見送りの日からしばらく経ち、アーネスト様が隣国に着いたという連絡がきた。

幸いにも、アーネスト様と文通ができると分かり、私たち三人は手紙のやりとりを始めた。

私が十四歳、アーネスト様とロジェが十五歳の年の出来事だった。

第一章　実を結んだ片想い

それから五年経ち、私、リディア・ベルレアンは十九歳になった。

そして、ロジェとアーネスト様は二十歳になった。

「ポーラ、午後の予定はどうなっているかしら？」

救貧院で食料分配の活動を終えた私は、ベルレアン家に帰る道中で、同行した専属侍女のポーラに尋ねた。

「はい。まず、お邸に戻って昼食を摂ります。その後、お召し物を替えて王女宮に向かい、パトリシア殿下とダンスの合同レッスンを受けるご予定です」

「そうだったわね」

――ダンスレッスンの準備はばっちりなんだけど、何か忘れている気が……？

「あっ！　レッスン前だから軽めの昼食にしようと思っていたのに、すっかり頼み忘れていたわ！　でも、厨房係がもう作り始めているものを、多いからって残すのも悪いし……」

「お嬢様、ご安心ください。そうおっしゃると思って、私の方から事前に頼んでおきました」

滅多に笑わないが、機転が利いてサポートも完璧。忖度《そんたく》なしの率直な意見や的確なアドバイスもくれるポーラは、三年前にうちにやってきて以来、信頼できる最高の侍女だ。

そんな彼女に改めて礼を伝えると、ポーラは突然ある話題を口にした。

「ところで、お嬢様。王女宮に行けば、ロジェリオ卿にも会えるかもしれませんよ」

ポーラに言われ、今日のパトリシア様とのダンスレッスンは、ロジェが騎士団の副団長となって王女宮に異動してから初めての訪問日だと気付いた。

強い騎士になるという目標に向けて努力し続けるロジェの姿を見てきたからこそ、このロジェの活躍は自分のことのように嬉しい。

彼の努力を思い返し、つい頬が緩んでしまう。そんな私を見て、ポーラは続けた。

「お嬢様は昔から、ロジェリオ卿のことが大好きなのですね」

「当たり前でしょ。だってロジェは幼馴染みで、一番信頼できる仲間なんだから！」

「……そうですか。ところで、お嬢様はロジェリオ卿のどんなところがお好きなんですか？」

私はポーラの質問に頭を捻り、ようやくひとつの結論に辿り着いた。

「ロジェの好きなところね……。うーん、悩ましいけれど一途なところかしら……？」

「一途……ですか？」

情報が少なすぎる私の答えにポーラが困惑の表情を浮かべるので、私は慌てて補足を加えた。

「つまり……ひとつの目標に向かって、努力し続ける真っ直ぐな姿勢って言いたかったの。ロジェは、強くて頼れる立派な騎士になるっていう目標のために、どんなにつらくても毎日の厳しい訓練や練習に耐えて、努力し続けているでしょ？　そういうところが、かっこよくて好きなの！」

言葉にすると、ロジェの頑張っている姿に、かなり元気をもらっていることに気付く。

だからか、ロジェのことを思い出してつい笑みが零れた。そのときだった。

「失礼ですがお嬢様……それは少し、幼馴染みとしての好きとは違うのでは？」

「ポーラ、それはどういう意味？　違うって……」

「私はこの三年間、お嬢様のおそばで仕えてきました。その日々の中で、お嬢様のロジェリオ卿に対する『好き』という感情は、恋愛対象に対する『好き』なのではないかと思ったのです」

ポーラのあまりに意外な指摘に、私は耳を疑った。

「ポーラったら、急におかしなことを言うんだから。恋愛対象として好きですって？　しかも、私がロジェを？　昔から一緒にいるのよ。そんなんじゃないわ」

「……ですが、いくら仲が良いとはいえ、とてもただの幼馴染みのお話をしているようには聞こえません。ロジェリオ卿のお話をする時のお嬢様の表情は、まるで恋する乙女のようです」

「な、何を言っているの？　そんなっ、まさか……」

ポーラの目に私が恋する乙女として映っているとは、到底簡単に受け入れられるものではない。

だが、戸惑う私に構うことなくポーラは続けた。

「お嬢様にとってロジェリオ卿はひと言で表すと、どのような存在ですか？」

「あ、兄のような存在よ。小さい頃から一緒に育った幼馴染みだもの」

「では、もうひとつ伺います。お嬢様は実兄のエヴァン様のことをお好きですか？」

「当たり前じゃない。もちろん大好きよ！」

何が聞きたいのかと疑問に思いながらも、迷いなく答える。

すると、ポーラは軽くひと息吐き、私を射貫《いぬ》くように見ながら言った。

「先ほど、お嬢様はロジェリオ卿をお好きだとおっしゃっていましたね。このロジェリオ卿に対する《好き》と、エヴァン様に対する《好き》は、果たして同じものなのでしょうか？」

ポーラの問いかけに、私の心臓がドクンと反応した。

確かに私はふたりとも大好きだけれど、その《好き》の種類は異なる気がする。でも、何がどう違うのかはわからない。

この核心を突くポーラの質問で、ついに私の心のパンドラの箱が開いたのだった。

――知らない自分を暴かれるような気分だわ。

「お嬢様はご自分のことがよくおわかりでないようなので、もう少し質問をします。お嬢様は、ロジェリオ卿が同年代のご令嬢とお話をしていたら、どのようなお気持ちになりますか？」

「特別何も思わないわ。ああ、何か用事があって話をしているのね、それくらいの気持ちよ」

「特に用事がなくても、話をしているかもしれませんよ。お嬢様自身がそうではないですか？」

――ロジェが私以外の女性と……？

それなら心のどこかが、こう……モヤッとするかもしれないわね。けど、ロジェに限って……。

「でも、ロジェの性格上、私以外の女性とそんなことはしないでしょう？」

「お嬢様、勘違いされているようですが、ロジェリオ卿も男性です。興味がある女性や好きな女性ができれば、お嬢様以外の女性とも、用事なく会ってお話しくらいしますよ」

ロジェが私以外の女性と私的な会話をしている姿なんて見たことがないし、浮ついた話ひとつ聞いたことがなかったから、今まで考えたことすらなかった。

だけど、ポーラの言う通りロジェに好きな女性ができれば、それも十分あり得る……。

「いつか、ロジェリオ卿がお嬢様以外の方と婚約や結婚をするかもしれません。そうなれば今までと違い、お嬢様の方がロジェリオ卿と気軽に会ったり、お話ししたりできなくなりますよ」

未婚の女性が妻や婚約者のいる男性と気安く会うことは、公的な場以外ご法度だ。

となると、もしロジェが他のご令嬢と婚約したり結婚したりしたら、私とロジェの今の関係性は崩れてしまうということ……。

知らず知らずのうちに握りしめた拳に力が入る。

「お嬢様は、婚約や結婚の適齢期に入りましたが、それはロジェリオ卿も同じで、あの若さにして王女宮の騎士団の副団長という立派な役職までお持ちです。加えて、容姿端麗な次期侯爵……。お嬢様の知らぬところで、きっと多くの御令嬢に求婚されていることでしょう」

「ということは、もしロジェが私以外の誰かと結婚したら、今の関係は続けられない……？」

「その通りです。お嬢様はロジェリオ卿が、他の女性と結婚することがお嫌なのでは？」

「確かに、素直に喜ぶことはできないかもしれないわ……」

ポーラの指摘は図星すぎて、反論できない。本当の気持ちを言うなら、むしろ《嫌》なのだ。

「では、最後の質問です。お嬢様は兄のエヴァン様がご結婚なさったとき、お嫌でしたか？」

「大好きなお兄様が愛する人と結ばれたのよ！　喜びこそすれ、嫌だなんてありえないわ！」

私は私自身の発言で、自分の本当の気持ちに気付いてしまった。

――嘘でしょう……。

ロジェのことを兄みたいな存在と思っていたんじゃなくて、そう思い込みたかっただけなの？　兄みたいと言っておきながら私……エヴァンお兄様は良いのにロジェが誰かと結婚するのが嫌だなんて……。

もしかして私は、今あるロジェとの関係性を壊したくなくて、この五年間で育まれた感情に気付かないふりをしていたのかもしれない。

「ねえ、ポーラ。私ってロジェのことが……れ、恋愛対象として好きなのかしら？」

「はい、その可能性が高いと思われます。早く行動をしないと、他の御令嬢に先を越されますよ」

「先を、越される……」

茫然としながらポーラの言葉を繰り返す私に、ポーラは続けた。

「お嬢様は、今までロジェリオ卿との距離が近すぎたのでしょうね。本当に好きならいっそのこと、ロジェリオ卿にご自分との婚約を打診されてはいかがでしょうか？　善は急げですよ」

何てことないように、淡々と真顔で話すポーラの声が私の頭をずっと駆け巡っていた。

――今日もしも、ロジェと会ったらどんな顔をしたら良いの？

会いたいと思っていたけれど、むしろ今は会いたくない。というよりも、会えないわ。

いきなり婚約の話まで飛躍するなんて……。

突然のことに当惑して、せっかく家で準備してもらった昼食は味がしなかった。

茫然としていると、いつの間にか王女宮へ向かう時間が迫り、私は急いで乗り込んだ馬車の中で、「どうか今日はロジェに会いませんように」と祈ったのだった。

◇　◇　◇

王女宮に着くと、すぐに従者がパトリシア様のいる部屋の前まで案内してくれた。

ちらっと部屋の前にいる護衛の顔を見るが、ロジェではなかった。

私は心の中でこっそりと安堵《あんど》し、パトリシア様のいる部屋の中に入ったが、次の瞬間、自分が完全に油断しきっていたことを後悔した。

よりによって、今日のパトリシア様の側近護衛担当がロジェだったのだ。

「あ！　いらしてくれたのね、リディア様！　会えて嬉しいわっ！」

ロジェに気を取られていた私に、パトリシア様が声をかけてきた。

「……はっ！　ごきげんよう、パトリシア様。私もお会いできて、とても嬉しいです」

パトリシア様には気付かれないようロジェに目をやると、ぱっちり目が合った。

ロジェは私に微笑みながら、パトリシア様に見えないように軽く手を振ってくれた。

いつもだったら、私もそっと手を振り返すのだけど、今日はそんな余裕は全くない。

——ロジェに会っただけで、こんなにもドキドキするだなんて、まずいことになったわ……。

「リディア様、大丈夫？　何だか顔が赤いようだけど、風邪かしら？　今日のレッスンはやめておきましょうか？」

私の異変に気付いたのか、パトリシア様に鋭く指摘されてしまった。

「顔が赤い？　き、気のせいではありませんか……？　風邪ではありませんから、どうかご安心ください！　私、今日のダンスレッスンを楽しみにしていたんですよ」

必死に笑顔を作り、取り繕う。

「まあ、リディア様が大丈夫というのなら早速レッスンを始めましょうか！　もし体調が悪くなったら、遠慮なくおっしゃってくださいね」

――何とか誤魔化せたかしら。それにしても、驚いたわ……。

◇◇◇

「ロジェリオ副団長、別の人間を護衛に当たらせるから、あなたは少し休憩してきてください。そして、レッスンが終わる頃合いにまた戻ってきてください」

レッスンが始まり三十分が経った頃、カナリアのように可愛らしいパトリシア様のひと声で、休憩を挟むことになった。

ロジェのことが気になり過ぎて、私にとって三十分はあっという間だった。

「はい、承知いたしました。殿下。では、後ほどまた参ります」

そう言ってロジェはダンスルームから出て行った。

部屋を出るとき私を見ていたような……。そう気を取られているときだった。

「で、リディア様。一体ロジェリオ副団長と何があったの？」

パトリシア様がグイッと顔を近付けて、私に尋ねてきた。

「あなたたちふたりはお兄様の幼馴染みだから、昔から仲が良いことは知っているのよ。リディア様の態度がいつもと違うから、ロジェリオ副団長も戸惑っていたわよ」

やっぱり、パトリシア様はロジェに対する私の異変に気付いていたのね。

どうも、隠しきれそうにないみたい。

私は先ほどのポーラとのやりとりを、すべてパトリシア様に話すことにした。

「……実は、今日ここに来る前に、侍女にロジェのことを恋愛対象として好きなのではないかと指摘されて……」

「え？　そうではなかったの？　というか、気付いていなかったの？」

サラッと当たり前のようにパトリシア様に言われて、驚いた。

「周りから見たらふたりともお互いのことを好きなのは分かるわよ。特にリディア様の方はね」

「そうなんですか⁉」

周りの人が分かるのに、自分で自分の気持ちにも気付いていないなんて……。

「絶対にリディア様はお兄様とっ……。あぁ、副団長……気付いてしまうなんて――」

「パトリシア様？　今、何かおっしゃいましたか？」

「な、なんでもないわ！　ただの独り言よ。気にしないでね」

――小声だから端々しか聞き取れなかったけれど、何を言っていたのかしら？

独り言にしては、ずいぶんと切羽詰まった表情をなさっていたような……。

「まあ、つまり、リディア様はロジェリオ副団長が好きと気付いたから、今日のような態度をとってしまったということね？　それなら、リディア様の行動の理由も十分理解できるわ。けれど、何も知らないロジェリオ副団長には、急にリディア様が冷たくなったと誤解されてしまいますよ」

「やはり、そうですよね。ただ、どうしたらいいか分からないんです」

成人もまだで三歳も年下の子に相談する内容ではないと思いながらも、追い詰められた私はパトリシア様に助言を求めた。

「もう、ここまで来てしまったら変な言い訳は通用しないと思います。なので、正直にロジェリオ副団長に自分の気持ちを伝えてみてはどうでしょう？　少なくともリディア様の今の態度のままでは、どちらにしろロジェリオ副団長との関係は浅くなってしまうと思いますよ」

「自分の気持ちを伝えるなんて……そんなことができるでしょうか？　どうやって伝えれば……」

恋愛経験値がゼロに等しい私には、どうしたら良いのかさっぱり分からない。

「今日のレッスンの帰りに、ロジェリオ副団長をあなたの護衛につかせるわ！　そのとき、リディア様の今の素直な気持ちを、ロジェリオ副団長に伝えてください」

「えっ！　今日ですか⁉」

「ええ、今日です。大丈夫ですよ。もしうまくいかなくても、私が最高に条件の良い方をリディア様にご紹介いたしますから！」

――心の準備もしていないのにいきなり⁉

けれど、いつまでもこのままではいけないわ。ポーラも善は急げと言っていた。

「分かりました。お気遣いいただきありがとうございます。自分の今の素直な気持ちをロジェに伝えてみます」

そして、ダンスレッスンを再開したのだが、頭の中はレッスン後のことでいっぱいだ。

そのことばかり考えていると、あっという間にレッスンの終了時間が来てしまった。

ふと扉の近くを見ると、ロジェも休憩から戻ってきている。

「リディア様、今日は楽しかったわ！　また一緒にダンスレッスンしましょう。それに、今日のお話の続きも知りたいので、ぜひまた遊びに来てくださいね！」

ロジェの前ということもあって、何事もないようにパトリシア様は笑顔で別れの挨拶をしてくれた。

一方、私は挨拶を返しながらも、内心は緊張しっぱなしだった。

だが、そんな私をよそにパトリシア様はロジェに話しかけた。

「ロジェリオ副団長、お願いがあるのだけれど。これから、リディア様を家まで護衛してお送りしてください」

「ですが、それでは殿下の護衛が……」

突然のパトリシア様のお願いに、ロジェも困惑した表情を浮かべていた。

「私の護衛は他にもいるわ。それに、ロジェリオ副団長とリディア様は仲が良いでしょう。だからこそ、私の大切な友達であるリディア様の護衛を安心して任せることができるのです。なのでロジェリオ副団長、リディア様をよろしくお願いしますね」

「お願いだなんて！　……承知しました。おっしゃる通りにいたします」

パトリシア様の意図が分かっているからこそ、ふたりの会話を聞きながら、私の鼓動は徐々に加速していった。

頑張らなければいけないと分かってはいるものの、緊張でまともにロジェの顔さえ見られない。

「じゃあ、リディ。行こうか」

聞き馴染んだ温かい声が耳に届く。

それを合図に、覚悟を決めた私はパトリシア様に別れを告げ、ロジェに付いて部屋を後にしたのだった。

◇◇◇

部屋から出ると、目を合わせるようにロジェが話しかけてきた。

「リディ、僕が王女宮に異動してから忙しくてしばらく会えなかったけど、元気だった？」

今までは当たり前のように思っていたけれど、こうして気遣って心配してくれるロジェに今さらながらドキドキしてしまう。

しかし、このドキドキがロジェにバレてはいけないと思い、私はサッとロジェから目を逸らして答えた。

「え、ええ。元気だったわよ」

――せっかく話しかけてくれたのに、私ったら……！

どうして天邪鬼《あまのじやく》な態度をとってしまったんだと、心の中で自身を咎《とが》める。

そんな私に対し、ロジェは変わることのない笑顔で話しかけてきた。

「元気なら良かった！　今日のリディはいつもと少し違う感じがしたから。もしかして、僕としばらく会えなかったから拗《す》ねていたの？　相変わらず、リディはかわいいな～」

そう言うや否や、ロジェは私の頭を撫でてきた。

確かにロジェと会えなくて寂しかったし、あまりにも連絡がないものだから拗《す》ねていた部分もなくはない。

しかし、今の私にそんなことを考える余裕なんてなかった。

ロジェに撫でられた。前は何とも思わなかったその行為に対し、意識を始めた私の心臓は今、爆発寸前を迎えていたのだ。

「っ……別に拗ねていないわ」

心の内を隠そうとするあまり、つい冷たく言い放ちロジェの手を払ってしまった。

すると、流石《さすが》に鈍感なロジェも何か察するところがあったのだろう。

先ほどまでの笑顔を消し、少し真剣な顔になった。

「リディ、あのさ……」

　ロジェが何か言おうとするが、ちょうどそのとき私たちは馬車の前に辿り着いた。

「話は中でしましょう」

　何とか時間を稼ぐ間もなく、私たちは馬車に乗り込んだ。

　そして案の定、ロジェが続きを口にした。

「リディ……。僕は知らないうちに、リディを怒らせるようなことをしたのかな？　もし何かしたなら言ってくれ。謝るよ」

　彼はどこか悲しそうに視線を落とした。

　何も悪いことをしていない彼にこんな顔をさせてしまうだなんて……。きちんと説明しないと。

「ロジェが悪いんじゃないの。私の気持ちのせいなの」

　ロジェは不思議そうに首を傾げながら、私の話に耳を傾けてくれた。

「単刀直入に言うとね、私、ロジェのことが好きみたい。……恋愛対象として」

　ロジェの顔を真っ直ぐ見ることができず、またも彼から目を逸らしてしまう。

　恐らく、今の私の顔は林檎《りんご》のように真っ赤になっているだろう。

　怖くなって、思わずギュッと目を瞑《つむ》ると彼の驚いた声が耳に届いた。

「えっ……？　リディが僕のことを……恋愛対象として好き？」

　その声につられて彼の様子を窺うと、混乱しているロジェが視界に映った。

　思わず、複雑な気持ちが込み上げる。しかし、私は勇気を出して話を続けた。

「私は今まで、ロジェのことを恋愛対象として考えていなかったわ。けれど、周囲の人には、ロジェのことを恋愛対象として好いていると思われていたの」

「そ、そうだったんだ……」

「それで本当に、ロジェを恋愛対象として好きなのか、自分の本心を確かめるためにポーラと話をしてみたの。それで話せば話すほど、私はロジェを恋愛対象として好きだって気付いたの」

人のことならどんな感情でも察しやすい方だと自負していた。

だけど、私は自分自身のことになると、こんなにも鈍感な人間だなんて思ってもみなかった。

「でも、今まで兄のような存在と思って接していたのに、ロジェのことを好きって自覚したら、どんな態度をとったら良いか分からなくなっちゃって……」

恐る恐る顔を上げて、目の前に座るロジェを見つめる。

すると、赤面してフリーズした状態という、初めて見るロジェの姿がそこにあった。

「ロ、ロジェ？　聞いてる？」

ロジェの目の前で数度手を振ってみると、彼は途端にハッと覚醒した。

「あ、ああ！　聞いているとも！　リディが僕のことをその……す、好きなんだよな？」

裏返りそうな声で質問するロジェに、私は肯定の意を示した。

「そ、そうか。それであんな態度をとっていたのか。リディに嫌われたんじゃないかと思って焦ったよ……」

そんな思わせぶりな言葉、簡単に言わないでほしい。

もしかしたら私は、こんなロジェの言葉に慣れすぎていたから、感覚が麻痺して恋心を自覚できなかったのかも……でも。

「嫌いになるわけないわ。だって、ロジェのことが好きなんだから」

一度好きだと言ってしまうと、不思議なことに意外と躊躇《ためら》いなく言えるようになった。

「私はもう婚約や結婚の適齢期に入っているから、そろそろそのことについて考えないといけないわ。だから、当たって砕けろってことで、今この私の気持ちをロジェに伝えたの」

そう、私は婚姻というこれからの一生が大きく決まる、大切な時期にもう入っているのだ。

「ロジェは私のこと恋愛対象として見ることができる？　婚約や結婚することを考えられる？それだけ先に教えてちょうだい」

――って……本当はこんなことまで言うつもりじゃなかったのに、勢いで言ってしまったわ！

恋愛対象として見ることができないと言われたら、失恋確定だ。

けれど、振られる恐怖心はあっても、ここまで全部言い切ったせいか悔いはなかった。

「あのさ……」

私の話を真剣な様子で聞いていたロジェが、いつもより低い声を出した。

そして、骨ばった大きな右手で、赤らむ顔を覆って口を開いた。

「リディ、勝手に砕けないでくれる？」

「えっ……？」

「今まで僕はリディのことを妹みたいな存在として好きと思っていた。だから、恋愛対象として見られるかは正直分からない。けど、もしリディと僕の婚約が決まっても、嫌じゃないし、むしろ嬉しいとさえ思うかもしれない。リディ、僕に三日、時間をくれないか？　それまでに考えて、必ず返事の手紙を送るよ」

ロジェのあまりに予想外の答えに、呆気に取られてしまう。

だが、私はすぐに気を取り直して、彼に返答した。

「わ、分かったわ。突然困らせるようなことを言ってごめんね。……ありがとう。お返事、待ってるわ」

すぐに断られるかもしれないと思っていたからこそ、より嬉しさが込み上げる。

――三日後にならないと分からないけれど、少しは期待してもいいのかしら……？

赤面するロジェを前に、私は急に加速した鼓動を抱えながら思考を巡らせる。

そうしていると、いつの間にか馬車は我が家に着いた。

そして、長いようで短い今までにない微妙な空気感の中、私はロジェと別れたのだった。

◇◇◇

「お嬢様、どうでしたか？　まさか、ロジェリオ卿と一緒に帰って来るとは思いませんでした」

出迎えるなり、すかさず訊ねてきたポーラに、私は溢れそうな想いを落ち着かせながら答えた。

「紆余曲折《うよきょくせつ》あって、一緒に帰って来ることになったの。それで……帰りの馬車の中で、勢いで告白してしまったわ」

今思い返すと、気が動転してハイになっていたとしか思えない。

思い出すだけで、顔から火が出そうだ。

だが、そんな私に反し、ポーラはいつもより明るく嬉しそうな声を上げた。

「お嬢様、お見事です！　お嬢様もかなりのものですが、それを遥かに凌《しの》ぐレベルで恋愛事に鈍感なロジェリオ卿も、さすがに意識し始めたことでしょう！」

正直なところ、図星すぎて何も言えなかった。

それよりも、私のロジェへの気持ちがそんなにも分かりやすかっただなんて……。

「それで、告白の返事はどうだったんですか？」

真顔ながら、期待に満ち爛々とした目でポーラは私を見つめる。

「三日後までに、返事の手紙を送ってくれるって」

「三日後ですか！　それは三日後が楽しみですね」

「でも、まだどんな返事がくるか分からないわよ……」

ポーラには素気なく返したが、実のところ私も少し期待していた。

しかし、約束の手紙は三日後の夕方になっても届くことはなかった。

「必ず返事の手紙を送ってくれるって言っていたのに……」

私はそう独り言を言いながら、ひどく落ち込んでいた。

けれど、何も知らない家族に心配をかけるわけにはいけないと思い、何とか明るく振る舞った。

その日のディナーの後、家族団欒のティータイム中に、お父様が突然切り出した。

「リディは今年で十九歳になっただろう？　そろそろ、結婚について考えないといけないが、誰か気になる人はいるだろうか？」

想定外のお父様の発言に、私は驚き咽《む》せた。

「ゴホゴホッ！　お父様ったらいきなりそんなことをおっしゃって、驚くじゃありませんか！」

「いやいや、そこまで驚かせるつもりはなかったんだ。けれど、そろそろ考えなければと思って聞いてみたんだよ。どうなんだ？」

今、気になる人はと訊かれ、思い当たる人物はひとりしかいない。ロジェだ。

「はい、います」

下手に誤魔化さずはっきりと告げる。

すると、今度はお父様とその隣に座るお母様までもが、驚いた様子で咽せた。

「それは誰だい？」

お父様が、食い入るように真剣な目を向けてくる。

しかし、私はその質問にすぐ答えることはできなかった。

――今日が約束の三日目なのに、返事の手紙が届いていないいんだもの……。

振られたかもしれないのに、自分と婚約する気がない相手の名前を出してもいいのかしら？

けれど、ロジェへの気持ちはいずれバレるだろうから、隠せそうにないし……。

よしっ、言ってみましょう！

「実は、ロジェのことが好きなんです……」

恐る恐る視線を向けると、お父様はハッと目を見開き、瞬く間に破顔した。

「そうか、リディはロジェリオ卿のことが好きなのか！　実はな、ライブリー家からロジェリオ卿との婚約申し込みの手紙が届いていたんだよ！」

お父様の言葉に耳を疑った。

「えっ？　婚約の申し込みですか⁉」

「ああ、そうだよ。返事を書かないといけないから、リディの気持ちを聞いてみたんだ」

──うそっ……ロジェは約束通り手紙を送ってくれていたのね！

でもまさか、お父様にいきなり婚約の打診の手紙を送るなんて。

てっきり、返事は私に送ってくるものだと思っていたわ……。

あの日の話だけで、ロジェがいきなり婚約だなんて答えを出すとは思っていなかったから、驚きを隠せない。

だが同時に、約束を守ってくれていたことと、婚約の打診が来たことで、どん底だった気持ちが一気に跳ね上がった。

「それで、リディ。ロジェリオ卿と婚約するかい？」

「はい！　婚約したいです！」

私は大喜びで、お父様に答えた。

「そうか、分かった。あと、本来リディの気持ちを聞いた後でする質問ではないのだけれど、一応念のために確認したいんだが、アーネスト殿下に嫁ぐという考えは……」

言いかけたお父様を遮るように、先ほどまで口を閉ざしていたお母様が話し出した。

「まあまあまあ！　リディはロジェリオ卿のことが好きだったのね！　両想いじゃない！　リディ、おめでとう。お父様が今言いかけたことは気にしないでちょうだい」

今言いかけたこと、というのはアーネスト様のことだろう。

私とアーネスト様は、手紙のやり取りなど交流は途絶えることなく、ずっと続けている。

しかし、その関係は色恋とはほど遠く、まさかお父様からアーネスト様に嫁ぐという話が出るとは思ってもみなかった。

――アーネスト様が成長したであろう今の姿はまったく想像がつかないし、恋愛対象になんて考えられるわけがないわ。

それ以上に想像がつかないのは、また会えるのはいつかということだけれど……。

お母様は気にしなくても良いと言うが、私は一応お父様に答えた。

「アーネスト様はご帰国時期が分かりませんし、最後にお目にかかったのは何年も前です。それに、アーネスト様は私のことを妹か親友くらいにしか思っていないでしょうから、結婚は難しいかと……」

「あ、ああ。そうだよな！　お父様が要らぬことを言ってしまったな」

お父様をよく見ると、苦笑いしながらも、どこか焦っているように見えた。

あんな表情をするなんて、お父様はアーネスト様と結婚してもらいたかったのかしら？

けれど、私が異性として好きになったのは、この五年間を共に過ごしたロジェだ。

そんな私の気持ちを察したのだろうか。嬉しそうに微笑むお母様が言う。

「あのロジェリオ卿が愛称呼びを許している女性は、ロジェリオ卿のお母様のジュリアナ様以外にはあなただけよ。だから、自信を持って！　彼は昔から、あなたのことを大切にしてくれているじゃない」

確かに、お母様の言う通りだ。ロジェは私のことを大切にしてくれていると思う。

一方で、婚約申し込みの手紙が届いたとはいえ、まだロジェにとって私は共通目標を持つ仲間であり、妹のような存在という認識が強いのではないかとも思う。

しかし、そんな私の心の内を知らないお母様は、盛り上がった様子で続けた。

「実はね、私はロジェリオ卿とアーネスト殿下のどちらのお母様ともお友達だから、いつかあなたが嫁ぐなら、ふたりのうちのどちらかに嫁いでもらいたかったの」

「そうだったのですかっ？」

「ええ、だからあなたがロジェリオ卿のことを好きになってくれて嬉しいわ！　すぐに、婚約了承の返事を送らなきゃ！」

よほど嬉しかったのだろう。お母様はかなり興奮気味だが、そんなお母様をよそにお父様が真剣な面持ちで言った。

「私はリディの気持ちを尊重するよ。ただ、覚えておいてほしい。婚姻とは個人ではなく、家同士の付き合いになる。だから、家の状況によっては突然婚約破棄になることもあり得るということは、貴族の令嬢として心に留めておいてほしい」

お父様のその言葉に、私は思わずハッとした。婚約までしたとしても、結婚は確定ではないのだ。

「ええ、お父様のお言葉、胸に留めておきますわ」

「……まあ、うちのリディにはそんな思いさせんがな！　なあ、シアラ！」

「そうよ！　リディと婚約して破棄する人なんて、いくらジュリアナ様の子でも、こっちから願い下げよ！」

私にとって、このお母様の発言は意外なものだったが、ふたりのおかげで幾分か心構えができた。

その次の日、お父様はすぐに、ロジェとの婚約を了承する手紙をライブリー家に送った。

こうして瞬く間に事は進んでいき、五日後、ライブリー家の面々がベルレアン家にやって来たのだった。

◇◇◇

両家顔合わせの婚約手続きは、極めて円滑に終わった。

ただ、親同士が基本的に話を進めたため、当人である私とロジェはほとんど話す機会がなかった。

——私はロジェの正式な婚約者になったのよね？

あまりにも事の展開が速すぎて、現実じゃないみたいだわ。

彼との婚約成立の実感が湧かず、当人をよそに大いに盛り上がるお母様たちに目を向ける。

「私たちの子どもが結婚なんて、こんなにも嬉しいことはないわ！」

「ほんとよ！　まさかリディちゃんがうちの息子のことを好きになってくれるなんて」

「こちらこそ、ロジェリオ卿がうちの娘のことを好きになってくれて嬉しいわ！」

「そんなの当たり前よ！　だって私が育てた息子だもの。リディちゃん以外の人を好きになる方が難しいわ！　突然リディちゃんと婚約したいだなんて言い出すから、私嬉しすぎて、すぐに手紙を送らせたのよ！」

ふたりともこちらが恥ずかしくなるくらい、お互いの子どもの婚約成立に大喜びしているわ。

お父様たちは静かだけど、いったい何を話し込んでいるのかしら？

「ライブリー卿の御子息とうちの娘が結婚するとは。なかなかに嬉しいものですな！」

「昔から娘のようにかわいがっているリディア嬢が嫁いできてくれるというだけで、私や妻はもちろん、次男のウィルや屋敷の者までみんな喜んでますぞ！」

「皆さまに歓迎されて、本当に娘は幸せ者です。ライブリー卿、何卒娘をよろしくお願いします」

「こちらこそ、どうぞ息子をよろしくお願いします」

――自分が望んだ婚約だけれど、こんなに呆気なく成立するだなんて……。

やはり、現実味が湧かない。

私は挨拶や質問以外ずっと口を閉ざしていたロジェを見つめた。

するとちょうどこちらに目を向けたロジェと、ぱっちり目が合った。

何やら、彼は物言いたげな顔をしている。

――話しかけた方が良いわよね……？

私は思い切ってロジェに声をかけた。

「ロジェ、ちょっとふたりで話しましょう」

「ああ、僕もそうした方が良いと思っていたんだ」

このロジェの答えを合図に、私たちは客間から私の部屋へと場所を移した。

この間、私の心臓はドキドキしすぎて、ロジェに鼓動が聞こえるのではないかというくらい緊張していた。

「リディ……突然の婚約の返事で驚いただろう？」

部屋に入るなりロジェが口を開いた。きっと、本当は早く話したくてたまらなかったのだろう。

「もちろん驚いたわ。あの日の話から、一週間ほどでまさか婚約することになるなんて。私は嬉しいけど、ロジェは私を傷つけないために無理したんじゃないかしら……？」

「それはない！　絶対に無理なんかしてないよ！　ただ……リディのことを完全に恋愛対象として見ることができているのかについては、正直まだ分からないのが本音だ。けど、人として好きなのは間違いないし、リディとならふたりでうまくやっていけると思って婚約を申し込んだんだ」

ロジェの素直な言葉には嘘があるようには思えなくて、逆に私は安心することができた。

——やっぱり、完全に恋愛対象として見ているというわけではないのね。

けれど、結婚において「人として好き」ということは大事なことだと思う。

ロジェの言う通り、私たちは案外うまくやっていけるのかもしれない。

愛は結婚後に育むことができると聞くし……。

「ありがとう、ロジェ。これからよろしくお願いね」

「ああ、これからは幼馴染みとしても、婚約者としてもよろしく頼む。アーネストが帰ってきたとき、ふたりで仲良く出迎えような！」

「ええ！　もちろんっ！」

こうして、私はついにロジェの婚約者になった。

その晩、私は婚約が決まったことを報告するため、アーネスト様への手紙を綴った。

——アーネスト様へ

陛下から先に通達があったかもしれませんが、ご報告があります。

私は、このたびロジェと婚約しました。

実は、自分でも気付いていなかったのですが、私はどうやらロジェのことが好きだったようです。

侍女のポーラや、パトリシア殿下は私の気持ちに気付いていたみたいですが……。

アーネスト様と最後に会った日の約束を覚えていますか？

私はアーネスト様との約束が、私とロジェを引き合わせてくれたのだと思っています。

ロジェは今でも約束を守り続けて、私の頼れる存在になっていますよ！

私もロジェも、早くアーネスト様に会いたいです。

アーネスト様が帰ってきたとき、胸を張って会えるように、ふたりでこれからも尽力して参りますね。

アーネスト様、お体に気を付けてお過ごしください。

またお会いできる日を、楽しみに待っています。

ベルレアン侯爵家　リディアより

手紙を送って数日後、アーネスト様から「おめでとう。君たちの婚約をお祝いするよ」という返事が送られてきた。

瞬く間に月日は流れ、気付けば私たちが婚約を結んでから三カ月が経っていた。

そのあいだ、私とロジェはお互いに婚約者としての仲を深め合っていった。

この三カ月のあいだで、ロジェは私をただの妹ではなく、女性として見てくれるようになったと思う。

その証拠に、婚約から一カ月目のデートではロジェが私に初めてのキスをしてくれた。

頬へのキスではあったが、その日を境にロジェは何度もキスをしてくれるようになった。

だから私は、これからもっとロジェと婚約者として仲を深めていき、一年後くらいには結婚できると思っていた。

そう、あの日までは本気で信じていた……。

隠した想い〈アーネスト視点〉

夜になり自室で休んでいると、ふいにドアをノックする音が響いた。

――いつもなら、こんな時間に誰も来ないんだが……。

「誰だい？」

「ポールです！　アーネスト殿下にお手紙が届いておりますので、急いでお持ちしました！」

ポールは五年前、俺が現在交換留学先として滞在している、隣国のロイルについて来てくれた、唯一の従者だ。

基本的に秘書の役割をしてくれているが、武術を得意としているため、護衛も兼ねている。

――ポールがこんな時間に来るとは、いったい誰からの手紙……もしやリディからか⁉

予想が当たっていることを願いながら、俺は急いでドアを開けポールを部屋の中に引き入れた。

「ポール、手紙の差出人は⁉」

「殿下のご想像通り、リディア・ベルレアン侯爵令嬢ですよ。良かったですね」

そう言ってポールに差し出された手紙を、俺は奪うように受け取った。

「本当にリディからの手紙っ……。いったいどんな内容なんだろうか！」

早く読んで、すぐに返信しなければ！

リディからの手紙というだけで、口元が勝手に緩んでくる。

文通は禁じられてはいないが、頻繁に手紙を送ればスパイだとあらぬ疑いをかけられてしまう。

そのため、三カ月に一度くらいしか手紙のやりとりはしていない。

だからこそ、リディからたまに送られてくる手紙はひとしお嬉しいものだった。

「そんなに慌てなくても、手紙は逃げませんって……」

ポールの声は聞こえるものの、それどころではないと、破らないように急いで封を開けた。

「さてっ！　今回のリディの手紙には何が書かれてって…………は？」

俺は膝から崩れ落ちた。

「殿下！　どうされましたか！　大丈夫ですか⁉」

ポールが何か言っているが、そんなことはどうでもいい。

――リディがロジェと婚約した……だと？

「嘘だろ、そんな……」

「殿下、失礼は重々承知ですが、手紙を拝見させていただきますよ」

ポールに無言で手紙を突き付け、俺は顔を両手で覆った。

「では、失礼してって……ええ⁉　リディア嬢が婚約したんですか⁉　しかも、ロジェリオ卿とっ……。殿下、何と声をおかけしたらいいのか……」

ポールは心底困った様子だ。

それはそうだろう。

ポールは俺が昔からずっと、リディを愛していたことを知っているのだから。

振り返れば、リディへの恋心が芽生えたのは十歳の頃だった。

俺とリディとロジェは母親同士の仲が良く、気付けばいつも三人でよく遊んでいた。

しかし、俺は王子だから国王になるために帝王学を学ばなければならず、六歳頃からふたりと会えない日々が増えた。

そして十歳で王太子になり、ますますふたりと会える日が減っていった。

それでも、ふたりは会いに来てくれて、その時間は俺の唯一の安らぎとなった。

ロジェとは、基本的にいつも剣術の練習をしていた。

一方リディは、帝王学の勉強では知ることのない面白い話、他愛ない話を聞かせてくれた。

逆に、俺はリディに勉強を教えたり、リディの悩みについて一緒に考えたりして、いろいろなことを話し合った。

そんなある日、俺はついに堪えきれず、リディに帝王学の勉強がつらいと漏らしてしまった。

すると、リディは言った。

「アーネスト様がつらくて苦しい思いをしているのは、何となく気付いていました。ですが、アーネスト様の性格上、国王になって国を背負う立場の自分が弱音を吐くなんて、と思われていたでしょう？」

「なっ、何で分かるんだ……？」

――リディは俺が苦しんでいることや、俺自身が弱音を吐かない理由に気付いていたのか？

驚きを隠せない俺に、リディは続けた。

「分かりますよ！　だってアーネスト様は昔から一緒に過ごしている、大切な幼馴染みですから」

「えっ……」

「だから、アーネスト様が自分で言ってくれる日まで、あえて触れなかったんです。けれど、今日初めて、アーネスト様はご自身の気持ちを教えてくれましたね」

――リディは気付いていたのに、あえて気付かないふりをしてくれていたのか。

まだまだ幼い妹のような存在だと思っていたけど、そうじゃなかったんだな。

そんなことを思っている俺にリディは続けた。

「かなり勇気を出して告白してくれたんですよね。ありがとうございます。けれど、そろそろ無理やりにでも聞き出すところでしたわ！　本当に心配していたんですよ！」

「ありがとうだなんて、そんな……。俺はよほどリディに心配をかけていたようだ。心配すると思って隠していたんだけど、もっと早くに自分の気持ちを話しておけばよかったね」

「そうですよ！　アーネスト様、覚えておいてください。アーネスト様が私にしてくれたみたいに、私はいつだってアーネスト様の苦しい気持ちや、つらい想いを聞きます」

リディはそう言うと、俺に陽だまりのような笑みを浮かべて続けた。

「だからひとりですべて抱え込まずに、これからは私と一緒に痛みや苦しみも分かち合いましょう」

初めて言われた〝分かち合おう〟という言葉は、俺のこれまでの常識を覆すものだった。

――何だ……俺は何から何まですべてひとりで抱え込んでいたが、こんなにも近くに理解し、支えてくれる相手がいたんだな。

リディの言葉で救われた。

その日から、俺の中のリディは「ただの妹のような存在」ではなくなり、歳を重ねるごとに気になる存在へと変わっていった。

リディと会った日は、今までよりもずっと嬉しかったし、ドキドキワクワクしていた。

リディと会わない日は、今リディは何をしているのかを考え、早く会える日が来ないかと首を長くして待っていた。

しかし、それと同時に、ロジェに対する嫉妬心も湧き出るようになった。

最初は、俺よりもロジェの方がリディと会う回数が多いことに嫉妬した。

次に、俺には王家の人間なのだからと頑なに敬語を使うリディが、同じ侯爵家のロジェには敬語を外していることに嫉妬した。

そして、ロジェがリディを引っ張って走るときに彼女の手を握ったり、ふとしたときにリディの頭を撫でたりするロジェの行動が目につくようになった。

だが、ロジェも大切な幼馴染みだと思っているため、自分のそんな嫉妬心に罪悪感も覚えた。

だから、俺はリディにロジェよりも自分の方に振り向いてもらうため、ロジェに負けないように勉強や剣術も頑張った。

けれどこのときの俺は、ロジェに負けたくないという気持ちや、リディが気になるという感情が恋心からくるものだと、あまり自覚していなかった。

そんなある日、リディへの気持ちが恋心だと分かる出来事が起こった。

リディがロジェやパトリシアと話し込んでいるときに、俺はリディの好きな花が咲いているのを見つけたため、それを花冠にしてリディにプレゼントしようと思い、こっそり作っていた。

そして、花冠がほとんど完成しかけたというところで、リディやパトリシアと話していたはずのロジェがやってきた。

「アーネスト！　何を作っているんだ？」

「リディの好きな花があったから、それで花冠を作っているんだよ」

「え！　これリディの好きな花なのか？　ちょっともらっていくね」

そう言うや否や、ロジェは咲いた花を数本摘むと、リディやパトリシアのところに走り出した。

「ちょっと、まっ……！」

言いかけた俺の声はロジェに届くことなく、ロジェはリディとパトリシアのいる場所に辿り着き、ふたりに花をプレゼントした。

すると、遠くからリディとパトリシアの歓声が聞こえてきた。

俺は自分があげて喜ばせるはずだったのに、そのプレゼントを横取りされた気分になり、ほとんど完成寸前だった花冠を地面に叩き付けた。

「……くそっ！」

叩き付けられた花冠は強い衝撃で崩れて、とても人にあげることなどできなくなった。

「勉強や剣術で勝ったとしても、結局俺はこうやって大事な場面で負けるんだ」

そう自嘲していると、後ろから声がかかった。

「アーネスト様っ！」

驚いて振り返ると、満面の笑みで話しかけてくるリディがいた。

「リディ⁉　どうしてここに⁉」

「どうしてって、アーネスト様を探しにって……どうしたんですか⁉　アーネスト様⁉　なぜ泣いてるんですか？」

「俺が泣いてるだなんて、そんなこと」

そう言い触れた頰は濡れていて、自分が悔しさのあまり泣いていることに気付いた。

「アーネスト様、何が……ん？　そこに落ちている花冠はどうしたんですか？」

――まずい！　リディに壊れた花冠を見せるわけにはいかない！

「何を言っているんだ、リディ？　何もないよ」

俺は何事もないよう装って、リディから花冠が死角になるように隠そうとした。

しかし、リディは俺を押しのけ、壊れた花冠をめざとく見つけてしまった。

「アーネスト様、ちょっと失礼します！　これっ、私が好きな花で作った花冠じゃないですか？」

――もう隠しきれないな……。

「ああ、そうだよ。リディたちにあげようと作っていたんだけど、うまくいかなくて――」

「いいえ、おかしいと思ったんです。ロジェ様が私の好きな花を知っているなんて。どうせ、アーネスト様が花冠を作っているのを見て、勝手に私たちに持って来たんじゃないんですか？」

リディは俺の言葉を遮って断言すると、眉尻を下げて続けた。

「それでアーネスト様は、その出来事を知らないであろう私たちに、ロジェ様の後で渡すのを気まずいと思ったんですよね？」

――何で分かったんだ⁉

それにしても、ばれていたのにそれを必死に隠そうとして……俺は情けないな。

つい落ち込んでしまう。そのときだった。

「アーネスト様！　この花冠、私に似合っていますか？」

リディはいつの間にか壊れた花冠を拾って自身の頭に載せ、笑いかけてきた。

「そんな壊れた花冠は捨ててしまってくれ！」

「嫌です！」

「どうしてそんなことを言うんだ？　頼むから被らないでくれ」

いつもの彼女らしくない行動に戸惑いながら、花冠を取り返そうとする。

だが、リディは花冠を奪われまいと、手で頭に押さえつけながら言った。

「だって、この花冠はアーネスト様にしか教えていない、私が一番好きな花で作られた花冠ですよ。未完成でも失敗でも、アーネスト様が私のために作ってくれたってことが大事なんです！その大切な想いを、私の知らないところで無にしないでください！」

――こんなことを言われたら、何も言えなくなるじゃないか。

最近リディに関することになると、俺は普段通りに振る舞えなくなる。

リディにまつわる全てにおいて、楽しくなったり切なくなったり心が振り回される。

……本当にどうにかなってしまいそうだ。

「リディ、本当にお願いだ。新しい花冠を作るから、それを被って俺にその姿を見せてくれないか」

「……分かりました」

リディは少し間をおいて、そう答えてくれた。

こうして了承も取れたため、早く作らなければと俺は無心になって新しい花冠を作った。

「さあ、できたよ」

今回こそ綺麗に作れたと思いながら、リディの頭に新しい花冠を被せる。

すると、リディが後ろ手に隠していたものを、即座に俺の頭に載せた。

「リディっ、何を載せてって……これは――」

「はい！　先ほどアーネスト様が作ってくれた花冠を補修しました。これは私から贈るプレゼントです。すごくお似合いですよ！　これでお揃いになりましたね！」

「リディ……。リディも本当によく似合ってるよ。ありがとう」

――リディはどうしてこうも俺の心を揺さぶるようなことをするんだ。

健気な姿に胸が締め付けられる。

この感情は心の病なんかじゃない。

そうか……ついにこの感情の正体が分かった。

――ああ、俺はリディに恋をしていたんだな……。

自分の恋心を自覚するや否や、俺は次の日からリディに婚約を申し込むための準備を始めた。


こうして月日は経ち、十五歳になった俺はリディの父親であるベルレアン侯爵に、リディと婚約を結び将来リディが結婚適齢期になったら、彼女を王太子妃として迎えたいと内々に伝えた。

ベルレアン侯爵は、リディが良ければもちろん構わないと了承してくれた。

だが、事はそううまくは運ばなかった。ベルレアン侯爵の許しが出てすぐに、俺は隣国へと留学しなければならなくなったのだ。

いつ帰って来られるか先の見えない留学のため、とてもリディに告白することができなかった。

リディの性格上、告白を受け入れたら、俺が十年、二十年、三十年帰ってこなかったとしても、万が一隣国で死んだとしても、絶対に誰とも結婚しないだろう。

そんなことをリディにさせるわけにはいかない。

そのため、俺はリディに自分の気持ちを告げることなく、ベルレアン侯爵にも申し入れの取り消しをお願いしてから、リディを祖国に置いてきた。

だが——

「……なあ、ポール。俺は留学前リディに想いを伝えるべきだったか？　あともう少しで平和条約が締結できそうって……これで祖国に帰ってリディにプロポーズしようって……そう思っていたのに」

俺は項垂《うなだ》れてポールに尋ねた。絶望的すぎて、もはや涙も出てこない。

「アーネスト殿下のあのときの判断は、決して間違っていなかったと思います。ですが、まさかこのタイミングで婚約の話が出るとは……」

「なあ、見たか？　リディからの手紙には『アーネスト様との約束が私とロジェを引き寄せてくれたのだと思っています』と書かれていたんだ。ということは、俺は自分の言葉で、自分の愛する人を別の男と引き合わせてしまったんだ……」

俺はあまりの虚しさに、自嘲しながら続けた。

「この五年という期間、離れるには長すぎたんだよ」

「なんてことだ……。しかし、ふたりはまだ婚約段階です。何かあれば、もしかしたら婚約解消の可能性も……」

「何？　ふたりを引き離せというのか？　俺にはできない。どうやら、リディはロジェのことが好きらしい。いくら俺がリディを好きでも、リディが頼れる相手として好いているのは俺じゃなくてロジェだ。リディが幸せに生きられるなら、潔く身を引くしかないだろうっ……！」

口では綺麗事を言うが、どす黒い感情が心の中いっぱいに広がっていく。

「アーネスト殿下、もし、もしですよ、もしも仮にリディア嬢とロジェリオ卿が婚約解消ということになれば――」

「間違いなく俺がリディに求婚するに決まってるだろう！」

「それでこそ殿下です。では、そのもしもがあったとき、すぐに対応するためにも、平和条約締結の話はこのまま早く進めましょう」

そこで、俺は疑問に思った。

「なあ、ポール。君はさっきからなぜそうも、リディとロジェの婚約がうまくいかないときのことを考えるんだ？」

するとポールは、膝をつき項垂れた俺の手を取り立ち上がらせ、目を合わせて言った。

「殿下よりも十年以上長く生きている、私の大人の勘というやつですよ。それに、殿下はリディア嬢ばかり見ていましたが、私はロジェリオ卿のことも見ておりましたからね」

――ん？　どういうことだ？

まあいい。勘だろうと何だろうとポールの言う通り、万が一のことがあったときのためにも、国民のためにも平和条約を早く締結させなければ。

俺がこのままここで燻《くすぶ》っているわけにはいかない。締結は目前だ。

ポールの言葉には意味の分からない部分もあったが、死にそうなくらい落ち込んでいた俺にとっては、平和条約をすぐに締結するための原動力にはなりそうだった。

「……ポール、返事を書くからペンを持ってきてくれ」

愛する人と別の男との婚約報告の手紙に、祝いの言葉を長々と書けるほどの度量は持ち合わせていなかったから、ごく短い返信を書いた。

——リディへ

おめでとう。君たちの婚約をお祝いするよ。

アーネストより

それだけ綴り、俺はリディの手紙に返信したのだった。

第二章　よからぬ噂

ロジェと婚約して三カ月が経った。婚約者としてロジェとの仲も少しずつ進展し、私は忙しくて仕事の合間にしか会えないながらも、充実した生活を送っていた。

けれど、この間ロジェが、王女宮の前に所属していた治安部隊の引継ぎが終わったから、王女宮の仕事に専念できるようになって、今までよりも会いやすくなると言っていた。

民家に侵入したり馬車を襲ったりする盗賊団の事件に関して引き継ぎをしたらしい。

――捕まったならひと安心だけど、そんな人たちがいなければ、もっと頻繁に会えたのに……。

こんな事件が起こらないためにも、もっと慈善活動に力を入れて頑張らなきゃ。

そう改めて心を引き締めながら、私はポーラに声をかけた。

「よし、じゃあ今から孤児院の子どもたちにプレゼントするハンカチに、刺繍《ししゅう》をするとしましょうか！　ポーラ手伝ってくれるかしら？」

「もちろんでございます。お手伝いしながら、ロジェリオ卿との話を聞かせていただきますよ」

そして私は、ここ三カ月でロジェとの関係がずいぶん深まったことについて話すことになった。

「――それで、私が行ってみたいって言った、つい最近できたカフェのことを、ロジェが覚えていてくれたの。そしたらこの間会ったとき、休みが取れたら一緒に行こうって誘ってくれて、明日そのカフェに行くことになったの！」

完全にのろけ話ばかりしてしまっている。

でも、刺繍は着々と進んでいるから良しとしよう。

「ようございました。お嬢様がそんなにもロジェリオ卿とうまくやっているのなら、私も安心しました。最近よからぬ噂を、ある筋のものから聞いたもので。いずれお嬢様のお耳に入るかもしれないので、先にお伝えしておきましょう。少し覚悟をして聞いてください」

ある筋とは？　そして、覚悟をして聞くような話とは、いったいどのような噂なのだろうか。

何だか嫌な予感がする。

「まず、噂の出処は王女宮です。そしてその噂の主は、ロジェリオ卿と、子爵令嬢のエイミー・コールデンという娘のことなのです」

「ロジェに関する噂なの？　いったいその子爵令嬢とどんな噂が？」

戸惑いを隠せない私に、ポーラは気まずそうに小さい声で答えた。

「実は……このふたりが恋仲になっているという噂が、王女宮に縁のある貴族を中心にどんどん広がっているのです」

「こっ、恋仲ですって⁉　あのロジェがよりによって恋愛スキャンダル⁉」

あまりに想定外の話に衝撃を禁じ得ない。

「ど、ど、どうして？　それに、エイミー嬢だったかしら？　いったい何者なの？　その方とロジェの接点が全く分からないわ」

「エイミー嬢は、王女宮で働いている侍女だそうです。御実家は相当経済的に苦しんでおられるようで、エイミー嬢は王女宮で働き始めたらしいのです」

ロジェは、王女付き騎士団の副団長として働いている。

エイミー嬢は、王女付き侍女として働いている。

ということは、同じ職場で話す機会も多いから、そんな噂が王女宮から広まったのだろうか。

「噂は、一カ月くらい前から広まりだしたようです」

「それなら、耳聡《みみざと》い貴族たちはすでに耳にしているということね！」

今まで浮いた話ひとつなく身持ちが堅いと言われている男が、婚約者がいるというのに浮気したなんて、醜聞《しゅうぶん》好きの貴族にとって格好の餌食《えじき》でしかないのに。

ロジェに限ってそんなことあり得ない……！

「ちなみに、エイミー嬢が王女宮で働き始めたのは、お嬢様がロジェリオ卿と婚約する一カ月前からだそうです。それから三カ月くらい後に、噂がどんどん広まり始めたというわけで……」

エイミー嬢が王女宮で働きだしたのは、ロジェが王女宮に異動になる約半月前のこと。

ふたりは出会って日がまだ浅いのに、そんな噂が広まるなんて何かがおかしい。

ロジェとエイミー嬢のあいだにそのような噂が広がるような出来事が、王女宮であったのだろうか。

一度冷静になろうと思いながらも、冷静になりきれない。そんな私にポーラは淡々と続けた。

「エイミー嬢がロジェリオ卿にマントを渡し、それを受け取る様子を見た者がいました。それ以降、その……いわゆるボディータッチをするなど、会うたび非常に親密そうにお話をされているそうです。しかも、話を聞くに、どうやらふたりは以前からの知り合いのようだと……」

嘘ではないかと疑念が生じるほど、私の知らないロジェの話ばかりだ。

ロジェは私以外の女性とは付き合いがないし、仕事以外の休日は基本的に私と会っていたはず。

それなのに、ふたりが前から知り合いとはどういうことだろうか。

「それともうひとつ。エイミー嬢は、王女宮の侍女の中で評判の良い侍女らしいです。家計のために頑張って働く御令嬢という点で好感度が高いとか。また、小動物のような雰囲気で、明るく健気で素直な性格で庇護《ひご》欲がそそられると、今のところほとんどの侍女から好かれております」

「予想外のタイプだわ……」

てっきり気に入った男を誘惑して、周りの侍女にも煙たがられている女性を想像していた。

だからこそ、その意外さに衝撃を受ける私にポーラは頷きながら同意した。

「私も初めて聞いた時は驚きました。ただ、この彼女の性格のせいなのか、噂を知っていても彼女を咎める人がいないそうです。ですので、本人はきっとこの噂を知らないかと」

婚約者がいる男性と親密そうに話しているのに、誰も注意してあげないなんてそれはそれでどうかと思う。

だけど、それが本当の話なら女性もだけど、ロジェもロジェで大問題だ。

すぐに何とか手を打たなければならない。

「そうなのね。ポーラ、教えてくれてありがとう。引き続き、何かあったら教えてちょうだいね」

「はい、お嬢様。最善を尽くします」

噂について知った私は、明日のデートで機会を見ながら、ロジェに探りを入れることに決めたのだった。

その晩は、ポーラから聞いた噂が頭から離れず、考えすぎてほとんど眠ることができなかった。

気付けば朝になり、私の目の下には、くっきりと濃いクマが出ていた。

だが、幸いなことに私の侍女は何においても優秀な腕を持つポーラ。

コンディションの悪さをすべて覆い隠す、完璧なデート用の武装を私に施してくれた。

「お嬢様、今日もお美しいですよ。ぜひ胸を張って、醜聞を蹴散らしてきてくださいませ」

「分かったわ。ありがとう、ポーラ！　あとは、ロジェが来るのを待つだけね」

そう口にしたところで、ちょうどロジェが迎えに来たという知らせが入った。

「ロジェ、お待たせ」

玄関を出てすぐに彼の姿が視界に入り、私はロジェの下へと駆け寄った。

「ごきげんよう、リディ。今来たばかりだから待ってないよ。それにしても、今日のリディはいつにも増して本当にかわいいな！」

「そんなこと言われたら照れるわ！　さあ、馬車に乗って早く行きましょう」

余裕のなさを悟られないよう、私は朗らかに笑いながら私の頭を撫でるロジェの背中を押して、ふたりで馬車に乗り込んだ。

ロジェの口から自然と出る女性への誉め言葉。それが私のことを大切に思ってくれてのことだと思うと、昨日聞いた噂がとても信じられない。

でも、もし他の女性にも無自覚に似たようなことを言っているのだとしたら？

だとすると、他の女性との間に噂が広まるのは当然のようにも思える……。

なんてひとりで考え込んでいると、ロジェが浮ついた表情で私に話しかけてきた。

「リディ。今から行くカフェ楽しみだね。できてすぐに、若い御令嬢を中心に人気になったらしいよ」

――ロジェが貴族の女性に人気のある店の情報を知っているなんて、意外だわ。

「やっぱり人気なのね！　ロジェ、わざわざ調べてくれたの？」

すると、ロジェは少し苦笑いして言った。

「あー、実は僕が調べたというよりも、王女宮の侍女の子が教えてくれたんだ」

――もしかして、その侍女ってエイミー嬢のこと？　ちょっと探りを入れてみましょう。

「ロジェが、女性と業務以外の話をするなんて、珍しいわね」

「まあ、その子とは紆余曲折あって、他の女性と違って妹みたいな感覚でよく話すんだよ」

私が婚約者になった途端、別の女性を妹ポジションとして扱うロジェに何とも言えぬ嫌悪感のようなものが心に芽生え、思わずロジェに毒づいてしまった。

「私と婚約したら、すぐに妹みたいな子を見つけたのね」

思った以上に、冷たい声が零れ落ちる。

すると、ロジェはしまったというような顔をして必死に弁明を始めた。

「そういうわけじゃ……。リディとの方が圧倒的に僕との付き合いが長いじゃないか。僕が一番好きなのは、その子じゃなくてリディだよ」

この男はどうしてこうも無自覚に、私が喜んでしまうことを言うのだろうか。

「わ、私もよ。ちょっと嫉妬してしまったみたい」

妙な罪悪感に駆られ素直に言うと、ロジェは嬉しそうに顔をほころばせた。

「ところでロジェ、その妹みたいっていう子は何歳なの？」

「リディより二歳下の十七歳だよ。今年デビュタントなんだ。その子がどうかした？」

——私よりも年下なのね。どうりで、今までパーティーで会ったことがなかったわけだわ。

でも、今ここでその子とロジェの噂を聞いたことを言うわけにはいかない。

「カフェの情報に詳しいから、同世代かと思って聞いてみたのよ！」

——今あまり問い詰めすぎたら怪しまれるから、このくらいにしておきましょう。

間もなくカフェに着いた私たちは噂通りのケーキの美味しさに感動し、ロジェは私を見つめ、いつものように私の頭を撫でていた。

私はどうしてこんなにも優しいロジェに対して、一瞬でも疑心暗鬼になってしまったのだろう。

ロジェが浮気なんてするはずないわ！

ホッと安心してケーキを食べ進めていく。

すると、入り口のドアが開き、客の入店を知らせるベルがカランカランと鳴った。

直後、新たな客の足音が、なぜか私たちの方に近づいてきて、すぐそばで止まった。

「あ！　ロジェ様、こんなところでお目にかかるなんて偶然ですね！」

鈴を鳴らすような声が聞こえた瞬間、ロジェがすっと立ち上がった。

「やあ！　エイミー、君とここで会えるとは……！　奇遇だね。今日は仕事が休みなのか？」

ひとつにまとめたブロンドの髪を揺らしながら、かわいらしい笑みをこぼれんばかりに浮かべて、ロジェに近づき話しかけてきた女性。

――今、ロジェはエイミーと言った？

ということは、きっとこの女性が例の噂のエイミー・コールデン子爵令嬢なのだろう。

初めて彼女に会ったけれど、とても笑顔のかわいらしい方だわ。

それに、とても綺麗なエメラルドグリーンの目をしているわね。

「ええ、そうなんです。お休みの日にロジェ様にお会いできて、とっても嬉しいです！　そうと知っていたら、もっとかわいい服を着てくるのに」

「僕も会えて嬉しいよ。それにどの服を着ていても、エイミーはかわいいよ」

知らない人が聞けば、ただの同僚とは思えないような会話内容だし、婚約者を目の前にして他の女性をこのように褒めるべきではないだろう。

しかも、信頼できる人にしか愛称呼びを許さないロジェが、彼女にそれを許している。

そのうえ、いつも私以外の女性は敬称でしか呼ばない彼が、今目の前の女性をエイミーと名前で呼んでいるのだ。

それに……かわいいですって⁉

頭の中で、行き場のない様々な感情が交錯する。

そんな私をよそに、エイミーは頬を赤らめながら笑顔で嬉しそうに言葉を続けた。

「ロジェ様ったら！　そんなことを言われたら、照れてしまいます。私はいいですけど、他の女性にそんなこと言ったら、みんなロジェ様に惚れてしまいますよ！」

――「私はいいですけど」ってどういうこと？

しかも、それを婚約者の前で言うなんて！

私は苛立ちを隠しながら、ちらりとロジェを見てみた。

――何よ……その表情は。

ロジェは一瞬固まったが、慌てたように赤面し嬉しそうに笑っていた。

私には見せたことのないロジェのその表情に、言いようのない嫌な予感が頭を過る。

だが、ロジェはそんな私の様子など気にすることなく、はにかみながら続けた。

「そんなことないよ。本当のことを言っただけさ」

そう言ったかと思うと、こともあろうにロジェはエイミー嬢の頭を撫でた。

「ロジェ様に言われると他の人に言われるのと違って、何だかドキドキしちゃいます！」

すると彼女は、先ほどよりも顔を赤らめながら、上目遣いでロジェを見ていた。

――少なくとも、彼女はロジェのことが好きなのね……。

ロジェの方も恋心かどうかは分からないものの、何らかの特別な感情を抱いているようだ。

所詮、噂は噂と思っていたけれど、彼と彼女が「恋仲」という噂は、どうやらふたりが繰り広げる、この極めて不愉快なコミュニケーションが原因で広まったようだった。

ロジェは鈍感すぎるくらい鈍感人間だから、全く気付いていないのかもしれないけれど。

――それにしても、なぜ彼女は貴族なら誰しもが学ぶ最低限のルールを守らないのかしら？

この国では、位の高い者が位の低い者に声をかけて、初めて位の低い者が話すというルールがある。互いに親しくなれば、位が低い者から話しかけても良い。

彼女の今の私に対する態度は、まさにご法度の見本だ。

それに、未婚の女性が婚約者のいる男性に積極的に話しかけることも、マナー以前にルール違反なのに、子爵令嬢の彼女はそのマナーさえ無視している。

――ロジェに夢中すぎて、私のことは眼中にないのかしら？

ふと周りを見渡してみると、他の貴族客は修羅場《しゅらば》かというようにこちらを見ていた。

その反応を見るに、どうやら例の噂について知っている人が大半のようだ。

――困ったことになったわ。この出来事も、すぐに広まりそうね。

せっかくここで噂を一蹴するはずだったのに、これじゃあ一蹴どころか悪化よ……！

噂を知ってか知らずか、婚約者を前に親しげなふたりの様子に私は辟易《へきえき》する。

それと同時に、私がいるのに何の配慮もないロジェにも苛立ちを感じていた。

だが、そんな私の心の内を知らないふたりは、そのまま私を置いてけぼりに会話を続けた。

「そういえば、ロジェ様はどうしてこのカフェに来ているんですか？」

エイミー嬢がきょとんとした顔でロジェに問いかけた。

私が隣にいるにもかかわらず、そんな愚問を口にした彼女に、さすがのロジェも驚いたようだ。

「どうしてって……婚約者のリディアとデート中だからだよ。ねっ！　リディ！」

彼に話を振られ、ようやく声を発する機会ができたと、私はその場にサッと立ち上がった。

「こんにちは、コールデン子爵令嬢。私、ロジェリオ卿の婚約者の、ベルレアン侯爵家のリディアと申します。以後お見知りおきくださいませ」

エイミーに向かって笑顔と優雅さを意識しながら一礼し、さらに続ける。

「彼の言う通りデート中なんです。以前、私がここのカフェに行ってみたいと言ったことを覚えてくれていた彼が、今日のデートに誘ってくれて来たんです。あなたのことは噂に聞いていたので、ぜひお会いしたかったんですよ」

何とか感情的にならず、笑顔で挨拶ができた。

すると彼女は先ほどまでの笑顔を一切なくし、急に怯えた様子で唇を震わせながら言葉を零した。

「あ、いえ！　そ、そんな……、わわわわたしっ……！　すみませんっ……！　まさかロジェさ……いえ！　ロジェリオ卿がリディア嬢と一緒にいるとは思っておらず、大変失礼なことをしてしまいましたっ……！　ごめんなさい！　ごめんなさい！」

彼女は、大粒の涙を流しながら謝った。

「エイミー、どうして急に泣いて謝るんだ？　何もそこまで謝るようなことじゃないだろ？」

「その通りです。私が話し出した途端そのように泣かれると、他のお客様に私があなたを泣かせたと思われます。だからどうか、泣かないでください」

予想外の彼女の涙に、私の心には焦燥と戸惑いが込み上げた。

正直、嘘臭さを感じる涙ではあるが、真実はどうであれ、彼女を落ち着かせるのが先だろう。

泣き止んでもらうために、ハンカチを渡さないと。

「こちらをお使いになって」

「これ、使って」

声が被って、ちらりと横を見ると、同じタイミングでハンカチを差し出したロジェと、ぱちりと目が合った。

――何でロジェまで、ハンカチを出すの⁉

けれど、この状況ならば出すのも無理はないと思い直し、空気を読んで彼女が私のハンカチを手に取るだろうと、私はさらに彼女にハンカチを近付けた。

すると、エイミーはさらに泣き始め、驚いたことに私のではなく、ロジェのハンカチを手に取った。

「えっ……」

――あざといの？　天然なの？　わざとなら、喧嘩でも売っているのかしら？

頭に血が上りかけたが、彼女が店の扉に向かって走り出したのを見て我に返った。

よく見ると、彼女は胸元でロジェのハンカチを、ギュッと大事そうに握りしめている。

そして、扉の前で一度こちらを振り返るとロジェを一瞥《いちべつ》し、すぐに店から飛び出していった。

隣を見ると、驚きと困惑の混じった、複雑な面持ちのロジェが視界に入った。

こうして私たちは、気まずい雰囲気のままカフェを出ることになったのだった。

――せっかくの楽しいデートが、彼女のせいで台無しだわ……。

私、腹は立ったけれど泣かせるつもりはなかったのに……。

傷ついたのは彼女だけじゃない。私だって、だいぶ傷つけられたわ。

カフェを出てふたりで馬車に乗り込んだところで、ロジェに質問してみた。

「私、彼女をあんなにも泣かせるようなことを言ったかしら？　何か心当たりはある？」

「彼女は僕しかいないと思って声をかけたのに、後でリディの存在に気付いて戸惑ったんじゃないかな？　彼女はなかなか苦労人なんだ。もし今度会ったら、今回のことは大目に見て、妹みたいに仲良くしてやってよ。けど、あんなに泣くなんて心配だな」

そう言われても、彼女がロジェを「好き」だということに、迷いない確信を持ってしまった。

そんな彼女と仲良くなんて考えられない。ましてや、妹のようにだなんて。

「善処するわ」

今の私は、そう答えるのがやっとだった。

いつもだったら楽しい会話が続くけれど、今日はもう喋る気力すら湧かない。

そうして、珍しく静寂に包まれた馬車に揺られ放心したまま家路を辿った。

これこそが、酷く憂鬱な私とエイミー・コールデンとの出会いだった。

◇　◇　◇

今日のデートはずっと楽しみにしていたのに、最悪な気分で終わってしまった。

当のロジェはエイミー嬢の心配ばかりで、私の心配はしてくれなかった。

その上、妹のように仲良くって……無理に決まってるじゃない。

家に帰った私は、ポーラに今日の出来事について説明した。

「まあ！　では、エイミー嬢は泣きながらお店を出られたと……」

「そうなのよ。たぶん、今日の出来事のせいで、歪曲《わいきょく》された噂がより広まってしまうわ」

そのことを考えただけで、頭が痛くなる。

「それにしたって、エイミー嬢が話しかけてきた段階で、ロジェリオ卿はお嬢様を紹介するとか、何か対処の方法があったはずですのに、何もしなかったとは、あまりよろしくありませんね」

私も今日のロジェに関しては、いくら鈍感だからといっても許されない部分があったと思う。

けれど、今日のような場面で怒ったり不満を言ったりしたら、すぐに悋気《りんき》する嫉妬深い女だと嫌がられるかもしれないと思い、何も言えなかった。

「お嬢様は、ロジェリオ卿に今日のことについてご不満は伝えましたか？」

「たぶん私が気分を害しているのは、さすがにロジェも察していたと思うわ。でも、私たちのこの婚約は、私の片想いから始まった婚約でしょう？　それなのに、ロジェが妹みたいに思っている子に関する不満を言ったら、嫌がられると思って何も言えなかったの」

私の発言を聞くや否や、ポーラは少し怒った様子で言った。

「お嬢様、これから同じようなことがあっても、また我慢してひとりで落ち込むんですか？」

その言葉に私はハッと息を呑んだ。

「……それは、無理だと思うわ」

「思うも何も、普通は無理なのです。それに、妹のような存在？　笑わせないでください」

ポーラはそう言うと、肩を竦《すく》めて眉間に皺を寄せた。

「本当の妹ならまだしも、ただの他人ですよ。そんな人のために、お嬢様が不必要に心を痛めることは間違っております」

そうだ。エイミー嬢は結局のところ他人だ。

何であの子のせいで、こんなにも私が悩まないといけないの？

「そもそも、ロジェリオ卿は婚約者がいるという自覚が足りないのです。鈍感という言葉では済ませられません。あのお方には一度はっきり言わなければ、お嬢様の今のつらい気持ちはほとんど伝わりませんよ」

本当にポーラの言う通りだった。一度はっきりさせておかないと。

「お嬢様は我慢せず、ありのままの感情をお伝えください。それでも、ロジェリオ卿がお嬢様のお気持ちを理解されなければ、最悪の場合、ロジェリオ卿への見方を変えなければなりません」

そう言い残し、ポーラは部屋から出て行った。

——見方を変える……か。

できればそうなることは避けたいけれど、覚悟は必要ね。

婚約して三カ月。ロジェとの距離が縮められていると思った矢先、まさかこんなことが起こるだなんて思ってもみなかった。

婚約の日、ロジェは私に「恋愛対象として見ることができているのかについては、正直まだ分からないけど、人としてリディが好き」と言っていた。

——今のロジェは、私をどう見ているのかしら？

考えただけで、少し涙が出てきた。

「こういうとき、以前だったら必ずアーネスト様が相談に乗ってくれたのに……。そうだわ！」

私は涙を拭って、急いでペンと便箋を取り出した。

婚約報告の次に送るにはふさわしくない内容だけれど、ここは思い切ってアーネスト様に噂について相談しましょう。

——親愛なるアーネスト様へ
お元気でお過ごしでしょうか？
今回は相談したいことがあり、筆を執りました。
実は今、貴族の間でロジェが王女宮の侍女と恋仲という噂が流れているのです。

当初は悪戯《いたずら》で流された噂かとも思いましたが、私がこの目で直接ふたりの様子を見た結果、周りからそのような誤解を受けても仕方ない、ふたりの言動に原因があったのだと分かりました。

おそらくロジェは無意識ですが、侍女の方はロジェに恋心を抱いていると思われます。

私としては、ロジェにはそんな女性と親しくしないでほしいのが本音です。

しかし、その伝え方を間違えて、婚約した途端に悋気になったと思われないか不安なのです。

アーネスト様、私はロジェに今の気持ちをどのように伝えれば良いでしょうか？

お返事をいただけると幸いです。

ベルレアン侯爵家　リディアより

——私的すぎて申し訳ない相談だけど、アーネスト様にだからこそできる相談だわ。

この手紙を書き終わった途端、急に安心感が湧き、私はいつの間にか眠っていた。

作戦決行〈アーネスト視点〉

「アーネスト様！　リディア嬢から手紙が届きましたよ！」

ノックの音がして入るよう指示した途端、勢いよく入ってきたポールから手紙を受け取った。

嬉しいはずの手紙を開くことを躊躇している俺の様子に気付いたポールが、不思議そうに言う。

「アーネスト殿下、開けないいんですか？　大好きなリディア嬢からの手紙ですよ」

「今まではそうだったさ。でも、婚約報告以降初めての手紙だから……な。しかも、ロジェとの惚気話だったら、俺は立ち直れないかもしれない」

「ああ、そういうことですか。それなら私が先に読ませていただいて、大丈夫そうならアーネスト殿下にお見せしましょうか？」

そう言いながら、ポールは俺が持っているリディからの手紙に手を伸ばしてきた。

「リディからの手紙を、俺以外の人間に一番に見せるわけないだろ！」

俺はポールから手紙を守るようにして、勢いで開けた。

そして、手紙に目を通して驚愕した。

――惚気どころか、貴族の未婚女性にとっては深刻な相談じゃないか⁉

「あいつ……リディが頼れる存在というから俺が黙って引き下がっていれば、リディを傷つけやがってっ……！」

「殿下、落ち着いてください！　どうしたんですか？　そんなに怒って」

「あいつ……ロジェリオ・ライブリーは、俺の愛するリディと婚約したにもかかわらず、別の女と恋仲だと噂されているそうだ」

言葉にしただけでも、ロジェに対し激しい憤りが湧いてくる。

「え？　恋仲ですか⁉　しかも、婚約してまだ三カ月ですよね⁉」

「ああ、そうだ」

「ですが殿下、あくまでも噂であって本当のことではないかもしれませんよ」

ポールは一生懸命俺を宥めようとする。

だが、俺の怒りは収まらない。

「リディと婚約したのに、そんな噂が出てくること自体が罪なんだよ！」

「確かにそれはそうですが、ライブリー家やベルレアン家のことを良く思わない貴族の罠《わな》では？」

「いや、それはない。リディは直接ふたりが話す様子を見たうえで、恋仲と思われても仕方ないと思ったそうだ。はあ……俺はロジェがこんな恋愛沙汰で、リディのことを傷つけるような男ではないと思っていたのに」

「……いや、よく考えてみればあり得ますよ」

突然ポールが驚きのひと言を発した。

「どういうことだ？」

「考えてみてください。リディア嬢がロジェリオ卿のことを好きというお気持ちは分かりましたが、そもそも、ロジェリオ卿がリディア嬢をどのように思っているのかは分かりませんよね？」

確かに言われてみればそうだ。

「以前から思っていたのですが、ロジェリオ卿はリディア嬢のことを本気で妹と思っているように思えるのです。それこそ、位置付けは友達を超えて家族だと思います」

「まあ、俺と違って小さい頃から常にふたりは一緒だったからな。だからこそ、リディとロジェは婚約したんだろう？　……あっ」

俺はポールに言われたことを繋ぎ合わせ、ひとつの結論を導き出した。

──距離が近すぎたあまりに、ロジェはリディに対して恋慕の情は一切ない、本当の家族の一員と思っている分、例の侍女のようなリディ以外の同年代の女性とは、恋愛に発展してもおかしくはないということか……。頭が痛くなってきそうだ。

「殿下も、もうお察しでしょう。ロジェリオ卿は、武術や剣術の腕前は優れていても、それ以外は極度の鈍感人間ですので、そんな噂を招いたのは彼の無自覚からだと思います。ですが、このままでは……」

「ああ、もっとよからぬことに発展する可能性が高いな。リディもさらに傷付いてしまう」

俺だったらそんな思いをさせないのにと、傷付く彼女を想い胸が痛む。そのときだった。

「リディア嬢はアドバイスを求めてきていますが……。殿下、今こそチャンスではないですか？」

ポールと考えていることが同じだったため、一瞬ドキリとした。

「この三カ月で、ようやく内々に平和条約締結が決まったんだ。明日、即刻ロイルの陛下に公布申請して、リディが待っている我が国に帰るぞ！　いくら俺の大切な幼馴染みとはいえ、ロジェがリディを蔑《ないがし》ろにしてよその女と恋仲と言われているなら、目には目を、歯には歯をだ」

──リディには悪いが、もう俺は潔く身を引いたり、ロジェとリディの婚約を祝ったりしない。

「国に帰り、必ず俺がリディを幸せにする」

「よくおっしゃいました、それでこそ殿下です！　では、リディア嬢のお手紙には何と返しますか？」

ふたりの仲を応援したいわけではないが、一度ロジェにはリディがどんな気持ちでいるのかを分からせないといけないな。

「リディの不安な気持ちはよく分かるが、不満があれば一度全部言った方がいいと送ろうと思う。あと、パトリシアにも帰国を知らせる手紙を書くから、リディの手紙と一緒に早馬で送ってくれ」

そう言いながら手紙を書き終え、俺はポールに二通の手紙を託した。

——いよいよ、作戦決行だ。

第三章　動き出した歯車

「お嬢様、アーネスト様からさっそくお返事が届いておりますよ」

そう言ってポーラが差し出す手紙を受け取り、私は慎重にペーパーナイフで封を開けた。

――やっぱり、不満があれば一度全部言った方が良いのね……。

手紙の内容が気になるのか、ポーラが横から言う。

「お嬢様、明るいお顔になりましたね。何かいいことが書かれていたんですか？」

「アーネスト様が手紙を通して、自信と勇気をくれたの。今度ロジェと会ったとき、噂に関する自分の気持ちを伝えてみることに決めたわ！」

決心がついた私は、ポーラに笑顔を向けた。

「それはようございました。婚約期間中なので、我慢せずにおっしゃるべきだと思っていましたが、ようやく決心してくださり私はホッといたしました」

「私はポーラにかなり心配させていたようね。我慢だけが美徳ではないものね。結婚するならなおのこと、男女関係についてははっきりさせなくちゃ」

「おっしゃる通りでございます。では、パトリシア殿下からの手紙もどうぞご覧になってくださ い」

ポーラに差し出されたパトリシア様からの手紙を見ると、その内容はお茶会の招待状だった。

――えーと、お茶会の日時は……。

「明日⁉」

「どうされましたか？」

「パトリシア様からの手紙は、お茶会の招待状だったのだけれど明日ですって。こんな急なお誘いは初めてだわ……。何かあったのかしら？　ポーラ、明日のお茶会の準備をお願いできる？」

「もちろんでございます。私はお嬢様専用の侍女ですからね」

私はアーネスト様からの手紙の内容を胸に留めつつも、お茶会の準備に取り掛かった。

そして翌日、私は指定通りの時間に王女宮にやってきた。

ちなみに、なぜかポーラがロジェは今日は非番だと知っていた。

王女宮の前まで行くと、入り口でパトリシア様が出迎えてくれた。

「あ！　リディア様、来てくれたのね！　急なお誘いだったけれど、会えて嬉しいわ！」

「本日はご招待いただきありがとうございます」

「とんでもないわ！　早くリディア様に伝えたいことがあって、今日は来てもらったの！　さあ、早くティールームに行きましょう！」

相当ご機嫌な様子のパトリシア様は、終始浮足立った様子でティールームに向かった。

その様子を不思議に思いながらも、私は足取り軽いパトリシア様に遅れまいと急いだ。

「あのね、リディア様、驚かないで聞いてちょうだい！」

「今日はずいぶんと嬉しそうなご様子ですね。一体どうされたのですか？」

「なんとなんとなんと、隣国のロイルとの平和条約締結が実現したから、ついにお兄様が帰ってくることになったの！！！！！」

私は驚きのあまり、一瞬息が詰まった。

「ア、アーネスト様がついに帰ってくるんですか⁉」

嬉しそうに「ええ！」と返ってきたパトリシア様の声を聞き、嬉しすぎて涙ぐんでしまう。

「本当に、本当に良かったです。無事に帰ってこられるんですね！　早くお会いしたいです！」

「お兄様は一週間後に帰国されると決まったようです！」

「一週間後ですか⁉　そんなにもお早いのですね！　では、今日の帰りにアーネスト様のご帰国お祝いのプレゼントを買いに行きますね！」

「ええ！　ぜひそうしてあげて！　お兄様はリディア様からのプレゼントなら何でも喜ぶわ！」

「……分かりました。では、一週間後に会うときにお渡しいたしますね」

私の記憶の中のアーネスト様は、私と同じ背丈で女の子とよく間違われるような顔立ちの人だ。

今はどんなに成長しているんだろうか。今のアーネスト様に似合うプレゼントは何なのか。

それを考えるだけで、とても楽しくなってくる。

「ありがとう、リディア様」

「とんでもないです、早くに教えてくれてありがとうございます」

「リディア様だから教えたのよ！　お父様もお母様もベルレアン家とライブリー家の方々にはぜひ伝えてあげて。特にリディア様には絶対に伝えてあげてねっておっしゃっていたんです」

――ジェームズ陛下とベアトリクス陛下までがそのように配慮してくださるだなんて……。

「本当にありがとうございます！　両陛下にも、どうぞよろしくお伝えください」

「ええ！　では、リディア様はこれからお兄様のプレゼントを探しに行くのだから、今日のお茶会は早めに切り上げましょうか。また改めてお茶会しましょう。今度はお兄様も交えてねっ！」

「はい！　ぜひお誘いください。楽しみに待っております」

そうして、私は王女宮を出て、アーネスト様のプレゼントを買いに行くことにした。

そのため馬車停めまで歩いていた、そのときだった。

「あ！　リディ様！」

背後から名を呼ばれ、誰かしらと思いながら振り返ると、剣技訓練後であろう姿で、こちらに駆け寄るロジェの弟のウィルがいた。

「あら！　ウィルじゃない。久しぶりね」

「お久しぶりです、リディ様！　リディ様はどうしてここに？」

「パトリシア様とお茶会をしていたの」

「そうだったんだ。今から帰り？　それなら僕が護衛として送るよ！」

突然のウィルの申し出に私は戸惑った。

――今からアーネスト様のプレゼントを買いに行く予定だから、悪いけど断ろうかしら。

「ウィルはライブリー家の人だから言うけれど、アーネスト様が帰って来ることになったの。それで、今からアーネスト様のプレゼントを買いに行くから、気持ちだけは受け取っておくわね」

そう言うや否や、ウィルは目をキラキラと輝かせながら言った。

「アーネスト様が帰ってくるの⁉　僕もプレゼントを買いに行きたい！　リディ様、一緒に行こうよ。街こそ僕が護衛するから！」

――こんなにも付いてきたそうな顔をしているのに、置いていくのは酷よね。

「じゃあ、一緒に行く？」

「やった～！　行く行く！」

とても喜んだ様子のウィルを護衛兼プレゼント選びの相方として伴い、私は街へ向かった。

「アーネスト様は黒髪に綺麗な紫の目をしているでしょう？　だから、カフスボタンや、ブローチはシルバーよりもゴールドが似合うと思うの」

「ふふっ、気が合うね。僕もまさにそう思ってたんだ！」

落ち着いた色調の洗練さが漂う紳士雑貨店の中、陳列された商品を吟味しながら眺める。

すると、私とウィルの選んだプレゼントの候補は、意外なほどにぴったりと一致した。

――良かった。ウィルがいるから、良いものが早く選べそうだわ。

「あ！　リディ様見て！　このコロン、自分で好きな匂いと瓶を選べるんだって」

「ウィルったら、良いものを見つけるのが本当に上手ね！　一緒に来て良かったわ！」

こうして、ウィルとお店を巡り、ブローチ、カフスボタン、そして偶然にも見つけた私の一番好きな花の香りのコロンをプレゼントとして入手することができた。

「良かったよ！　リディ様とこうして偶然会えて」

「私もウィルと久しぶりに会えたから良かったわ」

「それなら良かった！　あのね、リディ様……ちょっと真面目に話したいことがあるんだ」

──改まって、真面目な話って何かしら？

ウィルの急な申し出に驚きながらも了承し、私たちは近くのベンチに腰かけた。

「あのね、リディ様。話っていうのは……兄様と王女宮の侍女の噂についてなんだ」

──あっ……ウィルも知っていたのね。

「多分リディ様はその噂のこと知っていると思うから、そのことについて僕から謝っておこうと思って……。ごめんね、リディ様」

ウィルは申し訳なさそうな顔をしながら、私にそう話してきた。

──おそらく、ウィルはこの話をするために私の買い物についてきたのね。

「それはウィルが悪いんじゃないわ。だからウィルは謝らないで、ね？」

「でも……少なくともあの噂でリディ様は傷ついたよね？　直接傷つけたのは僕じゃなくても、つい最近その噂を知って弟として謝りたかったんだ。って……こんなの自己満足だよね」

──ウィルは、ロジェと違って心の機微に敏感なのね。

「自己満足だとしても、ウィルが本気で私を慮《おもんぱか》ってくれていると十分伝わるわ。ウィルの優しさもね。だからこそ、どうか理解しておいてほしいの。私を傷つけたのはあなたじゃないわ」

そう言って、ウィルの肩を軽くポンポンと叩くと、ウィルは目に涙をため、こちらを見つめながら口を開いた。

「兄様は本当に鈍感人間で、自分の噂に全く気が付いていない。それに、お父様とお母様はまだこの噂について知らないみたいんだ」

――おそらくそうだと思ったわ。

噂について知っていたら、ライブリー卿はまだしも、ジュリアナ夫人が黙っているわけがない。だけど、知ったら何をしでかすか分からないお方だから、下手に耳に入れてもいけない。

ウィルはずっとひとりで抱え込んでいたのね。

なおさら、私が早くロジェに言わないと……！

「僕も直接は見てないけど、もし本当に王女宮の侍女と恋仲だったり、恋仲と誤解されるようなことをしたりしていたら、僕が兄様をぶん殴ってやる。それで、お母様にも言ってやるんだ！」

ウィルがふたりの会話を見聞きしていないのは、不幸中の幸いだろう。

とにかく、一刻も早くロジェにきちんと噂の話と自分の気持ちについて伝えよう。

「ありがとう、ウィル。でも、殴ってはだめよ」

「僕はリディ様がお義姉様になるのが嬉しすぎて、婚約が決まった日からずっと結婚する日を楽しみに待っているんだよ？　でもまあ、リディ様が止めるなら殴るのは我慢してみる……」

渋々そう零すウィルに苦笑しつつ、私は切りも良いだろうと思い、帰ろうかと提案した。

そして、少し明るさを取り戻したウィルと一緒に馬車停めに向かって歩き出した。

「そういえば、ここのジュエリーショップにお母様がリディ様と一緒に行きたいって言っていたから、良ければ一緒に来てあげてよ」

「それは嬉しいわ！　ぜひお誘いしなくちゃね」

そう言って私はウィルと共にそのジュエリーショップに目を向けると、店から思わぬ人たちが出てきた。

「っ……！」

──なぜロジェと、エイミー嬢が一緒にジュエリーショップから出てくるの……⁉

「「どうして……」」

ウィルも疑問に思ったのか私に尋ねる。

「リディ様、あの横の女知ってる⁉」

「……ええ、あの方が例の噂の女性、エイミー・コールデン子爵令嬢よ」

──絶対にウィルにはふたりが一緒の場面を見せたくなかったのに……。

しかも、よりにもよってこんな店から共に出てくるなんて。

戦慄《せんりつ》した空気の私やウィルに対し、ふたりはこちらに全く気付かず、楽しそうに話している。

「リディ様、早速だけど約束破る。ごめんね」

「え、ちょっ……ウィルっ！！！！　待ちなさいっ！」

私は強めにウィルを制止したが、彼はそれを聞き入れず猛スピードでロジェの方へと走り出し、いきなりロジェを路地裏に引きずり込んだかと思えば、その横っ面を思い切り殴る影が見えた。

慌ててウィルを追いかけ、その場に辿り着くと、殴られて座り込み放心状態になったロジェにウィルが怒声を浴びせたところだった。

「僕はあんたのことが許せない！　噂は誤解だって思っていたのに！　最低だっ！！！！！」

　すると、横にいたエイミー嬢が口を開いた。

「あなた、いったい誰なんですか⁉　いきなり殴りかかるなんて、あなたの方が最低です！」

　ウィルにそう言うと、エイミー嬢は悲痛に顔を歪めロジェに声をかけた。

「ロジェ様、大丈夫ですか⁉　血が出てるわ！　早く治療しないとっ……！」

　そう言って、ハンカチを取り出すため彼女が振り返ると同時に、私と彼女の視線が交差した。

「あ、ああ、リディア嬢。な……何でここに？　こ、こんなところでどうされたのですか？」

「それは私の方が聞きたいわ。あなたたちこそ、どうして一緒にここにいるのかしら？」

　いきなり殴ったことは悪いにせよ、ウィルの気持ちが分かる分、ウィルに最低だと言い放ったエイミー嬢が許せなかった私はきつめに問いかけた。

「こ、この人がいきなりロジェ様に殴りかかったのを偶然見かけたから、そ、その……ロジェ様の看護をしようと……」

　そんな嘘を平然とつくエイミー嬢に、私は大いに呆れた。

　そして、このエイミー嬢の答えはウィルの怒りの火に油を注いだ。

「お前、嘘をつくな！　こっちはふたりが店から出てくるのを見てたんだよ！　そうだよね、リディ様」

　そのひと言で、エイミー嬢は私とウィルが一緒にいたということに気付いたらしい。

「え……おふたりはお知り合いなんですか？　ロジェ様とも？　ということは、先ほどまで、リディア嬢はこの殴りかかってきた人とふたりで一緒にいたということですか⁉」

「ええ、そうよ。だからって、それがあなたに何か関係あるかしら？」

「あります！　ロジェ様は私のお友達なんですよ。まさか、リディア嬢がロジェ様という素敵な婚約者がいながら、白昼堂々と浮気しているだなんて思ってもみませんでしたわ！　私はあなたよりも身分が下ですが、ロジェ様の親友として言わせていただきます。リディア嬢、あなたがしていることは最低なことです！」

「は……？」

――どの口が言っているのかしら？　ついに頭が沸いたの？

激しい怒りが身体中に広がり、まるで血が沸騰しそうな感覚に襲われる。

そんな中、私よりも先にウィルが口を開いた。

「黙って聞いてりゃ、適当なことばかり言って‼　浮気だって？　リディ様は婚約者の弟と浮気するような方じゃないぞ！　お前は僕たちのことを、馬鹿にしているのか⁉」

そのウィルの怒声と内容にひどく驚いた様子のエイミー嬢が尋ねる。

「え？　この方は、ロジェ様の弟君なのですか……？」

心からの驚きが滲み出るその声に、私が肯定の返事をしようとすると、ロジェがスッと立ち上がり、私を手で制した。

そして、胸元からハンカチを取り出すと、それに口内から流れ出た血を吐き出し言った。

「エイミー、この子は本当に僕の弟だよ。それに、リディと浮気なんて絶対するような男じゃない。リディは僕の婚約者だからね。それに、リディも浮気をするような子じゃない」

――エイミー嬢の前で私が婚約者ということをあえて言うなんて、本当に恋仲じゃないの？　では、なぜふたりは一緒にいたのかと、私の頭の中は混乱してしまう。

一方、エイミー嬢はその言葉を聞くなり申し訳なさそうな顔をすると、ウィルに言った。

「……弟さんだったんですね。でも、いきなり殴りかかるなんて間違っていると思いますよっ！　どうしてお兄様にそんなことをしたんですか!?」

――散々失礼なことを言って謝罪もせず、よくウィルにそんなことが言えるわね！

「エイミー嬢、あなたはウィルにそんなことを言える立場じゃないでしょう」

「……っ、確かに私の方が家格は下ですが、こんな理不尽な暴力は兄弟同士であっても、してはいけないことです！」

本当に自分を客観的に見ることができない人なのかと、さらに呆れる。

すると、そんな彼女にロジェが言葉を返した。

「エイミー、僕はたぶんウィルを怒らせるようなことをしてしまったんだ。普段はこんなことをするような子じゃない。ウィルを責めないでやってくれ」

「……っ、でも、事実ロジェ様は弟君に殴られて怪我をしているじゃないですか。弟さん！　ロジェ様は優しいからあなたに怒っていないようですが、きちんとロジェ様に謝ってください。それに、自分のお兄様に向かってあんただなんて、いくら何でも失礼ですっ！」

ウィルに向き直ったエイミー嬢が放った言葉に驚き、私は咄嗟にウィルを庇う。

「ウィル、確かにあなたが殴ったり口が悪くなったりしたのは良くないことだけれど、エイミー嬢にそんなことを言う権利はないのだから、謝る必要はないわ」

「分かってるよ、リディ様。それより、僕はリディ様の方が心配だよ。一番傷ついているのは兄様じゃなくて、リディ様じゃないかっ……」

――自分の苛立ちを抑えて冷静になり、私の心配をしてくれるなんて。

胸が締め付けられるような思いでウィルを見つめると、彼はそのまま続けた。

「もうこれ以上リディ様に嫌な思いをしてもらいたくないんだ。だから、リディ様は止めるかもしれないけれど、僕はふたりに言うね。僕のこと責めてくれてもいいから」

ウィルはそう言うと、私を安心させるかのように寂し気な微笑みを浮かべた。

直後、再び真剣な顔になりロジェとエイミー嬢に向き直って言い放った。

「なあ、あんたたちは今流れている自分たちの噂について知っているか？」

ついに、ウィルが噂についての口火を切ったのだ。

ロジェとエイミー嬢は、何の話かさっぱり分からないとでも言うように、きょとんとしていた。

「ウィル、僕たちの噂っていったいどんな噂だ？」

ロジェのその問いかけに、ウィルは苛立ちを隠さぬ様子で答える。

「兄様が王女宮の侍女と恋仲だっていう噂だよ！　そして、その恋仲と言われている王女宮の侍女は、その横にいる女のことだよ！」

「えっ……！」

　ウィルの発言に、ロジェとエイミー嬢はふたり揃って、ひどく驚いたように目を見開いた。

　そして、ようやく状況を理解した様子で必死に弁明を始めた。

「僕たちは一切、そんな恋仲なんて関係じゃないよ！」

「……っそうです！　私たちはお友達ではありますけど、決して恋仲ではありません！　本当にただの仲の良い同僚でお友達の関係ですっ！」

　何度も何度も必死に弁明をしているが、ジュエリーショップから一緒に出てきたこのふたりを見て、果たして誰がただの同僚や友達だと思えるのだろうか。

「あなたたちは先ほどから、同僚と言ったり友達と言ったりしているけれど、本当にそんな関係だというのなら、なぜふたりでジュエリーショップに来ていたの？」

「それは——」

「リディア嬢のためです！」

　ロジェが言いかけた言葉を遮り、エイミー嬢が大きな声で叫んだ。

「私のため？　どういうこと？」

「ロジェ様がリディア嬢へ贈る婚約百日記念の指輪を選ぶというので、そのお手伝いのため一緒にいたんです！　サプライズだったので、つい一緒に来ていないふりをしてしまいました」

　とりあえず、エイミー嬢がロジェと一緒にいたわけじゃないふりをした理由は分かった。

　ただ、それが事実だとして、どうして恋敵の女が一緒に決めたプレゼントを喜ぶと思うのか。

　もし一緒に選んだことを知らなくても、しばらく経ったら絶対に知ることになったはずよ。

私は婚約の記念日にプレゼントを用意してくれた事実と、そのプレゼントをロジェが恋敵と買いに行ったというふたつの事実を前に葛藤が生まれる。

するとウィルが口を開いた。

「それが本当なら、兄様はこの女じゃなくて、僕やお母様を誘って選べばよかったじゃないか！」

――その通りよ。ロジェの気持ちさえ籠もっていれば、どんなものだって嬉しいのに……。

胸を締め付けられるような気分でロジェを見つめると、彼は神妙な面持ちで口を開いた。

「本当はひとりで買いに来るつもりで街を歩いていたんだ。そしたら、王女宮のお使いで街に来ていたエイミーに偶然会って、流れで選ぶのを手伝ってもらうことになったんだ」

約束して一緒に来たわけではないことに安心したものの、それでも嫌な気持ちは消えない。

「私はロジェがくれるものならどんなものでも良かったのよ」

「リディ……ごめんね。リディなら何でも喜んでくれるだろうけど、どうせならリディに似合うものを贈りたかったんだ。僕は自分のセンスに自信がないから、同年代のエイミーなら、リディに似合って好きそうなものが選べると思ったんだよ」

似合うものを選んであげようという気持ちは、すごく嬉しい。

――けれど、その手伝いにエイミー嬢を選んでほしくなかった。私が狭量すぎるの？

そう思っていると、エイミー嬢が口を開いた。

「どうして、リディア嬢はロジェ様の頑張りを認めてあげないんですか？　この間のハンカチのお礼として、助けになれたらと私からロジェ様に頼み込んで付き添わせてもらったんです！　ロジェ様を責めないでください！　あなたのためだったのに、いくら何でも酷すぎませんか？」

よりにもよって、どうしてエイミー嬢にこんなことを言われないといけないのだろうか。

――まるで、私の方が悪者みたいじゃないの!?

「ちょっと、エイミー嬢。あなた――」

「……ぉぃ、おいっ！」

怒りの言葉を言いかけた私の声を、ウィルの怒声が遮った。

「あんた……、リディ様を虚仮《こけ》にするのも大概にしろよっ！　偉そうにリディ様に説教して何様のつもりだ！　それに、何度もロジェ様って愛称で呼ぶくせに、ただの同僚っておかしいだろ!?」

「そ、それは。ちょっと興奮してしまって……」

ウィルに怒鳴られたエイミー嬢が委縮する一方、逆に冷静になれた私は、彼女を諭すように言う。

「エイミー嬢、私は全知全能の人間ではないの。いくらふたりが一緒にいた理由が私のためだとしても、知らない人間は、恋仲と噂されるふたりがデートしていると思うはず。ロジェの婚約者である私にとって、それはとても不名誉な状況よ。あなたも貴族の令嬢だから分かるでしょう？」

そこまで言うと、エイミー嬢はいたたまれないといった顔になり、一方でロジェはハッと何かに気付いたように、目を見開いた。

「それに、私は形だけではなくて、ロジェのことが好きで婚約を結んだのよ。今まで言わなかったけれど、あなたとロジェの噂で、私はここ数日ひどく悩んだわ。だからこそ、エイミー嬢がそのような発言をするのなら、こちらもこちらでそれなりの対応をさせてもらうわ」

――これ以上言っても、お互いに嫌な気持ちになるだけね。

そろそろこの場から去りたい。そう思うと、ロジェが口を開いた。

「僕はそんな噂が広がっているなんて全く知らなくて……。リディには相当嫌な思いをさせたよね、ごめん。でも、エイミーとは恋仲ではないよ。これだけは分かってもらいたいんだ」

――エイミー嬢の前でこれだけ断言しきるということは、本当に恋仲ではないようね。

ふとウィルを見ると、彼は一切の油断なくロジェを鋭く睨みつけていた。

「恋仲でもないなら、どうして馴れ馴れしく接するのを許しているんだよ」

「それは妹みたいな――」

「前まではリディ様のことを妹みたいって言っていたのに、婚約したら別の妹かよ」

「ごめ――」

「謝罪なら、僕じゃなくてリディ様に言えよ！」

そう言うとウィルは泣き出し、その様子を見たロジェは悲痛の表情を浮かべた。

一方、エイミー嬢は先ほどから黙ったままだ。

「もういい！　今までのことは全部お母様に報告する。今日はどれだけ話をしても意味がなさそうだ。リディ様帰ろう。僕がちゃんとポーラさんに説明するから」

ウィルは最後にそう言うと、私の手を引っ張って馬車まで連れて行った。

その最中、私は後ろを振り返りロジェとエイミー嬢を見たが、ふたりとも茫然としてその場に佇んでいるだけだった。

初めて彼女に出会った日〈ロジェリオ視点〉

あれは、王女宮に配属される半月ほど前、治安部隊にいた時のことだった。

僕が治安部隊の五番隊隊長をしていたそのとき、部下からある情報が入ってきた。

「盗賊団が出没している？」

「はい、どうやらその盗賊団は民家への侵入や、馬車の襲撃で生計を立てているとか。警邏《けいら》隊では対応しきれないほど被害件数が増えたため、うちに応援要請が来たようです」

――盗賊団の出没情報か……。

早めに手を打っておかないと、被害が拡大しそうだ。

僕は五番隊を率いて、盗賊団の出没頻度が高い地方と都市の境界となる森の中の巡回を始めた。

「ここはあまり人気のない森ですから、馬車を襲撃するには最適の場所ですね」

「そうだな。だから、警邏隊の手に負えないくらい、盗賊団が蔓延《はびこ》ってしまったんだろう」

部下とそう話している時だった。突如馬の嘶《いなな》きと、男女の叫び声が遠くで響いた。

急いで声の聞こえた方に向かうと、一台の馬車が盗賊団に囲まれた光景が目に飛び込んできた。

――おそらく叫び声の主は御者の男性と、その馬車に乗っている女性だな。

「その馬車から離れろ！」

僕のその言葉に、盗賊団の長のように見える男がにやにや笑いながら叫んだ。

「離れろって言われて、離れる馬鹿がどこにいるんだよ！　お前ら、こいつら全員やっちまえ！」

そう叫ぶや否や、盗賊団たちが襲い掛かってきた。

だが、盗賊たちの攻撃はさして強くなく、長を除いた全員はあっという間に捕らえることができた。

――交戦中に御者は避難できたようだが、盗賊団の長の男がどこかに隠れてしまった。

いったいどこにいるんだ⁉　女性も助け出さなければっ……。

位置を把握するために、周りをぐるりと見回す。

そのタイミングで、馬車の中から逃げようと飛び出した女性を人質にした長の姿を捉えた。

「お、おい！　俺を見逃さないと、この女を殺すぞ！」

目が合うなり、長が脅しながら叫んだ。

自分は直接手を下さず部下に戦わせ、挙げ句の果てに女性を人質に逃げようとは卑劣な奴だ。

「お前を逃がす気はない」

「じゃ、じゃあ、お前は俺がこの女をこ、殺しても良いって――」

男は何かを言いかけたが、僕は速攻して長の機先を制し女性を奪還した。

そこですかさず、部下たちが長の男を取り囲み捕らえたため、僕は助けた女性に声をかけた。

「大丈夫かい？」

「え、は、はい！　あ、あのっ、この体勢はちょっと……恥ずかしいです」

「はっ！　すっ、すまない！」

助けてから女性のことを抱きかかえたままだったため、僕は慌てて彼女を降ろした。

「あのっ！　助けていただきありがとうございました！　本当にかっこよかったです！」

そう言うと、その女性は僕に向かって明るい笑顔を見せた。

――何だか、少し昔のリディアのことを思い出すような、可愛らしい子だな。

「ありがとう。そう言われると、騎士冥利《みょうり》に尽きるよ」

そう言って微笑み返したが、ふと気が付いた。

「そう言えば、どこに行こうとしていたんだい？　馬車は壊れているようだから途中まで送るよ」

「あっ！　やっぱり馬車は壊れてしまったんですね……。実は、働きに出るために、王宮へ行く途中だったんです」

「そうなのか！　では、僕らは王宮所属だから行き先が一緒だな。それなら、僕の馬に一緒に乗っていくといい」

「そんな、迷惑になるのでは……」

「迷惑じゃないよ。それに襲撃された人を保護するのも僕たちの役目だ」

「えっ、それではお言葉に甘えて……よろしくお願いしますっ！」

「ああ。そうだ、馬で行くから寒くなるかもしれない。これを羽織っておくといい」

華奢だから身体が冷えやすいだろうと、僕は自分が着ていたマントを彼女に羽織らせた。

すると、彼女は爛々と輝く大きな瞳で僕を見つめながら、屈託のない笑みを浮かべ礼を言った。

そして、僕は彼女とともに馬に乗った。

「あの、騎士様……あなた様について教えていただけませんか？　助けてくれたお方だから……」

「ああ、名乗っていなかったな。僕はロジェリオだ。出身家門はライブリー侯爵家で、今は治安部隊五番隊隊長をしているよ。君は？」

「あっ！　人に訊いて自分は名乗らず失礼しました！　私はコールデン子爵家のエイミーです」

「エイミーか。かわいらしい名前だな」

そう言うと、彼女は照れくさそうに笑った。

そんな彼女に、僕は気になることを尋ねてみた。

「それにしても、この中途半端な時期から侍女として働くなんて、これまたどうして……」

そう尋ねると、彼女は先ほどの満面の笑みに陰りを見せ、少し寂し気な様子で口を開いた。

「実は、私の実家は没落寸前なのです。領地の不作と人口減少が重なってしまって……。それで、少しでも残ってくれている領民のために家計を削って、コールデン家は火の車状態なんです。でも、今年ついにデビュタントできる十七歳になるので、王宮に出稼ぎに来られることになったんです！　王宮はお給料も良いですし、少しでもコールデン家を助けられます！」

つらい立場のはずなのに、彼女は気丈に振る舞い、前向きな声音で続けた。

「ですので、盗賊団から助けてくれた治安部隊の方には感謝してもしきれませんっ……。助けて

いただき本当にありがとうございます！」

　領主としての役目を果たす家族を助けるために出稼ぎに来るとは、なんて健気な子だ。

　もし王宮で見かけることがあったら、気にかけてあげよう。

「騎士として、人を助けるのは当然だ。もし、王宮で会うことがあったら気軽に声をかけてくれ」

「はい！　ありがとうございます！」

　これこそが、僕とエイミー・コールデンの出会いだった。

　その半月後、王女宮に配属されたことで、偶然にも王女宮で侍女として働いている彼女を見つけた。彼女も僕を見つけると話しかけてくれ、マントも返してもらった。

　そこから、僕と彼女はよく話し合う関係になり、妹のように気にかけるようになった。

　そうして、僕は彼女とそれなりに親交を深め、互いに愛称で呼び合うくらいにまで仲良くなったのだが、それがこんな事態を招くことになるなんて、全く思いもよらなかった。

◇◇◇

　エイミーと一緒にリディのプレゼントを見に行ったところで、リディとウィルに遭遇した。

　その後、ウィルがリディをベルレアン家に送りに行ったため、僕はエイミーと残された。

「ロジェ様――」

「エイミー、せっかく付いてきてもらっておいて本当に申し訳ないけれど、今日はここで解散にしてもらってもいいかい？」

そう言うと、エイミーはハッと目を見開いた。

「は、はいっ、もちろんです。それでは……」

「ああ、ごめんね」

こうして、気まずい空気のままエイミーと別れた。

僕は熱を持ってジンジンと痛む頬を押さえ、今までのことを振り返った。

――そんな噂が広まっているとは青天の霹靂《へきれき》だったし、何よりリディが知っていたとは……。

ただの妹のように気にかけていただけだったが、距離感が間違っていたみたいだな。

リディには申し訳も立たないし、ウィルに殴られるのも当然だと思う。

収拾のつかない問題に思いを巡らせながら、僕は辻馬車を拾いライブリー家に帰った。

「おかえりなさいませ、ロジェリオさ……ま。え⁉　ロジェリオ様、本日は非番でしたよね⁉　どうしたんですかその傷は！　誰にやられたのです⁉」

ライブリー家の執事長は、僕を出迎えるや否や驚きのあまり質問攻めにしてきた。

「この傷なら気にしなくてもいいよ」

「気にしないわけにはいきません！　こんなにも目立つ怪我をして、何をおっしゃいますか！」

その執事長の声に驚いたのか、母上が玄関まで出迎えに来た。

「どうかしたの？　そんなに驚いた声を出して。ってロジェ⁉　その顔……何があったの⁉」

——そりゃ、息子がこんな顔して帰ってきたら驚くよな。

いったいどこから説明をしようかと戸惑っていると、リディを送り届けたウィルが帰ってきた。

「ああ、ウィル。おかえりなさい。あのね、ロジェが誰かに顔に怪我を負わされたみたいなの！」

母上は帰ってきたウィルに、僕の怪我のことをすぐさま話した。

「ああ、僕が殴ったんです。兄様、ちゃんと説明してないの？」

「ウィルがロジェを殴ったですって⁉　それに、説明って何の話よ！」

母上は完全に憤怒《ふんぬ》の表情になっている。

「お母様、僕は兄様のことで話したいことがあります。今から三人でお話しできませんか？」

真顔で淡々と話すウィルは、母上に怒鳴られてもなお冷静さが際立っていた。

◇◇◇

「それで、何があったの？　ウィルはロジェのことを、理由もなく殴るような子ではないでしょ」

「はいそうです。理由があって殴りました」

僕はここまで怒ったウィルを見るのは、初めてだった。

おそらく、母上も初めてだったのか、表情には怒りよりも戸惑いが色濃く浮かんでいた。

ウィルはチラリと僕の方を見た後、母上に向き直って言った。

「お母様は最近王女宮の貴族を中心に流れている、お兄様の噂について知っていますか？」

「ロジェの噂？　知らないわ。それはいったいどんな噂なの？」

「兄様が、王女宮の侍女と恋仲だという噂です」

それを聞いた瞬間、母上は鬼のような形相で僕を睨んだ。

「ロジェ！　どういうことか説明しなさい！」

母上にそう言われ、僕はウィルから聞いたことや今日の出来事を詳らかに全て話した。

「つまり、あなたはその侍女を妹のような存在と思っているだけで、実際に恋仲ではないのね」

「ええ、もちろんです！　僕にはリディという婚約者がいますから」

「……そう、そのことはきちんと理解しているのね。それなのに、なぜこんなにも噂が広まったのかしら？　リディちゃんのことを傷つけるなんて、あなたは許されると思っているの⁉」

母上は憤然とした面持ちで、僕に怒鳴った。

――今まで全く気付いていなかったが、本当にリディには悪いことをしてしまった。

どうやって償えばいいんだ……。

「……僕のしたことは、簡単に許されることではないでしょう。明日、ベルレアン家に赴いてリディに心からの謝罪を伝えます」

「ロジェ、ひとつ言っておくけど、謝罪だなんて甘えよ！　謝ることは大事だけれど、婚約継続の意志がリディちゃんにまだあるなら、謝られたリディちゃんは許さないといけなくなるじゃない」

――婚約継続の意志って……まさか婚約解消になる可能性もあるっていうのか……？

予想外の言葉で、心がパニックに陥りかける。そんな中、ウィルが口を開いた。

「お母様、僕は先ほどリディ様をベルレアン家まで送ってきました。そして、今日のことの顚末をポーラさんに伝えました。おそらく、ベルレアン侯爵と夫人の耳にも入るでしょう」

その言葉に、母上は泣きそうな顔でウィルに優しく礼を言うと、力なく天を仰いだ。

「ああ、こうなると分かっていたら、婚約一〇〇日の記念のプレゼントを買うことを勧めるだけじゃなくて、一緒に買いに行くべきだったわっ……」

そんな嘆きを零したその直後、母上は僕を振り返り鬼のような形相で言った。

「いいこと？　許してもらう魂胆で謝罪に行くのなら、私はあなたのことを決して許しません！　リディちゃんが心から許せると思ってからが再スタートよ。きちんと肝に銘じておきなさい！」

「はい、母上。お手を煩わせて、大変申し訳ありません」

「私に謝るんじゃなくて、リディちゃんにきちんと謝りなさい！　これでもし、リディちゃんと婚約破棄にでもなったら、あなたは廃嫡《はいちゃく》よ！！！！！」

――廃嫡だって……⁉

僕は今まで生きていた中で、一度も想像したことのない「廃嫡」の言葉が母上の口から出てきたことに驚き、事の重大さを再確認した。

そして次の日、僕は父上と母上、ウィルの四人でベルレアン家に謝罪をしに向かった。

第四章　命運を分ける約束

私は自室に帰り着いた途端、泥のように眠り、目が覚めたのは翌日の夜明け前だった。

——なんだか、半分現実じゃないみたいな気分だわ。

昨日あった出来事を思い出し、思わず暗い気持ちになる。

そのため、気分転換をしようとリビングに向かうと、なぜかお父様とお母様までもがリビングに揃っていた。

「お父様、お母様、こんな時間にどうなさったのですか？」

声をかけるとふたりは私の存在に気付き、驚いた様子でサッとこちらに顔を向けた。

「リディアこそ、こんな時間に起きてきてどうしたんだ？」

「少し早くに目が覚めてしまって……。それで、気分転換をしようとリビングに来てみたんです」

私のその答えに、次はお母様が反応した。

「そうだったのね。昨日、リディが自室に籠もっていたから心配していたのよ」

お父様がお母様の言葉に同意するかのように頷き、意を決した様子で口を開いた。

「単刀直入に聞くが、ロジェリオ卿が理由か？」

——ウィルが説明したから、お父様とお母様はもう知っているのね。

「はい、そうです」

「そうか……。リディアが不安に思っているときに、気付いてやれずすまない。ポーラから全て聞かせてもらった。それで実は……昨日ライブリー家から明日謝罪をしたいと連絡が来たんだ」

「昨日ということは、今日ライブリー家の方々がいらっしゃるのですか？」

「一応来てもらうことにはなっているが、リディアが嫌なら止めることもできるよ」

止めることもできるという言葉に頷きたくなるが、それでは前に進めないだろう。

「謝罪されても、すぐに気持ちの切り替えができるか分かりません。ですが、いつまでも逃げているわけにはいきませんし、一度お会いしてみます」

今回の謝罪を聞いて話し合いを進めた上で、状況によっては今の私たちの婚約の在り方も考え直さないといけない。

「リディアが会ってみるというのなら、そうしよう。ただ、今日はどうか自分の気持ちを我慢せずに、私たちを頼って正直に話して良いと覚えておいてくれ」

「その通りよ、リディア。あなたはひとりじゃないわ」

「お父様、お母様……ありがとうっ……」

今日の話し合いで、今まで溜まっていた心の澱を吐き出すわ。

そう決意してから数時間後、我がベルレアン家にライブリー家の面々が訪ねてきた。

◇◇◇

静寂に包まれた応接間で皆が顔を合わせる中、ロジェが口火を切った。

「リディ、僕がきちんとした対応を取らなかったばかりに、あんな噂を流させてしまってリディのことを傷つけた。……ごめん」

——ロジェ……やっと自分のことについて客観的に見ることができたのね。

「ロジェ、もう少し早くに気が付いてもらいたかったわ」

「うん、リディの言う通りだよ。本当にごめん」

ロジェに浮気心があったわけでないことは分かっている。

それに、察してもらうことばかりを期待するんじゃなくて、私は私で早くロジェに噂についての不満を、勇気を出してぶつけていればよかったとも思う。

私の対面に座るジュリアナ夫人が私の顔を見て、おずおずと口を開いた。

「リディちゃん。うちの愚息がリディちゃんのことを傷つけたと聞いて、とても申し訳なくて、胸が張り裂けそうだったわ。本当にごめんなさい」

そう言うと、ジュリアナ夫人は私に向かい頭を下げた。

「ジュリアナ夫人っ、どうかお顔を上げてください」

「リディちゃんのことを思うと、申し訳なさ過ぎて、まともに顔を見ることもできないわ。私がもっとしっかりとロジェを気にかけておくべきだった」

今まで女問題を抱えることなど全くなかった二十歳の息子の恋愛事情について、母親が気にかけないといけないとはゆめゆめ考えていなかったのでしょう。

「いいえ、ジュリアナ夫人。私たちがきちんと話し合えば良かったのです。ただ、これを機に今後の在り方についての話し合いをすべきだと思っております。ロジェ、それで良いかしら？」

「ああ、もちろんだよ」

ロジェのこの答えを皮切りに、私たちふたりのこれからについての話し合いが始まった。

◇◇◇

「ロジェ、念のために訊くけれど、エイミー嬢のことをどう思っているの？」

本当は怖かったが、私は毅然とした態度でロジェに聞いた。

「結論から言うと、仲の良い妹みたいな存在だと思っているよ。だけど、この間のことを考えると、妹みたいな存在っていう表現自体があまり良くなかったんだと気付いたよ」

ロジェはそう言って自身の口元を両手で覆い、本当にどうしたらいいか分からずに困ったといった様子で、深いため息を吐き出した。

その彼の様子に何とも言えぬ感情が心に渦巻く中、私は彼に向かって続けた。

「ロジェが他の侍女にも同じことを言っているなら、ここまで深刻に考えなかった。けれど、エイミー嬢だけを妹のようだと気にかけているようだったから、特別な存在と言われているようで嫌な気持ちになったの。一線を越えているような感覚がするし……恋仲という噂にも戸惑ったわ」

——今まで面倒くさい女と思われたくなくて言えなかったことがようやく言えたわ。

しかし、噂が現実だと知ったときのあのショックが、ふと心に暗い影を落とす。

そんな私に、青ざめた顔のロジェが必死の形相で話しかけてきた。

「婚約者のリディがいるのに、別の女性と浮気するわけないよっ……。本当に彼女とはそんな関係じゃないんだ！　僕にとっての特別は、エイミーじゃなくリディだ！」

「じゃあ、ひとつ質問よ。ロジェは私に婚約の時、恋愛対象として見ることはできなくても、人として好きと言っていたでしょう？　その〝人として好き〟って、エイミー嬢も当てはまるわよね？　それなのに、私の方が特別ってどういうこと？　婚約者だから？」

隠すことのない気持ちを口にすると、ロジェは苦しそうな顔つきになって言った。

「婚約者という理由だけじゃないよ。リディは小さい頃から、誰よりも一緒に過ごした仲じゃないか。それに、婚約してから今まで、リディとは婚約者としての仲も深めてきたつもりだ。僕のリディに対する気持ちにも、別の種類の愛情が芽生えてきたと思っている。だからこそ、特別なんだっ……」

確かにこの三カ月で、私たちは婚約者としての愛情を互いに育んできたつもりだ。

けれど、それだけじゃ、特別と主張するには少し物足りないような気がしてしまう。

——私の心が狭すぎるのかしら？

そう思っていると、ふと何かを察したのかお母様が口を開いた。

「リディアとロジェリオ卿、ふたりに質問があるの。話が長引くのも馬鹿馬鹿しいから単刀直入に聞きます。あなたたちは婚約を継続する意志はあるの？」

すると、ロジェは間髪容れずに答えた。

「はい！　もちろんです……！　婚約を継続する意志はあります」

——ロジェはどうして私との婚約の意志がこんなにも固いの？

私から好きになって始まった婚約だからこそ、エイミー嬢の存在が不安で堪らなかった。

だけど、本気で彼女を恋愛対象と見ておらず、私とのことだけを考えてくれていることが本当だとしたら、条件を付けて賭けてみようかしら……？

「ロジェリオ卿に婚約を継続する意志があることは分かったけれど、リディアはどうなの？」

そうお母様に問われ、意を決して答えを出した。

「もし、ロジェが今後二度とこのような噂になるような振る舞いをしないことと、浮気をしないこと、そして、エイミー嬢とは恋仲ではないと皆に証明できるのであれば、婚約を継続したいと思います」

そう答えてライブリー家の面々を見ると、張り詰めた様子の皆が、ほっとした表情で涙ぐんだ。

「そう。リディアは条件さえ守ることができれば、婚約を継続するということでいいのね？」

その言葉にはっきりと肯定の言葉を口にした途端、ジュリアナ夫人が言った。

「リディちゃん、息子に機会を与えてくれてありがとう……！　でも、どうして？」

「私は私で、ロジェが無自覚だと分かっているのに、自分の気持ちや噂についてきちんと伝えなかったから、こんな大事になってしまったという負い目があるので……」

――それに、原因が誰にあったとしても、貴族社会で生き抜くためにはスキャンダルが原因の婚約破棄は避けたいところだわ。

そんな私の心情を知らないジュリアナ夫人は、涙を流し感動したように言う。

「まあまあ！　リディちゃんには何の負い目もないわ！　でも、本当にありがとう‼」

ジュリアナ夫人は、何度も何度もそう言って感謝の言葉を述べてきた。

そのため言いづらくはあったが、私はもうひとつ条件を付け加えた。

「この婚約の始まりは、私の好意からでした。ですが、いくらロジェに好意があれど、私は自分も大事なので、これ以上傷付きたくはないのです。なので、もし今の条件が守れていないと判断したら、即刻、婚約破棄させていただきます」

心を鬼にして告げた言葉だったが、ジュリアナ夫人は当然だと頷き了承してくれた。

けれど、私がこのことを一番理解してもらいたいのは、ジュリアナ夫人ではなくロジェだ。

そのため、私はロジェに語りかけた。

「ロジェ、私はあなたのことが好きだから嫉妬もすると思うの。でも、私はいつまでもそれで苦しい思いをしたくはない。だから、この条件が守れなかったら婚約は破棄する。それで良いわね？」

真っ直ぐにロジェの目を見つめる。

すると、視線の先の彼はまるで救いの光に照らし出されたかのように返答した。

「もちろん守るよ！　これからは絶対にリディのことを傷つけないから！」

そう言うと、彼は私の手を握って続けた。

「すぐに婚約破棄されても仕方ないようなことだったのに、僕に機会をくれてありがとう！」

先ほどまでの青ざめ焦りを帯びたものではない眼差しで、ロジェが私を見つめる。

そんな中、お父様が口を開いた。

「ロジェリオ卿。君はリディアの好意によって、首の皮一枚繋がっている状態だということを忘れないようにしてくれ。今度リディアを傷つけたら、次はない。あと、先ほどから気になっていたのだが、エイミー・コールデン子爵令嬢のことをエイミーと呼ぶのはやめたまえ」

「っ……！　肝に銘じておきます」

ロジェがハッとしてそう返した直後、ライブリー侯爵が私に言う。

「リディア嬢、今回のことはうちの愚息がすまないことをした。この際だから、何か言いたいことがあれば、今のうちにロジェリオに言ってやってくれないか」

その言葉を受け、私はある提案をすることにした。

「今度、アーネスト様が帰ってくることになったのは知っているわね？」

「ああ、凱旋式の警備の打ち合わせで知ったよ」

「そのあとに、おそらく凱旋パーティーを兼ねた夜会が開かれるはずよ。そのときまでに、エイミー嬢と互いの関係性をはっきりさせてちょうだい。恋仲になるような関係ではないと。その上で、周囲の誤解を解いてもらいたいの」

　そう言うと、ロジェは手を強く握りしめ決意の表情で言った。

「分かった！　夜会までに関係性をはっきりさせて、以後リディを傷つけないと約束する！」

　こうして、ベルレアン家とライブリー家の婚約に関する話は、条件付きの婚約継続という形で決着がついた。

　このときの私は、最後にロジェにかけた言葉が決定的に命運を分けることになるとは、露ほども思っていなかった。

◇◇◇

　話し合いの日から数日が経ち、とうとうアーネスト様の帰還日を迎えた。

　五年ぶりの再会で、今日に限っては最近の不安感は薄れ、高揚感が心に満ちていた。

　今日は朝から昼まで凱旋式が行われることになっているのだが、パトリシア様の取り計らいにより少しだけアーネスト様に会う時間を設けてもらえた。

　そのため、私は久しぶりに心躍る気分で王宮行きの支度を終え、玄関に向かった。

「わあ、リディ様、今日はすごく綺麗だね！　これなら夜会のときに衣装替えをしなくても良いと思うよ」

凱旋式の警護のため来られなかったロジェの代わりに来てくれたウィルが、私を見て言った。

「ありがとう、ウィル。あなたは本当にお世辞がうまくなったわね」

「お世辞なんかじゃないよ！　それは置いておいて……リディ様、プレゼントの準備は？」

「安心して、ばっちりよ！」

プレゼントを見せて微笑むと、彼は安心した様子で馬車へエスコートしてくれた。

「ねえ、ウィル。アーネスト様はどんなお姿になっているのかしら？」

「うーん、そうだな……。あの小柄でかわいい感じのまま、大人になってるんじゃないかな？　言葉選びが難しいけど、あまり変化はないのかもね」

ウィルはそう答えると苦笑を零した。

「実は私もそう思うのよ。最後に会った時は、私と背も同じだし、すごく中性的なお顔立ちだったでしょう？　だから、とてもかわいらしく成長していると思うの。本当に会うのが楽しみだわ！」

馬車が王宮に辿り着くと、パトリシア様の侍女長様が出迎えてくれた。

「ようこそおいでくださいました。アーネスト殿下とパトリシア殿下がお待ちです。どうぞこちらへ、ご案内いたします」

指示に従い、ウィルとともに侍女長の背中を追っていると、その足はある部屋の前で止まった。

「こちらに両殿下がいらっしゃいます。どうぞ、ごゆるりと再会のときをお楽しみくださいませ」

丁寧な侍女長に礼を言い、ウィルとアイコンタクトを取ってドアをノックする。

その直後、パトリシア様の喜色が滲んだ入室許可の声を聞きウィルがドアを開け、私は意を決して室内へと足を踏み入れた。

「失礼しま……す」

――だれ……？

私は幻覚を見ているのだろうか。こんな男性を知らない。

部屋を間違えたのだろうかと戸惑い、引き返すという手段が脳裏を過る。

しかし、そんな私をパトリシア様の声が引き止めた。

「リディア様、心中をお察しするわ。私も本当に驚いたのよ！　まさかお兄様と思わなかったものっ……。けれど、本当にちゃんと正真正銘本物のお兄様だから安心してちょうだい！」

その言葉を聞くなり、私は反射的にウィルの反応を確認した。

案の定、衝撃のあまり声も出ず、面食らってぽかんとしたウィルの顔が視界に映った。

その反応を見て、私はまさかと思いながら意を決して視線を戻したちょうどそのとき、目の前に立つスラリと背の高い容姿端麗な美青年が、目が合わせてにこやかに微笑みかけてきた。

「リディ、ただいま！　ずっと会いたかったよ」

心臓がドクンと強く打った。

かわいらしく成長したアーネスト様ばかりを想像していたのに、これは不意打ちすぎるだろう。

低かった背はロジェよりも高くなり、ずっと悩みだったくせ毛は、うっとりするほど綺麗なウエーブへと変貌を遂げている。

それに、顔も凛とした端整で男性的な顔つきだし、何より大人の色気にあてられそうだ。

これこそ、まさに美男子の象徴だろう。

女の子みたいだった声も、声変りをしたのか低音になって知らない人みたいだ。

――まさか、こんなに見違えるほど大人の男性に変化するなんて……。

「は、はい。アーネスト様。私もお会いしたかったです」

動揺した私は、思いとは裏腹な元気も愛想もない声で、少し視線を逸らして返答してしまった。

――五年ぶりの再会の瞬間だっていうのに、私ったら何をしているの？

いくら戸惑っていたからって、今の言い方は帰ってきたことが嬉しくないみたいじゃない。

「リディがそんな風に言ってくれるなんてすごく嬉しいよ！　でも、なんだか元気がないみたいだ。もしや、体調が優れないんじゃ……」

そう言うなり、アーネスト様はこちらに近づくと私の額に自身の額を突き合わせてきた。

突然の行動に、私の心臓の鼓動は破裂しそうなほど加速する。

五年前の私なら、特に何とも思わなかっただろうが、幼馴染みなのにまるで別人のような美男子に成長した彼の行為は、私の心を強く揺さぶった。まるで時が止まったかのようだ。

だが、私の心情などお構いなく、アーネスト様は顔色ひとつ変えず額を離した。

「熱はないみたいだな。でも顔が赤い。無理をしているわけではないよね？」

「はっ、はい！　私はいたって健康そのものです！　顔が赤いのは……ずっと会いたかったアー

ネスト様に会えた喜びで興奮しているからでしょう。ええ、そうに違いありません」

焦り過ぎて、捲《まく》し立てるように早口になる。

「リディ、そんなに言われたら、さすがの俺も照れるぞ」

アーネスト様を直視すると、口元に片手の甲を添えて頬を赤らめている。

——何でそんな反応を？　私まで、余計に顔が赤くなってしまうわ……！

私の心中に気付いているのか気付いていないのか、アーネスト様は屈託なく微笑みながら、私の隣に立つウィルに向き直った。

「それで君は……って、ウィルか⁉　今年十五歳だよな？　こんなにも大きくなったなんて思わなかったから一瞬誰かと思ったよ。びっくりしたぞ」

「僕よりも、アーネスト殿下の方が驚くばかりの変貌を遂げているように思われます。僕は正直、一瞬アーネスト様のことが分かりませんでした」

この場の皆の総意であろう率直な言葉に、パトリシア様がすかさず反応する。

「本当にその通りですわ、お兄様。言われなければ、みんなお兄様だと気付かないかもしれませんよ」

「自覚はなかったが、そんなにも俺の外見は変わっているのか……。妹のパトリシアがそう言うのなら、そうなんだろうな」

アーネスト様は少ししょんぼりした様子になって私に言った。

「リディも突然の再会だったら、俺に気付かなかったか？」

黒髪に紫の瞳は珍しいから分かるかもしれないけれど、本気で気付かない可能性があるくらい、アーネスト様は驚きの変貌を遂げている。

けれど、こんな捨てられた猫のようなつぶらな瞳で見られたら、とてもうんとは言えないわ。

「驚きはしますが気付くと思います。何と言っても、アーネスト様ですからね」

そう答えると、アーネスト様はそれは嬉しそうに破顔した。

「さすがはリディだ。俺のことを一番よく分かってくれている。こうやってリディと話していると、やっと帰ってこれたんだなって実感が増すよ。何だか温かい気持ちになる」

その言葉で、アーネスト様にとっての五年間がいかに寂しい環境であったのかが想像できる。

そんな中、ウィルがこそこそと耳打ちする。

「リディ様。プレゼントをそろそろお渡ししない？」

「あっ！　そうしましょう！」

ウィルは私よりも先に帰らなければいけなかったことを思い出し、その提案に頷く。

すると、そんな私たちに向かってアーネスト様が言う。

「どうしたんだい？　ふたりで内緒話か？」

「違いますよ。私たち、アーネスト様にプレゼントを持ってきたんです！　それを今お渡ししようとウィルが言ってくれたんですよ」

素直に答えると、少し曇っていたアーネスト様の顔に晴れやかな笑みが広がった。

「そうだったのか！　ふたりからのプレゼントだなんて嬉しいな！　いったい何だろうか？」

こんなにも嬉しそうな顔が見られて、本当にプレゼントを買いに行った甲斐があったわ。

嫌な思い出ができた日でもあるけれど、今日のことで記憶を上書きできたらいいわね。

「はい、アーネスト様。こちらが私からで――」

「こちらが僕からです」

そう言って、ふたりでアーネスト様にプレゼントを渡した。

受け取ったアーネスト様は、すぐに嬉しそうに口元を綻ばせながら、丁寧にプレゼントを開けた。

「ブローチとカフスボタンに、コロンじゃないか！　好きなデザインだし、俺が欲しかったものばかりだよ。それに……っコロンの香りも俺が一番好きな花の香りだ！　ふたりとも、ありがとう！」

そう言って満面の笑みを浮かべるアーネスト様を見ていると、私まで嬉しい気持ちになる。

ウィルも同じだったのか、安心した様子で帰りの挨拶を口にした。

「それでは、僕はお先に帰らせていただきます。御三方は引き続き、お話をお楽しみください」

「分かった。気をつけて帰るんだぞ。プレゼントありがとう。必ずつけるよ」

「ほんとですか⁉　ありがとうございます！　それでは失礼します」

ウィルはアーネスト様の言葉を受けると、喜色満面で退室していった。

こうしてウィルを見送った直後、アーネスト様がこちらに向き直った。

「さて、リディ。俺は君に聞きたいことがあったんだ」

「聞きたいこと……？　はい、何でしょうか」

「俺が帰国する直前の手紙で、ロジェについて相談してくれただろう？　今どうなっているのか訊いてもいいか？　言いたくないなら無理に訊かない。ただ、リディが良ければ教えてほしい」

――ああ、アーネスト様はずっと気にかけていてくれたのね。

「大丈夫ですよ。お話しします」

するると、隣にいたパトリシア様が、申し訳なさそうな表情を浮かべて言う。

「リディア様、私も聞いていいかしら？　私の周囲で発生した噂なのに、私ったらどうしたらいいか分からなくて、リディア様のことを苦しめてしまったわよね」

十六歳のパトリシア様にはできることに限りがあるし、そんな罪悪感を覚える必要はないのに。

「ごめんなさい。実はね、リディア様と前回会ったとき噂の存在を知っていたの。けれど、あの時のリディア様はお兄様のご帰還をかなりお喜びだったから、気分を害したくなくて……」

下手な心配をかけた申し訳なさを感じるとともに、パトリシア様の気遣いに感謝する。

しかし、私の感情は置き去りにパトリシア様は続けた。

「だから、もし私が聞いても良い話なら聞かせてもらいたいの。そのうえで、私のできる範囲で、噂を野放しにしてしまった罪を償わせてほしいの」

「パトリシア様のせいではありませんので、どうかご自身を責めないでください。悪いのはロジェと侍女の方と、何よりロジェに噂について問いただせなかった私ですから」

「いいえ、私が悪いのです。もっと早くに王女宮の主として噂に気付くべきでした」

パトリシア様がここまで気にしているなら、信頼できる方だしお話ししましょう。

「分かりました。いずれおふたりの耳にも入るでしょう。先日、ベルレアン家とライブリー家が行った話し合いの取り決めをお話しいたします」

私はまず、アーネスト様のプレゼントを買いに行った日の出来事について話した。

すると、話を聞き終えるなりアーネスト様は険しい表情で口を開いた。

「そんなことがあったとは……！　ウィルがその場にいてくれて良かったよ。リディ、本当に偉かったね」

――アーネスト様は、いつも私の心を温かく包み込むような言葉をかけてくれる。

あまりの外見の変貌に戸惑いはしたけれど、やっぱりアーネスト様はアーネスト様ね。

それに、冷静になってちゃんと見てみると、確かに昔の面影も残っている。

私がそんな感慨に耽《ふけ》っていると、ひとりの世界に入り込んだ様子のパトリシア様は、非常に早口で独り言を言い始めた。

「ああ、私がもっと早くに気付いて忠告していれば、そんな出来事が起きなかったかもしれないのに！　それにお使いの仕事中に、非番の騎士の買い物に付き合うだなんて、そんな王女宮の侍女の主として本当に恥ずかしいわ！　私が現を抜かしていなければ、こんなことにはっ……」

聞こえる言葉の端々に引っ掛かりを覚え、心配になり堪らず口を挟んだ。

「どうかご自身を責めないでください。あのふたりの場合、忠告をしたとしても、きっと近い未来、このような事態は起きたと思います」

「でも、リディア様が傷付いて――」

「確かに傷付きはしましたが、いずれこの件に関して、けじめを付けなければなりませんでした。それが、その日だったという話です」

そう言うと、パトリシア様はもどかし気な顔をしながらも、口を閉ざした。

すると、今度はアーネスト様が口を開いた。

「つまり、その日ふたりは自身の噂について知ったということだな。となると、この間リディが俺に送ってきた手紙に、侍女の方はロジェに恋心を抱いているように感じると書いてあったが、自分たちの恋仲の噂を知ったときのふたりの反応は、いったいどうだったんだ？」

――あの噂を知ったときのふたりの反応は、昨日のことのようにはっきりと覚えているわ。

「ロジェはまさに青天の霹靂といった感じで、必死に弁明をしていました」

「まあ、俺もそんな気はしたよ。だからと言って、ロジェのしたことは決して許されることではないがな。では、侍女の方はどうだった？」

「邪推《じゃすい》かもしれませんが、恋仲じゃないとロジェが言ったとき、一瞬傷付いたような顔をしていると感じました。ですが、その後ロジェと一緒に弁明を始めました」

それを聞いたアーネスト様は、思案顔で呟いた。

「なら、ロジェの方は恋愛感情を抱いているわけではなさそうだが、侍女の方は本気で恋している可能性が高いな」

すると、口を閉ざしていたパトリシア様がハッとした様子で言った。

「ちょっと待って。では侍女は、ロジェリオ卿に恋愛感情を持ちながら友人として接しているの？　なんてこと……。自分の宮でそんなことが起こっているのにも気付かなかったなんて！」

「パトリシア様の宮では多くの人が働いております。一人ひとりの個人的な恋愛事情や噂には気付かなくて当然です」

「でも……！」

「リディの言う通りだ、パトリシア。そこまでパトリシアが罪悪感を抱く必要はない」

その言葉を受け、何かもの言いたげな表情ながらも、パトリシア様は沈黙した。

「それで、その後はどうなったんだ？」

「その次の日に、ライブリー家の面々が謝罪と話し合いをしに、ベルレアン家までいらっしゃいました」

「どんな話し合いを？」

「まずは、謝罪をしてくださいました。その次に、婚約をこれからどうするかについてのお話をしました」

アーネスト様はこの私の答えを聞くなり、目の色を変えて質問してきた。

「っ……婚約をどうするかとはどんな話だ？」

「実は、婚約は継続するということになったのですが、条件付きということになったんです」

「いったいどんな条件なんだ……!?」

――こんなにも熱の籠もった真剣な眼差し、本当に私のことを心配してくれているのね。

「今後二度とこのような噂のタネにならないことと、浮気をしないこと、そして、例の侍女とは恋仲ではないと、皆にはっきり分かるように証明するよう条件を出しました」

「まあ、当たり前のことだな」

「ちなみに、今日の夜会までに恋仲ではないと互いの関係性をはっきりさせ、周囲の誤解を解くということも条件にあげました」

そう言うなり、なぜかアーネスト様が目を見開いた。

「もし、今日の夜会までに、ロジェとその例の侍女が、恋仲ではないと証明できなければ、婚約は破談になるのか？」

「はい……。どれだけロジェが好きでも、今みたいにずっと苦しんだままで過ごす自信がなかったんです。ですので、その条件が達成されていなければ、婚約は破棄すると決めております」

――婚約者が、別の人と恋仲と言われ続けるのは耐えられないわ。

しかも、相手の女性はロジェに好意を抱いているから、なおさらよ。

ふたりに吐き出すことで楽な気持ちになる一方、精神を削られるようなつらい気持ちも湧き上がる。

「そうか……。それにしても、ロジェは本当にどうしたんだ？　こんなこと今まで一度もなかっただろ？　リディをここまで追い詰めるなんて……」

「ええ！　お兄様のおっしゃる通りですわ！」

私を心配して真剣に話を聞いてくれていること自体ありがたく嬉しいことだが、一方で自身の無力さや情けなさを痛感してしまう。

——このままでは駄目ね。

そう思ったそのとき、アーネスト様が暗い話題を変えるような口ぶりで喋りだした。

「リディ、言いづらい話だったろうに、俺たちに教えてくれてありがとう。俺たちはいつでもリディの味方になるから、遠慮なく頼ってくれ」

「アーネスト様……」

久しぶりに会っても変わらない彼の優しさに、思わず切なさが込み上げる。

いろいろ気遣ってもらって、話しているとほっとする。

最近のロジェとはまさに正反対な彼の言葉に、胸が熱くなる。

そんな私に、アーネスト様は優しく目を細めて言葉を続けた。

「そろそろ、リディは一度家に帰らないといけない時間だろう。最後に今日の夜会について、少し話しておくよ。当然だが、この国は十七歳がデビュタントの年齢だと知っているだろう？」

「はい、もちろんです」

「実は、今回の夜会は王太子の凱旋パーティーを兼ねた夜会ということで、特例として、十六歳だがパトリシアが俺の同伴者に決まったんだ」

——この年齢で家族以外の同伴者がいたら、婚約者だと思われるものね。

それなら、誰にとっても争いの種にならないパトリシア様が、一番ふさわしい同伴者だわ。

「まあ、初めての夜会ですね！　パトリシア様が素敵なドレスを身に着けて踊られる姿が楽しみです！」

きっとかわいらしいだろうと思いながら微笑みかけると、パトリシア様は照れたようにはにかんだ。

そのパトリシア様の様子を見て、私もアーネスト様もますます頰を緩める。

しかし、アーネスト様はすぐ真剣な表情に戻って続けた。

「リディ、どうか心に留めてほしい。今日の夜会では、俺やパトリシアも一緒だ。だから、リディには胸を張って安心した気持ちで夜会に参加してくれ。それこそ、噂なんて蹴散らすほどにな」

「蹴散らすほど……」

「ああ。ただ、もし耐えられない状況になったら必ず助ける。だから、俺たちのところにおいで。来ることが無理なら、俺がリディの下へ行くよ」

本日二回目の強い拍動をドクンと感じた。

お父様とお母様には心配をかけたくないから言えなかったけれど、人生が懸かっているこの夜会にはエイミー嬢も参加するため、私の心は懸念でいっぱいだった。

あえて口にしない不安にアーネスト様は気付いてくれていたと思うと、胸に熱いものが込み上げる。

私は声を震わせながらも涙は流さないよう堪え、何とかアーネスト様に言葉を返した。

「ありがとうございますっ、アーネスト様。その言葉を胸に留め、本日の夜会に参加します」

「ああ、俺たちはいつでもリディの味方だから」

優しく温かい言葉に続いて、パトリシア様も口を開いた。

「リディア様、安心してください。嫌なことがあれば、すぐに私のところに来てくださいね！」

「おふたりとも、本当にありがとうございますっ……」

こうして、私はふたりの心強い言葉に見送られ、一度ベルレアン家に帰宅した。

悪魔の囁き〈ロジェリオ視点〉

一時はどうなることかと思ったが、ベルレアン家と話し合い、リディの恩情によって条件付きで婚約を継続することができた。

だからこそ、約束通り、絶対にエイミーと恋仲でないことをはっきりさせなければ。

そのためには、エイミー本人と話をするのが手っ取り早いだろう。

凱旋式の打ち合わせを終えた僕は、彼女を探していた。

――あっ、エイミー。

彼女は目が合った途端、いつもの様子で微笑みかけてきた。

ここは他の人の目があって話せないため、僕はすれ違いざま、エイミーの手に「いつもの、昼」とだけ書いたメモを握らせた。

――これなら昼休憩の時間、たまに一緒にご飯を食べるいつもの場所だって分かるはずだ。

そして、いつもの場所でエイミーを待っていると、澄んだ鈴のような声が背後から聞こえた。

「あ！　やっぱりここでしたね！」

来てくれてよかったと思いながら振り返り、僕は彼女に向き合って言った。

「突然呼び出してごめん。このあいだのお詫びと、これからの話をしたくて」

「気にしないでください。私も配慮が足りなかったので、お互い様です。それで、これからのお話って何ですか？」

エイミーが首を傾げ、上目遣いで訊ねてきた。

「このあいだ、僕たちの間違った噂が流れていることを知っただろう？　凱旋式までにきちんとエイミーとの仲に関する噂の誤解を解いてくれとリディに言われたんだ……」

僕がそう言うなり、エイミーは一瞬にして目を潤ませると、その大きな瞳から涙を流し始めた。

「そうですよね……。ごめんなさい。いくら知らなかったとはいえ、皆さんにご迷惑をかけてしまいました」

「エイミー、君だけが悪いわけじゃないんだ。どうか泣かないでくれ。誰よりも悪いのは僕だ。君を巻き込んでしまった僕に責任がある」

「そんな、ロジェ様は何もっ……」

「いや、僕の思慮が浅かったんだ。エイミー、僕のことを嫌いになってもいい。だけど、今から言うふたつのお願いだけは聞いてくれないか？」

そう言うや否や、エイミーは僕の手を包むように小さな両手で握り締めた。

「私はロジェ様のことを絶対に嫌いになりません！　お願いとは何でしょうか？」

「ありがとう。まずひとつ目だが、これからは互いのことを公称で呼び合いたい。僕とエイミーが恋仲じゃないと周知させるためには、あまり親密な関係という雰囲気を出さない方がいいから。だから、これからはエイミー嬢と呼ぶから、僕のことはロジェリオ卿と呼んでほしい」

「寂しいですけれど、仕方がないことですよね。リディア嬢のためなのですから」

エイミーはしょんぼりとしながらも、僕の提案を了承してくれた。

――リディのためだからとは……本当に健気な良い子だ。

巻き込んで悪いことをしてしまったと思いながらも、ふたつ目のお願いを口にした。

「そして、今日を限りにふたりきりになるということがないようにしたいんだ」

「えっ……！　今日を限りに⁉　寂しいです。せっかくお友達ができたと思っていたのに……」

彼女はそう言うと、新緑のような瞳から再びぽつりと涙を零した。

――エイミーはそれほどまでに、僕のことを仲の良い友達だと思っていてくれたのか……。

「友達関係は続けても良いんだ。ただ、恋仲と誤解されるような行動を慎みたいんだよ」

――そう、リディは友達になるなとは言わなかった。

恋仲だという誤解を解いて、関係性を明白にさえすれば友達のままではいられるんだ。

だってリディは、恋仲ではないということをはっきりさせてと言っていたんだから。

すると、エイミーは爛々と目を輝かせながら、笑顔でこちらを向いた。

「ロジェ様！　あっ……ロジェリオ卿でしたね……」

その時、なぜか胸がチクリと痛んだ。

「恋仲と誤解されなければ良いんですよね？　それなら私、とっても良いことを思いつきました！　噂を超越するくらい、私たちが友達だと皆に強くアピールするんです！　リディア嬢がいるからと急に私たちが距離を置いたら、それこそ恋仲を疑われます。そうでしょう？」

――確かにエイミーの言うことには、一理あるな。

「だから、あえてリディア嬢の前でも私たちが仲良くしたらどうでしょうか？」

「あえて仲良くか……」

それなら確かに、リディには恋仲になるような関係ではないとはっきり伝わるし、リディの前でも仲良くしていたら噂は誤解だと誰もが思うに違いない！

「エイミー嬢！　僕には思いもつかなかったよ。素晴らしい！　その作戦で誤解を解こうじゃないか！」

「はい！　今度リディア嬢とは、王太子殿下の凱旋パーティーを兼ねた夜会で会いますよね？その夜会で作戦を実行しましょう！　実は、そのパーティーが私のデビュタントになるんです。噂を知る多くの人に、私たちとリディア嬢の三人が揃う姿を見てもらえば成功します！　夜会は作戦実行にうってつけの舞台になると思うのです！」

それから数日後、アーネストが帰って来る日になった。

仕事がありリディには会えなかったが、夜会のエスコートをすると手紙で約束を交わした。

そして、ついに夜会の当日を迎えたのだった。

第五章　運命の夜会

夕刻になり、ロジェがベルレアン家に迎えに来た。

ロジェの夜会用の服とセットした髪は、彼の本来の魅力をより際立たせ、いつにも増して華やいだ雰囲気になっていた。

「リディ、今日のリディは誰よりも綺麗だよ。さあ、お手をどうぞ」

ロジェに促され、私はふたりで馬車に乗り込んだ。

静寂に包まれていた馬車の中で、まず口火を切ったのはロジェだった。

「リディ、アーネストには会ったかい？」

突然話を振られてびっくりしたが、ロジェが出した話題がアーネスト様についてだったため胸を撫で下ろして答えた。

「ええ、会ったわよ。見た目はだいぶ変わっていたけれど、やっぱり中身は五年前のアーネスト様だったから、帰ってきたんだと改めて実感できたわ」

——夜会前に会えて、本当に良かった。アーネスト様の心強い言葉のおかげで、今こうして平静を保てているんだもの。

「それは良かったね！　僕は午前中は仕事で、午後は夜会に出席するために抜けてきたから、まだ話せていないんだけど、ちらっと見えた時、あまりに見た目が変わってて驚いたよ！」

こうしてアーネスト様の話をしていると、ふたりの間に流れていた緊張感も幾分か薄らいできた。

「あのねリディ、エイミー嬢のことなんだけど……」

——今エイミーじゃなくて、エイミー嬢って言った⁉

良い傾向だと思いながらロジェを見つめると、彼はぽつりぽつりと話を続けた。

「この間、両家揃っての婚約継続についての話し合いで、リディがエイミー嬢との関係性を恋仲と勘違いされないよう、はっきりしてくれと言っていただろう？　そのとき、関係性を夜会までにはっきりさせてとも言っていたよね？」

「ええ、そういう条件を提示したわ」

すると、ロジェがふと微かに口角を上げて言った。

「今日の夜会で、エイミー嬢とは恋仲でないとはっきり証明するよ。安心してくれ」

そんな風に自信を持って言えるくらい、この数日で何かあったというのだろうか。

「……本当？」

ロジェのあまりにも自信満々な様子が不思議でならない。

「ああ、そうだよ！　今までリディのことを不安にさせたり、傷つけたりして本当にごめん」

こんな噂が出る前のロジェに戻ってくれるのなら、本当に最高の夫になると思った。

以前は、辛いことがあって私が泣いていたら、ロジェが全力で励ましてくれた。

風邪をひいたときは、心配だからと何度もお見舞いに来てくれた。

私が新しい慈善活動に着手しようとして家族が反対した時も、ロジェは私の味方をしてくれるばかりか、休みを返上して手伝ってもくれて、その慈善活動は成功した。

不安に思っていることがあったら、そんな不安を吹き飛ばすくらい、笑顔にしてくれた。

他にも数えきれないほど、ロジェには支えられ助けられてきた。

そして、私はそういうロジェのことが好きになった。それは純然たる恋心だった。

だからこそ、噂が広まる前のロジェに完全に戻ってくれるのなら、エイミー嬢のことを忘れることはできないけれど、一からやり直せるのかもしれないという淡い期待が湧いてくる。

ただ、今この時点では、彼からの謝罪を受け入れるわけにはいかなかった。

「ロジェ、まだ謝らないで。夜会で本当にロジェの言う通りかを確認してから、私はあなたからの謝罪に対する返事をしたいわ」

「うん、リディの言う通りだ。そうしてくれ」

間もなく馬車は夜会の会場に到着し、ロジェが先に馬車から降りた。

そして、馬車の中にいる私に手を差し伸べてきたため、その手を取ってエスコートを受けながら馬車を降りた。

——今日で運命が決まる。弱気になってはダメ。堂々と振る舞うのよ！

そう自身に活を入れ、手続きを済ませて会場に入ると、ロジェが耳元で囁く。

「王太子の帰還お祝いの夜会だから、本当に豪勢な会場だね」

まさに豪《ごう》華《か》絢爛《けんらん》という言葉がぴったりの雰囲気に、思わず感嘆の息が漏れる。

今日はアーネスト様とパトリシア様という味方もいるから、必要以上に不安に思う必要もない。

自信を持てと自身を改めて鼓舞したそのとき、大きな声が会場内に響いた。

「両陛下が入場されます」

その声と同時に大きな扉が左右に開き、仲睦まじい様子の両陛下が入場して皆の前に立った。

「本日は、隣国ロイルとの平和条約締結と、我が息子の帰国の祝いに集まってくれて感謝する。本来なら私たちも最後までいる方が良いだろうが、本日の主役はアーネストだ。故に、私たちはこの挨拶だけで退室する。では、みんなどうか楽しんでいってくれ」

そう言って、両陛下が退室すると、間もなくまた大きな声が響いた。

「アーネスト王太子殿下とパトリシア殿下が入場されます」

その声の直後、昼間に会った見目麗しい青年が夜会用の正装を身に纏い、パトリシア様と一緒に入ってくる。

周りを見てみると、女性陣は皆うっとり顔になり、アーネスト様に視線が釘付けになっている。

そして、アーネスト様が壇上に立つと同時に、会場中にシーンと静寂が広がった。

「皆、今日は夜会に参席してくれてありがとう。私、アーネスト・マクラレンは隣国のロイルと平和条約を締結し完全帰国した。よって、本国とロイルは完全なる友好国になった。皆、私がいない間、私が帰る国を守ってくれてありがとう」

そう言うと、アーネスト様は笑みを深めて続けた。

「本日の夜会は、平和条約締結と私の帰国祝いという名目だが、皆が国を守り続けてくれたことを祝した夜会でもある！　皆、今日は思い切り夜会を楽しんでいってくれ！」

アーネスト様がそう言うなり、会場中に大きな歓声が沸き上がった。

その様子を確認したアーネスト様は、笑顔のまま王族専用の椅子に腰を掛けた。

――あっ……。私とウィルが贈ったブローチとカフスボタンを着けてくれているわ！

喜ばしい気持ちでアーネスト様を見つめる。そのとき、不意に隣のロジェが言う。

「アーネストは本当にかっこよくなったな！　それに、あのアクセサリー類……ウィルから聞いた特徴に似ているけど、リディたちがあげたものか？　着けこなしているな」

「ええ、そうよ。とても似合っているわね！」

そう言ってふたりで再びアーネスト様へと顔を向けると、早くもアーネスト様とパトリシア様の前に、挨拶しようとする人の長蛇の列ができていることに気付いた。

「僕らも挨拶しに行きたいけれど、あの人数じゃとても挨拶できそうにないな。アーネストの負担にもなるだろうし、僕らは後で行こうか」

――アーネスト様関連の話になると緊張することなく、普通にロジェと会話ができるわ。この調子で無事に夜会が終われば良いのだけれど……。

しかし、現実はそう簡単にはいかない。

それは、アーネスト様たちの前の長蛇の列が半分になった頃のことだった。

「あっ、ロジェリオ卿！　リディア嬢！　こちらにいらしたんですね。こんばんは！」

「やあ、エイミー嬢」

——いったいこれは、どういうことなの……？

なぜか、ニコニコとした笑顔のエイミー嬢が私たちに話しかけてきた。

よくも普通に話しかけてこられたものだ。しかも、私には様ではなく嬢の敬称を、いまだに付け続けるなんて……厚顔無恥《こうがんむち》とはまさに彼女を指す言葉ではないか。

けれど、エイミー嬢とロジェリオの互いを呼ぶ呼称が変わっていることに気付いた。

底知れぬ不安が渦巻き始めるが、挨拶を無視するわけにもいかない。

「こんばんは、エイミー嬢」

周囲を一瞥すると、皆こちらの様子を窺っている。

これだけ注目されるということは、それなりに噂が広まっていたということだろう。

いたたまれなさに沈黙していると、周囲にいた貴族の会話が一部聞こえてきた。

「ロジェリオ卿はリディア様とご婚約されているのよね？　そばにいるあの子は誰かしら？」

「王女宮担当侍女のコールデン子爵家の令嬢で、大きな声では言えないけれど、ロジェリオ卿と恋仲らしいの」

「えっ！　その噂が本当なら、普通こんな目立つ場所に現れたりしないでしょう？　そもそもお相手は侯爵家よっ⁉」

「それが疑問なのよ。親戚の子が王女宮勤務なのだけれど、彼女は一生懸命で明るく健気でとっても良い子と言っていたわ。何でも、家門と領民のため出稼ぎに来ているらしいの。だから……恋仲という噂は嘘かもしれませんわね」

私が周囲のざわつきに激しく動揺していると、エイミー嬢が言う。

「リディア嬢、この間は大変失礼いたしました。ですが、私たちはただの同僚でお友達です！　リディア嬢が不快に思われないよう呼び方も改めました！　今まで本当にごめんなさい」

謝られたからって許せるものではないし、友達という表現も心底気に食わない。でも、うまく流して彼女をこの場から早く去らせよう。

「では、噂は事実無根で、これからもその一線を越えることがないということですね」

「はい！　もちろんです！　許していただきありがとうございます！」

——許してなんかないわ！　あなたの顔なんか二度と見たくないぐらいなのにっ……！

「エイミー嬢、私は——」

言いかけた私の声を遮り、エイミー嬢が話し出した。

「私、今日がデビュタントなので、とっても緊張して不安だったんです。でも、お友達のロジェリオ卿とリディア嬢を見て安心できました！　こんなに綺麗なドレスを着るのは初めてなんです」

エイミー嬢はそう言うと、ドレスの裾を持って身体を捻り「似合っていますか？」と宣《のたま》った。

私としては、似合ってようが似合ってなかろうが心底どうでもいい。

友達だとふざけたことを宣う図々しい思考回路に、苛立ちを募らせていた。

だが、いくら腸《はらわた》が煮えくり返るほどの怒りを覚えても、脳内がお花畑の彼女相手に、周囲は足を引っ張る機会を狙う貴族ばかりの中でなりふり構わず怒ることは、デメリットしかない。

だから、私はぐっと感情を押し殺していたのに、ロジェは機嫌良さそうに彼女に言葉を返した。

「とてもよく似合っていてかわいいよ」

「えっ！　本当ですか！」

「本当さ。そんなことで嘘をつくわけがないだろう？」

——ロジェはこの期に及んで、何でそんなことを言うの？　似合っているならまだしも、私の目の前でかわいいまで言う必要があった？

耳を疑うような言葉に、心がどす黒い絶望に染まっていく。

しかし、そんな私の気持ちに全く気付かないふたりは、そのまま話を続ける。

「でも、やっぱり私みたいな人間は、リディア嬢の美しさにはかないませんわ。だって、私は青色のドレスで、リディア嬢は少し紫がかったような青色のドレスを着ているじゃないですか」

「それの何が問題なんだ？」

「こんなにも似た色のドレスを着ていたら、余計リディア嬢と比較されてしまいます！　いくらロジェリオ卿がかわいいと言ってくれても、リディア嬢がダイヤモンドなら私はただの石ころです」

そう言うと、エイミー嬢はしょぼんと悲しそうな顔でロジェを見つめた。

「そんなことないぞ！　リディが宝石のように、いやそれ以上に綺麗でかわいいのは間違いないが、エイミー嬢もまた違ったかわいらしさがあるじゃないか！　友の言う言葉を信じろよ」

「本当ですか？　嬉しいです！　不安だったので勇気が出ました！　ありがとうございます！」

私の前だというのに、よく平気な顔でこんな会話ができるものだ。

それに間違いなく、エイミー嬢が今着ているドレスは、ロジェの目の色をそのまま映し出したような青色にしか見えないのに、どうしてただの友達だと言い切れるのだろうか。

「今の会話聞いたか？　ロジェリオ卿はいったい何を考えているんだ？　馬鹿なのか？」

「あの女性、ずいぶんと厚顔無恥で無礼極まりない方ですわね。それに、格上のリディア様に嬢の敬称を使うだなんて……。ああ、リディア様が不憫《ふびん》だわ。この会場で、誰よりも綺麗なはずなのに」

「ロジェリオ卿が王女宮の侍女と恋仲という噂は嘘だと思っていたが、本当かもしれないな」

「どうやらそのようね。今の会話を聞くに本人たちは友人だと言っているけれど、どう見てもそんな空気感じゃないわ」

周囲のささやき声が聞こえてくる。

この人たちが原因で、私が可哀想ですって？　恋仲という噂を払拭するという誓いはどうなったの？　エイミー嬢、早くどこかに消えてちょうだい！

私は救いを求めるかのようにアーネスト様の方へ視線を向けると……彼と目が合った。

いつの間にか貴族の挨拶行列もなくなっていた。

大勢の人の対応で疲れているはずなのに、アーネスト様は私を気にかけてくれていた。

そのことに気付き、ささくれだった私の気持ちは少し平静を取り戻した。

――そうよ、アーネスト様がいるから最後まで理性だけは保ちましょう。

私の心が定まった刹那《せつな》、会場中に弦楽器が織りなす美しい旋律が流れ始めた。

それは、ダンスタイムの始まりの合図で、まず主催者のアーネスト様とパトリシア様がフロアに進み出た。

その音色につられて、歓談していた人々も踊るためにダンスフロアへと移動を始める。

「リディ、僕らも踊りに行こうか？」

ロジェがエスコートをしようと、私に手を差し伸べてくる。

正直、踊りたい心境ではなかったが、一貴族としての体裁を守るためその手を取ろうとする。

「あの！　お願いがあるんです」

その時、声を発したのはエイミー嬢だった。

散々人を虚仮にしたくせに、お願いとはなんて厚かましい。

しかし、ロジェは何でもないといった風に彼女に続きを促した。

「どんなお願いだ？」

すると、エイミー嬢は少し言いづらそうにしながらも口を開いた。

「私は今日がデビュタントなので、ファーストダンスはぜひロジェリオ卿と踊りたいのです」

この国では、ファーストダンスは夫婦、婚約者、恋人、兄弟、もしそういった相手が誰もいないのなら、そういう者同士で踊るというのが暗黙の了解となっている。

そして、ラストダンスは、ファーストダンスの相手、そういった相手がいないなら、その日踊った中で一番相性の良かった者と踊るというルールがある。

どうしても相手がいないなら、ファーストダンスとラストダンスは無理に踊る必要はない。また、ファーストダンスとラストダンスの間は誰と踊ってもいい。

このことは、貴族なら誰もが知っている常識だ。

――なのに……この女は何を言っているの？　ロジェとファーストダンスを踊りたいですって？

非常識な彼女の発言に耳を疑った。私の顔からは完全に建前の笑顔が抜け落ちていった。

「今、あなたはロジェと踊りたいと言ったの？　しかも……ファーストダンスを？」

「はい、そうですっ！」

「ロジェが婚約者の私と一緒にいるって分かっていて、そんな発言をしているの⁉」

「それは本当に申し訳ないのですが、デビュタントの記念として、誰よりも気心の知れているロジェリオ卿と踊りたいと思いまして……」

「どうしてファーストダンスにこだわるの？　それ以外にも踊る機会はあるじゃない」

「っ……でも、初めてのダンスなので、譲れないと言いますか……」

彼女の発言は度を過ぎている。もう我慢ならない。限界だった。

「エイミー嬢、いい加減にしなさい。自分の婚約者と恋仲だと噂されている女性に、婚約者とのファーストダンスを許すわけがないでしょう！　譲れないだなんてどの口が言っているの⁉」

ついに、怒鳴ってしまったが、幸いにも音楽とダンスフロアを目指し行き交う人々の喧騒に掻き消され、私の声は周囲には聞こえていないようだった。

極力声を荒らげたくはなかったが、ここまで言われては我慢できない。

「さあ、ロジェ。踊りに行くわよ」

早く立ち去りたくて、ロジェに声をかける。そのときだった。

「ちょっと待って、リディ」

——何を待てというの？　まさか、ロジェまで変なことを言い出すんじゃっ……。

「リディは一昨年デビュタントだったけど、エイミー嬢は今日がデビュタントという特別な日なんだよ」

「だからどうしたっていうの？」

「リディもデビュタントは僕と踊ったじゃないか。今日以降はリディとしかファーストダンスを踊らないと約束するよ。だから、今日だけはエイミー嬢のお願いを聞いて、彼女とファーストダンスを踊らせてくれないか？　僕からもお願いだ」

ロジェの言葉に、頭を鈍器で殴られたかのような衝撃が走った。

——嘘でしょう……。

「な……何で、そんなことを言うの？　婚約前ならまだしも、今のあなたは、わ、私の婚約者でしょう……？」

「うん、そうなんだけど、ごめん……」

ごめんなんて言葉で済まされては堪らない。

——何がごめんよ！　さっき、条件を守れたはずだって言ったばかりじゃない！

絶望のあまり喉が詰まって声が出せなくなり、驚きとショックで、涙すらも出てこない。

するとそんな私にエイミー嬢がか弱い声で言う。

「……あの、リディア嬢がそこまで嫌がるとは思っていませんでした。私は我慢しますから、どうかロジェリオ卿と踊ってください」

——我慢って何様なのよっ……。どの面下げて、私の前でそんなことを言うの⁉

そう言ってやりたいが、呆れすぎて声も出てこない。

もし無理にでも出そうものなら、調節が利かず、周囲が驚くほどの怒鳴り声になりそうだった。

すると、そんな私をよそにロジェがエイミー嬢に話しかけた。

「エイミー嬢、一生の記念になるデビュタントなんだから我慢しなくていいんだ」

「そんな！　リディア嬢に悪いです。まさか、ここまで拒否されるだなんて思っていなかったから……。私、またリディア嬢に悪いことをしてしまったんですね。本当にごめんなさい」

——ただの友達には我慢しなくても良いと言い、婚約者の私には我慢を強いるのね。もういいわ、こんな思いをするのは散々よ。

正義のヒーローぶったロジェにも、うるうると目に涙を溜め返事をする彼女にもうんざりだ。

私は気力を振り絞って、声の震えがばれないようにエイミー嬢に言った。

「エイミー嬢、よく考えてみると、確かにロジェの言うことも一理あるわ。どうぞロジェとファーストダンスを楽しんで」

「えっ？　ほっ、本当に……良いのですか？」

「ええ、良いわよ。ロジェと踊りたいんでしょう？　どうぞ」

そう言うと、今にも泣き出しそうだったエイミー嬢は、すぐさま涙を引っ込めて笑顔になった。

「リディア嬢、嬉しいです！　ありがとうございます！　大好きです！　さあ、ロジェ様っ、早く踊りに行きましょう！」

そう言うと、エイミーはロジェの腕を掴み、ダンスフロアへと引っ張っていった。

「リディ！　ラストダンスは必ず君と踊るから！　待ってて！」

ロジェはそう言いながら、エイミー嬢に引っ張られて行った。

「待つわけないじゃない」

婚約者と一緒に来たのに、彼は恋仲と噂される別の女とファーストダンスを踊りに行った。私はそんな人を待つことなんてできない。

ダンスフロアのふたりは、見つめ合って楽しそうに笑っている。

――私にこんな仕打ちをして、どうしてあんな風に普通でいられるの？

楽しそうなふたりを見ていると、私は孤独の波に飲み込まれそうだった。

「うまく笑えていたかしら？　私はいったい、どこから間違えていたの……？」

――こんな煌《きら》びやかな祝いの席なのに、私はいったいどうしてここにいるの？　もうここにはいられないわ……こんな姿、誰にも見られたくない。

私は目立たないように、人が最も来なさそうなバルコニーに向かって歩き出すと、周囲の目がないことを確認し、急ぎ足でバルコニーへ飛び出した。

その頃、ちょうどアーネスト様たちの踊りが終わり、流れる曲はファーストダンスを促す音楽に切り替わっていた。

ポールの報告〈アーネスト視点〉

会場に入って周りを見渡すと、俺の視界には真っ先にリディが入ってきた。

その瞬間、俺の心臓は激しく脈打ちだした。

――なんて愛らしいんだっ……！

昼も思ったが、今夜のリディはかわいい上に綺麗さが増し、とても美しかった。

あんな不名誉な醜聞まで流しながら、リディの横に婚約者として立っているロジェが心底羨ましいが、その思いを決して表情には出さず壇上に立ち、俺は皆に祝辞を述べた。

すぐにでも、リディのところに駆けつけたい気持ちを抑え、パトリシアとともに貴族たちからの挨拶に対応するため、王族専用の椅子に腰を掛けた。

「お兄様！　リディア様を見ましたか？　とっても綺麗ですね！」

「ああ、本当に綺麗だ。あんなに綺麗でかわいい生命体がこの世にいること自体が奇跡だ……！女神が降臨したかのようだ」

「お兄様のおっしゃる通りですわ！　それにリディア様は本当にお優しい方ですから、もう最高です！」

「そうだな。あ！　今リディがこちらを見ているぞ！」

リディがこちらを見ているというだけで、胸が高鳴り喜びが溢れてくる。

子どものように喜ぶ俺を見て、パトリシアがさらに言う。

「お兄様がプレゼント一式を身に付けているから、それに気付いて喜んでくれているのでは？」

「そんなことで喜んでくれるなら毎日でも付けるぞって……あっ。ロジェが話しかけたから、こちらから視線を外してしまった。はあ、リディの目には俺だけしか映らなければいいのに……」

「お兄様、リディア様のことが好きな気持ちも分かりますが、一応、ロジェリオ卿の婚約者なのです。それだけはお忘れなく」

気付きたくなかった事実を妹に指摘され、落ち込んだ。

「頭では理解しているよ。だが、あんなにリディは噂のことで傷付いている。俺ならそんな風に傷付けたり不安にさせたり絶対しないのに。どうしてリディを傷付けた元凶が、彼女のそばにいられるんだ？」

神がいるなら酷いものだと口にすると、パトリシアが心配そうに言う。

「私もそう思います。ですが万が一、もし今夜ロジェリオ卿がリディア様との約束を守れなかったら、お兄様！　そのときは頑張ってくださいね！」

「ああ、もちろんだ」

そうして話しているうちに、挨拶に来る貴族たちへの対応が始まった。

——ああ、早くリディと話がしたい。リディは大丈夫だろうか。

俺の前の長蛇の列が半分ほどまで捌《さば》けたところで、彼女を一瞥した。

すると、若い女がリディたちに話しかけている姿が目に入った。

妙に嫌な予感がする。俺は挨拶に来る貴族の入れ替わりを狙い、隣に座るパトリシアに訊ねた。

「パトリシア、リディたちに話しかけに行った青いドレスの女性を知っているか？」

「話しかけた女性？　どこに……え？　はっ⁉　お、お兄様！　あの女性こそ例の侍女ですよ！」

――なんだって！

直後、リディの顔が曇った。しかし、隣のロジェはなぜかヘラヘラと笑っている。

それに、極めつけはあのドレス……。

心に怒りが灯った俺は、すぐさま後ろに控えているポールを呼んだ。

「ポール。絶対に誰にもバレないようリディたちの様子を見てきてくれ。何かあれば、至急報告するように」

ポールはその命令に頷きを返すと、とんでもない速さでリディたちの下へ向かった。

その間、俺はパトリシアとともに毅然と貴族たちへの対応を続け、ついに挨拶を終えた。

しかし、挨拶が終わったからといって安易に動ける立場でないため、リディの様子を歯がゆい思いでずっと窺っていた。

すると、他の人間には一見何ともない顔のように見えるかもしれないが、酷く深刻そうな顔をしたリディと目が合った。

――リディに今、何が起こっているんだ？

そう思ったと同時に、折しも、ポールが急ぎ足で戻ってきた。

「アーネスト殿下、あの侍女ですが、失礼極まりない愚行をリディア嬢の前で繰り返しておりました。自らおふたりに話しかけ、リディア嬢にロジェリオ卿と自分はあくまで友達だと主張を続けていたのです。そう言い張りながらリディア嬢の言葉を遮り、自身の今日の容姿に関する評価を訊き始めました」

「は？」

意味が分からない。どうしてあのふたりに評価を求めるのだろうか。

気味が悪い話に違和感を覚えるが、続くポールの言葉で俺は絶句した。

「それに対して、ロジェリオ卿がかわいいと答えたのです」

「何ですってっ……⁉」

一緒に話を聞いているパトリシアの戸惑った声が聞こえる中、ポールが続けた。

「その言葉に喜びつつも、あの侍女はリディア様には負けると自身の卑下を始め、おそらくわざとでしょうが、結果、ジェリオ卿に励ましてもらっておりました。はあ……本当に気色悪い」

ポールの本音が最後漏れ出たことで、パトリシアが烈火のごとく怒りを露わにした。

「リディア様が可哀想すぎます！　どうしてそんなに酷いことができるの？　リディア様のお気持ちを全く理解していないどころか条件も守れていないじゃない！　仮にいくらリディア様も褒めていたとしても、エイミー嬢にかわいいと言えば、その言葉には何の価値もないわ！」

パトリシアはそう言うと、呼吸を荒くして俺の肩を摑んで続けた。

「お兄様、親友という立場は置いておいて、ロジェリオ卿を何とかしてください！　いや、私が彼にひと言言わないと気が済まない！　ここまでしでかしたのよ。王女宮の騎士の資格を剝奪《はくだつ》してやるわ！」

――言われなくても、リディにここまでのことをする男に、幼馴染みの情をかける必要はない。王女宮の騎士の名も、今のロジェには相応《ふさわ》しくないようだな。

そんな思いが頭に浮かんだ矢先、突如として舞踏曲が流れ出した。

――ああ、なんて悪いタイミングなんだっ……。

俺は主催者側の代表兼この場の主役として、同伴者のパトリシアと最初に踊らなければならないから、リディの下にはすぐ行けそうにない。

「ポール、今もリディのそばには誰かつけているよな？」

「もちろんです！　ローラを近くに付けました」

すると、パトリシアが口を開いた。

「ローラって、私の侍女よね？　どうして、ポールがローラに指示を出しているの？」

「ローラは私の妹です。ちなみに、リディア嬢の専属侍女のポーラも私の妹です」

「そうだったの⁉　でも、それなら大丈夫そうね」

パトリシアが安堵したのを見て、俺はポールに言った。

「踊り終わったらパトリシアとすぐに戻ってくる。そのタイミングで報告に来るよう、ローラに伝えておいてくれ」

そう指示を出して、俺は後ろ髪を引かれる思いでパトリシアとダンスフロアに向かった。

俺が踊っている間に、これ以上何もなければ良いが。

上の空でダンスをしていると、パトリシアがこっそりと囁く。

「お兄様！　そろそろダンスが終わります。最後まで気を引き締めてください！」

「あ、ああ。すまない」

長いようで短かったダンスが終わり、俺たちは急いで王族専用席に戻った。

すると、報告のためにすでに待機していたローラに、ポールが報告を促す。

「アーネスト殿下、例の御三方についてご説明いたします」

ローラはそう言うと、怒り心頭の様子で俺たちのダンス中の出来事を口にした。

「ロジェリオ卿とリディア様がファーストダンスに行こうとすると、エイミー嬢がおふたりをお止めになりました。そして、ロジェリオ卿とファーストダンスを踊りたいと申し出たのです」

このあまりにあり得ない話に、パトリシアが酷く驚いた様子で訊き返した。

「ファーストダンスですって⁉　あの侍女、頭がおかしいのではなくって？　貴族女性にとって、ファーストダンスがどれほど重要な意味を持つのか、理解していないの？」

全くもって、パトリシアの言う通りだ。

図々しいなんて言葉では、もはや言い表せないほどに大馬鹿者のようだ。

「まさか、ロジェはファーストダンスをその女と踊りに行ったわけではないよな？」

俺がローラにそう尋ねると、気まずそうな顔をしてローラが報告した。

「……その、まさかです」

心臓が驚きのあまり、ドクンっと脈を打った。その瞬間、時が止まったかのようだった。

「嘘……だろ？　さすがにロジェはそんなことをするような男じゃ……」

俺の言葉に対し、ローラが返答した。

「本日はエイミー嬢のデビュタントだから、記念日としてお願いに応えてあげたいと言って、エイミー嬢と踊りに行きました」

――なんてことだ……。ロジェの優しすぎるところと鈍感さが、ここにきて仇《あだ》となるなんて。

貴族であり、王女宮の副団長という立場ある人間だからこそ、何としても貴族としての型は守るべきだろう。

婚約者のリディならまだしも、なぜその女の気持ちを優先するんだ？

「婚約してから初めての夜会で、婚約者が別の女とファーストダンスを踊るだなんて、前代未聞だ。そんな酷いことがあっていいものかっ……！」

俺がそう呟くと、パトリシアが泣きそうな顔で言った。

「こんなのあんまりだわ！　あのふたりがやったことは人として最低よ！　見て！　お兄様！　あのふたり、笑顔で呑気に踊っているわ！　なんて人たちなの⁉」

「俺の知っているロジェはもう死んだ。そうとしか思えない。だがそれよりも、今はリディの方が心配だ。今リディはどこにいるか分かるか？」

すると、ローラが申し訳なさそうに言った。

「それが……押し寄せる人波に流され、リディア様を見失ってしまいました」

　すかさずポールが怒った。

「ローラ、どうして肝心なところでミスをするんだ！　それに、この間もポーラに間違った情報を伝えたようだし、どうなっているんだ？」

「ごめんなさい、お兄様」

　このふたりの会話を聞き、何となく嫌な予感がした俺はポールに問うた。

「ポーラに伝えたというのは、あの馬鹿どもの噂に関する情報か？」

　すると、ポールは頷き、気まずそうな顔で早口で答えた。

「実は、エイミー嬢が仲間の侍女に好かれていると伝えたそうなんです。来たばかりの最初のうちは、明るくて健気でかわいらしいと本当に周囲から好かれていたようなのです」

「あの侍女がか？」

「はい。ですが、私が独自に調査したところ、働きだして半月を過ぎたあたりから、面倒くさいことに巻き込まれたくない周りの侍女が、触らぬ神に祟《たた》りなしと、表面上かわいがっている風を演じていただけだと判明しました。それゆえ、噂を知っても咎める侍女がいなかったようです」

「では、ローラがポーラに伝えた情報は、実情とはほぼ真逆の誤りだったということだな？」

「その通りです。先ほど私がリディア嬢の近くに行ったとき、他の貴族たちもローラのような間違いを口にしておりました。おそらく、王女宮と外部では情報に時差があるようです。ですが、今日のことで皆が真実を悟ったことでしょう」

ポールのその言葉に俺は肯定の頷きを返した。

——もしかしたら、リディは誤った情報を知ってしまったことで、この件に関する対応が遅れてしまったのかもしれないいな。

「まあ、過ぎてしまったことを今ここで言っても意味がない。今はリディが優先だ」

「そうですね。では手分けして探しま——」

そう話すポールを遮り、俺は言った。

「俺はリディがどこにいるか分かる気がする。リディの性格上、人気のないところに行っているに違いない。となると、あそこしかないな」

そう言って、俺は一番人気がないであろうバルコニーを指さした。

「お兄様！　早くリディア様のところへ！　でも、バルコニーに行くには、会場を突っ切る必要があって、どうしても目立つのでは？　こっそり行く方法なんてあるのでしょうか？」

俺はパトリシアの質問に質問で返す。

「パトリシア、この会場は何階か知っているか？」

「三階ですわ」

「その通り。では、方法はひとつしかないだろ」

「えっ、まさか……」

「ああ、外から登るんだよ」

この俺の発言を聞き、ポールとローラが真っ先に反対する。

「なりません！　そのような危険を冒すなど！」

「三階から落ちたら大変なことになります！　リディア嬢のためとはいえ、お止めください！」

ふたりは焦り顔で猛反対する。しかし、パトリシアだけは反対しなかった。

「お兄様、行ってください。そして、必ずリディア様の傷ついた心を救ってあげてください。お兄様ならそれができますから、反対いたしませんわ」

「ああ、もちろんだ。約束する」

この答えに、パトリシアは満足げな顔をして言った。

「では、早く行ってください。私は私にできる仕事をしますので」

――パトリシアはあの馬鹿ふたりに何かするつもりなのだろうか？　まあ、それは良い。優先すべきはリディだ。

「じゃあ、行ってくる」

そう言い残し、俺は全速力でリディの下へ向かった。

第六章　慟哭

バルコニーに飛び出した私はふらふらと歩き、手すりに両手を乗せた瞬間、その場で力なく崩れ落ちた。

「うっ……くうっ、ううっ……っ……うっ……」

堪えていた涙が一気に溢れ出し、止めようとすればするほど涙が止まらない。

ロジェはもう昔のロジェには戻らない。

そう心では分かっていたはずなのに、どこかで期待してしまっていた。

――どうして私が一緒にいるのに、ロジェは別の女性とファーストダンスを踊るの？　私は婚約者になったロジェと、ファーストダンスを踊るのが夢だったのに……。

「私はっ、うぅ……どうしたらよかったのっ……？　何が〝条件を守れた〟よ。全然守れていないじゃない……！　うっ……っ……くぅっ……うぅ……」

室内から漏れ聞こえる優雅な音楽や人々の様子が、私の心情とあまりにも乖離《かいり》していて、余計に空しくなる。

音楽が止まった。その直後、本格的なファーストダンスの舞踏曲が流れ出した。

――本当なら、今頃ロジェとファーストダンスを踊っていたのは私だったのに……。

泣きながら会場の方を振り返ると、ロジェとエイミー嬢が踊っている姿が見えた。

この状況でなぜふたり揃って呑気に踊っていられるのかと、憤りで彼らから目が離せない。

そのときだった。

――今、ロジェと目が合った……？

直後、エイミー嬢が転びそうになり、抱き着くようにロジェの胸に飛び込んだ。

追い打ちで傷を抉られたような感覚に陥り、私は反射的にふたりから視線を外した。

今見た光景は、私自身のデビュタントの再現かというほど、酷似していたのだ。

それは、ほろ苦くも良い思い出だった。

今思えば、そのとき既に私はロジェのことが好きだったのかもしれない。

だからこそ、私にとって婚約者になってから初めてのファーストダンスを、ほかでもないロジェと踊るということは、とても意義深いものだった。

――これ以上、私の思い出を汚さないでっ……！

「くっ……ううっ……うっ、うぅ……くっ……」

自分の中の大切な思い出が、あのふたりに対する憤りや絶望で上書きされていく。

その感覚に、ナイフで胸を貫かれたような苦しさが込み上げるとともに、嫉妬からではなく、悲しみと嫌悪と自分自身への情けなさによる怒りが心に満ちた。

「もう私が愛したあなたは死んだのねっ……」

正直、こんな形は想定外だが、条件が守れていないことを予想していなかったわけではなかった。

それにもかかわらず、このあいだの話し合いで、私がロジェに条件を付けてまで婚約を継続した理由は主に三つあった。

ひとつは、恋心は薄れても、エイミー嬢が現れる以前のロジェが忘れられなかったから。

ふたつには、ベルレアン家とライブリー家の仲を裂くことが怖かったから。

最後に、自分を守りたかったから。

男の浮気が原因で婚約が破棄される場合、なぜか浮気をした男より、浮気をされた女の方の立場が悪くなることが多いのが、この国の貴族社会だ。

そのため、婚約破棄は私だけでなく、ベルレアン侯爵家全体の悪評に繋がる可能性がある。

そんな悪評が広まれば、私は今後まともな相手と結婚できなくなってしまうだろう。

だから、私は条件を付けてまで婚約を継続した。

全く打算がなかったわけではない。だとしても……。

「これは、いくらなんでもあんまりでしょう……」

溢れる涙を拭いながら、彼にとって、いかに私の優先順位が低いのかを骨身に沁みて実感した。

——もうロジェを愛せる自信がない。私の恋は完全に終わった。

恋心以前に、人としての好意さえ消滅した以上、私の中で婚約破棄は確定事項だった。

お父様とお母様に婚約を破棄すると言えば、必ずその理由を聞かれるだろう。

そのときに、先ほどの出来事をそのまま伝えたら、お父様は性格上、ライブリー家は分からないが、コールデン家は確実に潰しにかかるだろう。

ただ、それで困るのは、コールデン家ではなく突然領主をなくすことになる領民たちだ。

――罪なき領民たちを苦しめるわけにはいかない。

けれど、私は絶対にエイミー嬢を許したくないし、彼女には相応の制裁を科したいのだ。

「いったいどうしたらっ……」

会場に視線を向けると、またもロジェとエイミー嬢の姿が目に入った。

私の存在など完全に忘れたかのように、楽しそうに踊るふたりの姿は、どこからどう見ても恋仲にしか見えず、言いようのない苦しみが心を襲う。

それだけでも不快なのに、私はエイミー嬢のドレスの違和感の正体にも気が付いてしまった。

――あの子が着ているドレス、王妃様が直近で主催した貴婦人支援会で、私が寄付したドレスだわ……。

デザインが少し違うから気のせいかと思っていたが、デビュタントから数回後のパーティーで着たドレスと本当にそっくりだった。

「自分のドレスも自分の婚約者も、あの子のものになるの……？」

寄付したドレスとはいえ、最も嫌っている女が自分のドレスを着ているという事実と、彼女にロジェを取られるかもしれない状況。

このふたつのことが、私のエイミー嬢に対する嫌悪感をとてつもなく増幅させた。

また会場を見てしまったことを後悔しながら、私は再び外に視線を戻した。

「私のことなんてこれっぽっちも考えてなさそうな人たちに、真剣に怒って悲しんで苦しんでいるだなんて、ただの滑稽《こっけい》な女じゃない……。うぅ……っ……こんなの、惨めすぎるわ……」

――こうなった以上、なりふり構っていられない。絶対に、婚約を破棄してやるわ……！

私はそれ以上のことは何も考えたくなくて、両手で顔を覆い俯いた。

そのときだった。

「誰が惨めなんだい？」

カツンという靴音とともに、落ち着きのある優しい男性の声が耳に届いた。

その声に私は驚き、サッと顔を上げて声の主に視線を向ける。

すると、ひとり涙にくれる私を優しい瞳で真っ直ぐに見つめる彼が、目の前に立っていた。

「アーネスト……様？」

ファーストダンス〈ロジェリオ視点〉

僕はエイミーとともにダンスフロアに移動し、彼女に気になったことを伝えた。

「エイミー嬢。さっき、リディからファーストダンスの許可をもらった時、僕のことを公称でなくロジェ様と呼んだだろう？　今後、同じ間違いをしないように気を付けてくれ」

僕のその言葉に、エイミーが焦ったような声を上げた。

「え？　私そう呼んでいましたか⁉　無意識でした！　どうしましょう？　絶対にリディア嬢の気分を害してしまったに違いないわ！」

「うん、だからこれから気を付けてもらいたいんだ。誰の前であってもね。リディにはこれ以上、嫌な思いをさせたくないから」

その僕の言葉を聞くと、エイミーはハッとした後、その旨を了承してくれた。

――こうやって、ひとつずつ積み重ねてリディからの信頼を取り戻さないとな。

そう思っていると、話を切り替えるようにエイミーが言う。

「ロジェリオ卿、私はあまりダンスが得意ではないので、足を踏んでしまったらごめんなさい。今日のために練習はしてきたのですが、ひとり自室で練習しただけなので、自信がなくて……」

「気にしなくて良いよ。デビュタントなんだ。綺麗に踊るよりも、楽しく踊ることが一番さ」

「ありがとうございます！　そう言ってくださったおかげで気分が楽になりました。あっ！　そろそろ始まりそうですね！」

ちょうどその時、ファーストダンス用の舞踏曲が流れ始めた。

――リディより上手いわけじゃないが、得意でないと言っていた割に上手じゃないか。

そう言えば、リディはデビュタントのときに転びそうになっていたな。

緊張していたリディは、初々しくて愛らしかったな。

ん？　そういえば、リディは？

ふとリディの姿が見当たらないことに気付き、僕は会場全体を見回した。

――どこにもいないが、もしやバルコニーの方にいるのかな？

バルコニーを順々見ていくと、そのひとつにひとりの女性の影を見つけた。

――あっ！　あのバルコニーにいるのはリディじゃないか⁉

目が合ったような……。でも、すぐに蹲《うずくま》ったように見えたが大丈夫だろうか？

「キャッ！」

小さな悲鳴とともに、エイミーが僕に抱き着くような形で胸に飛び込んできた。

僕は転ばせてはいけないと思い、咄嗟に腕の中に閉じ込めるようにして受け止める。

「すっ、すみません！　ロジェリオ卿。つい、足がもつれて転んじゃってっ……」

「誰でもあり得るミスだし、そこまで謝る必要はないよ。今はダンスを楽しむ時間だろ？」

「はい！　やっぱり、ロジェリオ卿と踊れて良かったです。本当に楽しくて夢みたい……」

――素直でかわいらしい子だ。

「そう言ってくれると、僕も嬉しいよ」

エイミーは嬉しそうな笑みを浮かべて話を続けた。

「そういえば、先ほどロジェリオ卿がこのドレス姿をかわいいと言ってくれましたよね。ありがとうございます。とっても嬉しかったです！」

「でも、エイミー嬢は淡い色のドレスを着そうなイメージがあったから、何だか意外だったよ。どうして青色にしたんだい？」

――それに、見覚えがあるような……？

記憶を辿るように彼女に目を向けると、彼女は困り顔になり焦ったように早口で答えた。

「あっ、じっ、実はですね、今回のパーティーは突然開かれることになったので、特例としてドレスが用意できそうにない者は、寄付されたドレスを一着選ぶことができたんです。流行の型でないので少しアレンジしましたが、一番綺麗なこのドレスに決めました！」

「ああ、そういうことだったのか。確かに、そのドレスは綺麗だな。それに、自分でドレスに手を加えることができるなんて、すごいじゃないか」

そんな話で盛り上がっていると、いつの間にかファーストダンスの曲が終わった。

僕はこれから彼女のことを思って助言をすることにした。

「君は今日がデビュタントだから、たくさんの人と踊ってみると良いと思うよ！　君に良い出会いがあることを期待しているよ」

「良い出会い……ですか？」

「ああ、そうだよ。新しい友を見つけられるかもしれないし、君の将来の結婚相手がいるかもしれないじゃないか」

そう言うと、エイミーは衝撃を受けたかのように目を見開いたが、それは一瞬だった。

「そ、そう……ですか。……では、今から他の人とも踊ってきますね！」

「ああ、そうした方が良い。じゃあね」

「は、はい。ありがとうございました」

この言葉を最後に、エイミーは僕から離れていった。

その直後、遠くの方のざわめきが耳についた。

「婦人が倒れたぞ！　休憩室に運ばなければ！」

女性のドレスは身体を締め付けて苦しいというから、それが原因で倒れたのかもしれないな。

そう思いながら、僕はリディがいるであろうバルコニーに向かって歩きだした。

しかし、突然目の前にパトリシア様が現れた。

「ロジェリオ卿、次の曲は私と踊ってくださらないかしら？」

——どうしてパトリシア様が僕と……？

リディのところに行こうとしていたが、王女に引き止められてはそういうわけにもいかない。

そこで、ダンスフロアに引き返し、流れ始めた舞踏曲に合わせてパトリシア様と踊ることにした。

「ロジェリオ卿。噂を聞いたけれど、あなたいったいどういうつもりなの？」

口角は上がっているが、目は完全には笑っていないパトリシア様が低い声で紡いだ言葉。

それを聞いた瞬間、僕は彼女の勘違いを悟り、慌てて間違いを訂正する。

「僕が王女宮侍女のひとりと、恋仲と言われている噂のことですよね？　実はあれは誤解で、本当はそのような関係ではないのです」

そう言って弁解をするも、パトリシア様はため息をつき呆れたように続けた。

「そう……。では、なぜ婚約者のリディア様と一緒に来たパーティーで、例の噂の女性と踊っていたの？　ファーストダンスを婚約者のリディア様以外の女性と踊るのはおかしいのでは？　ずいぶんと浮かれていたけれど、リディア様の心や体面を傷つけるダンスは楽しかった？」

「ですから、誤解なんです……！　パトリシア様、僕は決してリディを傷付けるつもりで踊ったわけではありません。それに、リディも踊ってきて良いと言ってくれました」

確かに、リディとファーストダンスを踊らなかったことは少々気が咎めたが、ふたりで踊ってきて良いと、笑顔で見送ってくれたのはリディなのだ。

決して、彼女の心や体面を傷付けるつもりで踊ったわけじゃない。

しかし、パトリシア様は僕の言葉に目を見開くと、怒りの声を発した。

「……っ！　この期に及んでまだそんな悠長なことを言っているの？　リディア様がなぜ自分から、そのような発言をするに至ったかも分からないわけ⁉」

——えっ、どういうことだ？　エイミーがデビュタントだからと、善意で言ってくれたんじゃなかったのか……？

戸惑う僕に、パトリシア様はさらに強烈な言葉を叩き付けた。

「リディア様は、あなたを完全に見限ったのよ」

「見限ったと……？　お言葉ですが、パトリシア様。僕はリディに、エイミー嬢とは同僚で友人だときちんと証明しました。それなのに、僕を見限るなんて——」

「同僚？　友達？　口ではいくらでも言えるわ。でも、あなたは発言と態度が矛盾しているじゃない？　普通、婚約者がいる人はただの同僚や友人とファーストダンスを踊らないでしょう。証明しただなんて笑わせないで。そもそも、あなたは本気でエイミー嬢を友人と思っているかもしれないけれど、彼女の方はどうかしら？」

パトリシア様のこの言葉に、脳が揺さぶられるかのような感覚が襲った。

リディがふたりで踊って良いと笑顔で言ってくれたから、勘違いする人もそんなにいないだろうと思っていたが、どうやら僕の見当は外れていたみたいだ。

今すぐ、あらぬ誤解を解かなければ！

「確かに、婚約者がいながら別の女性と踊ったのは、一部の方の誤解を招いたかもしれません。ですが、今日はエイミー嬢の一生に一度のデビュタントです。僕は友人のデビュタントを記念すべきものにしたいと思い踊ったのであって、デビュタントでなければ踊っていませんでした」

ここまで言ったら、誤解も解けただろう。

しかし、冷ややかな笑みを浮かべたパトリシア様が口を開いた。

「ロジェリオ卿、あなた最低ね。エイミー嬢とはデビュタントの記念だからとファーストダンスを踊って、婚約後初のファーストダンスは、リディア様との記念にするつもりがなかったわけね。リディア様という存在がありながら、結局エイミー嬢を優先した。これで、本当にリディア様のことを大切にしている？　愛しているの？　まさか、エイミー嬢が本命ではないでしょうね⁉」

パトリシア様のこの発言を聞き、一気に血の気が引いた。

——もし、僕がエイミーとのファーストダンスを優先した理由が、リディなら許してくれると思ったからではなく、リディよりもエイミーに好意があるからだとしたら……？

リディと婚約してから、彼女に対して今までとは違う好意の気持ちが湧いてきたと思っていた。

だがそれは勘違いで、僕が本当に好きなのはリディじゃなくエイミーだとしたら？

いやいや、そんなわけないよな。

僕は基本的に毎回、リディとファーストダンスを踊っているから、毎回踊るリディよりも、今回は一生に一度の記念としてエイミーとのファーストダンスを優先しただけだ。

でも、周りからこれだけ誤解されるということは、僕が好きなのはリディじゃなくて……本当はエイミーなのか？

もうわけが分からなくなり脳内はすでにパニックだが、それがパトリシア様の前で出たらまずいと思い、僕は慌てて答えた。

「っ……僕が好きなのはリディです。エ、エイミー嬢とは友人ですっ」

すると、パトリシア様は聞いたことがないほど低い声を発した。

「今、私に答えを返すときに、どうして間が空いたのかしら？　それに急に慌てちゃって……。もう、そのあなたの態度を見て、答えが分かってしまったわ」

「答え？　いったい何の話を――」

「残念ね。お兄様の友達だからロジェリオ卿のことは昔から尊敬していたのに、まさか、男女問題になると、こんなに最低な男になるとは思ってもみなかったわ」

――僕が、最低な男……？　僕は気付かぬうちに、何か致命的なことを無意識のうちに周囲に晒《さら》していたのか⁉

曲が終盤に差し掛かり、焦燥が増す中、パトリシア様が口を開いた。

「そろそろダンスが終わりそうね。最後にロジェリオ卿に伝えておきたいことがあるの」

「……何でしょう？」

「実は私は、リディア様とロジェリオ卿が、条件付きで婚約を継続していると知っているの。だから言わせてもらうのだけれどね、今のあなたは、提示された条件をクリアできる可能性はゼロよ。せいぜい、終宴までおとなしくしていることね」

――条件を守ることが絶望的だって……？

パトリシア様から見た僕の現状について知らされ、衝撃で声が出せなくなる。

いつの間にか曲は終わり、パトリシア様は口角だけを上げ、形式的な礼をするなり去って行った。

僕はしばらく、ショックのあまり呆然として、その場に突っ立っていた。

しかし、こうしてはいられない。我に返り、僕はリディの様子を見に行くため、彼女がいたであろうバルコニーに向かい歩き出した。

そして、バルコニーの扉を開けたのだが、そこには人っ子ひとり見当たらなかった。

「リディ……！　え？　どうしていないんだ？」

慌てて会場に引き返す。そしてリディアを探すが、会場のどこにも姿は見当たらなかった。

「いったいどこに行ったんだ？」

――ラストダンスになったら来てくれる……よな？

リディが見つけられず、仄かな不安が心をよぎる。

しかし、リディを信じ、僕は会場の壁側に立ってリディが戻って来るのを待つことにした。

第七章　思い定めた婚約破棄

「誰が惨めなんだい？」

私に声をかけてきた人物、それはアーネスト様だった。驚きのあまり涙が引っ込む。扉が開いた音はしなかったし、どうやってここに来たのかと目を点にしてアーネスト様を見上げる。

彼は私の目の前まで歩み寄るなり、なぜかその場に突然跪《ひざまず》いた。

そして、彼は私の両手を正面から掬《すく》い上げ優しく握ると、目を合わせて言った。

「リディ、立てるかい？」

何とか私が頷きを返すと、アーネスト様は私の両手を片手で握り直し、もう一方の手を私の肩に添え、支えるように立ち上がらせてくれた。

目に映るのは、私と向き合い夜空を背景にしたアーネスト様ただひとりになった。

「来るのが遅くなってごめん」

――何でアーネスト様が謝るの？　まさか昼の約束のことで？

「アーネスト様、謝らないでください。むしろ、今日の主役であるアーネスト様をこんなところに来させてしまって、申し訳ないですっ……」

「リディ、そんなこと言わないでくれ。俺は困ったとき、リディに頼ってもらいたいんだ」

ここまで心配してくれている人がいる。それなのに、私は自分のことを惨めだと泣いていたのだと思うと、少し恥ずかしくなる。

「アーネスト様……ありがとうございます。ううっ……」

今のロジェは、私のことを大切にしてくれているとは到底思えない。

エイミーも「ロジェの婚約者」としての私を、蔑《ないがし》ろにしているとしか思えない。

だからこそ、ロジェとエイミーのふたりとは対照的に、私のことを大切に思ってくれるアーネスト様の気持ちが伝わり、感傷的になっていた私の目からは、思わず涙が溢れた。

だがアーネスト様のおかげで、私は気持ちを切り替えようと考えられるくらいには回復することができた。

「リディっ、決して泣かせるつもりで言ったわけではないんだ。どうか泣かないでくれ」

私の心の内を知らないアーネスト様は、焦った様子で心配そうにハンカチを差し出してくれた。

礼を言って、受け取ったハンカチで涙を拭うと次第に心は落ち着きを取り戻した。

「ご心配をおかけして申し訳ありません。泣くつもりではなかったのですが、アーネスト様のお言葉を聞いて、ついホッとして涙腺が緩んでしまいました。ところで、アーネスト様はどうやってバルコニーまで来たんですか？　扉が開いた気配はなかったのですが……」

答えを求めて彼の顔を見つめる。すると、アーネスト様は気まずそうにポツリと口を開いた。

「……登ってきたんだよ」

「えっ……登ってきたって……ここは三階ですよ。何かあったらどうするんですか⁉」

「だって、リディがここで泣いているんだ。来ないわけにいかないじゃないか。それに、俺は様々な訓練で鍛えているから、このくらいの高さの建物を登るくらいなんてことないよ」

――私が泣いていることに気付いて、ここまで登ってまで来てくれたというの？

「お気持ちは本当にありがたいですが、もしアーネスト様に何かあったとしたら、悔やんでも悔やみきれません！　心からのお願いです。今後、絶対にそのようなことはおやめください」

すると、アーネスト様は困ったように言った。

「そうすると、リディが泣いていても来られないじゃないか」

「っ……変装とか他にも方法があるじゃないですか。それに、もう私は今日のような出来事で泣くことは二度とないでしょう」

私のその言葉を聞くなり、アーネスト様の顔つきが真剣なものへと変化した。

賢いアーネスト様のことだ。私の言葉から、感じ取ったものがあったのだろう。

私は腹を括り、アーネスト様にこれまでの人生で最大の決断を口にした。

「アーネスト様、私はロジェリオ・ライブリーとの婚約を破棄することに決めました」

「そうか。よく決断したな。リディ」

そう言うと、アーネスト様は扉の向こうを睨むように一瞥し、再び視線を戻した。

「チャンスを与えてもらったにもかかわらず、奴はこの夜会で条件を守ることなく、リディにそのような決断をさせてしまったんだ。それも、恐らく無自覚だろう？」

「……はい。無自覚だと思います」

——今まで身体を鍛えることや訓練しか頭になかったような人だから、余計に女性や色恋沙汰に関して疎いのは婚約前から分かっていたけれど、それは〝疎いから〟で済まされるレベルじゃないわ。

これはただの異常よ。無自覚だからしょうがないと我慢するのにも限界がある。

自然と作った拳に力が入る。

「無自覚の罪を本人に理解させ、その代償を払わせないといけない。ところでリディ、噂の侍女はどのような人間なんだ？」

——どんな人間って言われても、純情なふりをした小悪魔にしか思えないわ。

品格にも礼儀にも欠ける彼女について考えただけで、自ずと顔に嫌悪が滲み出ていたようだ。

「今のリディの顔でだいたいわかったよ。要するに、小賢しい下衆ということだな」

アーネスト様の表現は確かに的を射ている。

だが、これほどキツイ言葉を口にするアーネスト様を見るのは初めてでつい驚いてしまう。

「ごめん。リディにはこんな言葉を聞かせたくはなかったんだけど、リディを泣かせた奴だから、少し感情が溢れて強い言葉になってしまったよ」

「いえ、少し驚いただけなので気にしないでください」

「それならいいが……。そうだ、リディに確認したいことがある。あの例の女が着ているドレスは、前に手紙で寄付すると書いていたドレスに似ていないか？　ほら、ロジェの目の色の……」

——アーネスト様はどんな些細なことでも、きちんと覚えてくださっているのね……。

「はい、アレンジされているのですが、おそらく私が寄付したドレスだと思います」

「やはり、そうだったか。ロジェの目の色を映し出したような青だから、どうにも違和感があったんだ。……彼女があのドレスを選んだのは、きっとロジェの目の色と同じだからだろうな」

「そうであってほしくないですが、その可能性が高いでしょう。きっと他の方も、同様のお考えかと……」

「ならば、あの女は意図的だな。確実に思い知らせてやらないといけない」

アーネスト様はそう口にすると、凛とした美しい顔立ちに苛立ちを纏わせ、眉間に皺を寄せた。

「……私は正直、彼らに制裁を科したい気持ちがあります。ですが、いくら恋愛結婚と言っても、貴族の結婚はある種の政略結婚です。なのに、制裁を科したら周りは私をどう思うでしょう？」

思わず自分の心情を吐露すると、身体が強張っていくのを感じる。

「感情の赴くまま、婚約者と王女の侍女に制裁を加えたら、悋気の強い女がいる家門として、ベルレアン家の評判が悪くなるのではないかと思って、どうしても怖いのです」

私だけの評判が落ちるならまだしも、大切な家族にまで迷惑をかけてしまったら……。

私の行動や選択ひとつで、家族を巻き添えにしてしまうことが、本当に怖くて仕方なかった。

その上、家族以外にも影響は及ぶわけで。

「それに、エイミー嬢に制裁を科したら、コールデン家の領民にも何か影響があるのでは――」

私が言い切る前に、アーネスト様は被せ気味に言葉を続けた。

「大丈夫だ。怖がらなくてもいい。ある種の政略結婚だからこそ、ロジェは女性関係をきれいにするべきだったんだ。ましてや、恋愛結婚の側面もあるならなおさらだ。それに、リディが与えたチャンスを棒に振ったのは、ロジェ自身だろ？　誰もリディを責めたりしないよ。何せ、ロジェは公衆の面前で罪を犯したんだ」

その言葉を聞き、楽しそうにエイミー嬢とファーストダンスを踊っていたロジェが想起され、ずきりと胸が痛んだ。

だが、アーネスト様の言葉が私の傷を軽くしていく。

「責められるべきはリディでなく、婚約者を無下に扱うロジェと非常識な女の方だ。さすがに他の貴族もそれくらい分かるさ。それに、コールデンの領民を困らせない方法ならいくらでもある」

アーネスト様の言葉が重なるにつれ、恐怖心が薄れ、不思議なくらいなぜか大丈夫だと思う感覚が湧き出てきた。

私は正面に立つアーネスト様を見上げた。

「本当にありがとうございます。アーネスト様とお話しして、完全に踏ん切りがつきました」

そう言うと、アーネスト様は恐る恐るといった様子であることを尋ねてきた。

「その気持ちの踏ん切りというのには……ロジェへの恋心も含まれているのか？」

「もちろんですっ……。今日の出来事で、私のロジェへの恋心は悉《ことごと》く打ち砕かれました。恋心どころか、人としての好意ですら残っているか怪しいものです」

「そう……か。条件が守れなければ婚約破棄をすると言っていたが、それほどまでに気持ちにケリを付けられたのなら良かったよ」

――私の味方ではあるけれど、アーネスト様はロジェにも幼馴染みの情があるのよね。

寂しげな笑みを浮かべるアーネスト様を見て、複雑なことに巻き込んだ罪悪感が心を過る。

「俺がバルコニーに来た時、リディは自分のことを惨めだと言っていただろ？」

――あの時は感情的になって、ついそんなことを口走ってしまったわね。

「はい。確かにそう言いました。ですが、アーネスト様と話しているうちに、私は惨めではないと思い直しました」

すると、アーネスト様はハッとした様子で瞠目《どうもく》した。

「そうだよ、リディ。君は惨めなんかじゃない。誇り高き人間なんだ」

「誇り高いかどうかは分かりませんが、幸いなことに私は孤立無援ではなく、支えてくれる人が周りにいます。それなのにひとりで嘆いて悲劇のヒロインでいるなんて、自分で自分を下げているようで、もったいないですよね」

「ああ、そうだ。リディの周りには支えてくれる人がたくさんいるんだ。君は独りじゃない」

「ありがとうございます。私、あの能天的なふたりに、目にもの見せて差し上げます」

「その意気だ。己がしでかした罪の重さを、存分に思い知らせてやるといい」

心強い言葉をかけてくれるアーネスト様に、感謝の想いが込み上げる。

「アーネスト様、ありが――」

コンコン。突然、感謝の言葉を遮るようにバルコニーの扉がノックされた。

――ガラスの扉なのにわざわざノックするなんて、誰なのかしら？

不思議に思い振り返ると、そこにいたのはポールさんだった。

アーネスト様が入ってくるように言うと、慌てた様子でポールさんはこちらに駆け寄ってきて、とある報告を口にした。

「ご報告です。ロジェリオ卿のお母様のジュリアナ・ライブラリー夫人がお倒れになりました」

――ジュリアナ夫人が倒れたですって⁉

アーネスト様がすかさずポールさんに質問を投げかけた。

「今、ジュリアナ夫人はどんな容体だ？」

「はい、気を失われたのは一瞬で、今は意識が回復して、休憩室で安静にしております」

それを聞き、私はアーネスト様と同時に胸を撫で下ろした。

「そこでなんですが、陛下がおふたりをお呼びです。なんでも、マクラレン王家と、ベルレアン侯爵家、ライブラリー侯爵夫妻の三組で話し合いがしたいとのことで……」

私とロジェの家だけならまだ分かるが、マクラレン王家も交えての話など、まるで内容の見当がつかない。

もしかして、ジュリアナ夫人が倒れたことと何か関係があるのだろうか。

行かないわけにもいかないため困惑していると、アーネスト様が言った。

「それなら行くしかないな」

「はい、急ぎましょう。こちら変装道具です。こちらを身に着け、人目を避けつつ休憩室に向かってください」

ポールさんのその言葉に頷き、私は顔を隠すベールや眼鏡、マントといったいささか心許ないが変装をして、急いで休憩室に向かった。

その道中、ダンスフロアでロジェとパトリシア様が踊る姿が目に入った。

刹那、私の視線の先に気付いたアーネスト様が、囁いた。

「パトリシアのあの顔、相当怒っているな」

「ロジェはパトリシア様にも何かしたのでしょうか？」

「たぶん、無自覚に何かしたか、無神経なことを言ったんだろう」

——私は、どうしてロジェのことを好きになったのかしら？　昔のロジェは、こんな人じゃなかったはずなのに……。

彼の受け入れがたい変化に、虚しい思いが込み上げた。

彼女のお願い〈ロジェリオ視点〉

僕は壁際に立ち、リディが戻って来るのを待ちながら、先ほど踊りの最中でパトリシア様からかけられた言葉について、ずっと考えを巡らせ続けていた。

『ずいぶんと浮かれていたけれど、リディア様の心や体面を傷つけるダンスは楽しかった？』

『リディア様は、あなたを完全に見限ったのよ』

――リディ自身が許可してくれたからデビュタントのエイミーと踊ったが、その言葉をそのままの意味で受け入れて、エイミーと踊ったことは間違いだったのか？

パトリシア様があんなにも怒った様子で言っていたということは、いくらエイミーのデビュタントと言えど、リディを優先しなかったのは間違いだったんだろう。

僕は気付かないうちに、どれだけリディのことを傷付けていたんだ？

エイミー〝嬢〟と呼称を変えるだけでは、何の意味もなかったのか？

『エイミー嬢とはデビュタントの記念だからとファーストダンスを踊って、婚約後初のファーストダンスは、リディア様との記念にするつもりがなかったわけね』

――リディとはこれまで何度かファーストダンスを踊っていたから、そのときは今日がデビュタントのエイミーのことを優先して、エイミーとファーストダンスを踊るという決断をした。その瞬間の僕は、リディと僕にとって婚約後初のファーストダンスになるということを、完全に失念していたのだ。

一気に血の気が引いた言葉が脳内で再生され、再び背筋がゾッとした。

この事実は、僕とエイミーの関係性を自分が想定しているものとは違う状態で、他の人の目に焼き付けるには十分だっただろう。

『リディア様という存在がありながら、結局エイミー嬢を優先した。これで、本当にリディア様のことを大切にしていると言えるの？　愛しているの？　まさか、エイミー嬢が本命ではないでしょうね⁉』

パトリシア様の言葉に、僕はすぐに好きなのはリディだと返すことができなかった。

——パトリシア様の言う通り、僕はリディでなくエイミーのことが好きだから、ファーストダンスを踊るときにリディでなくエイミーを優先したのか？

そのような考えが頭を過ぎる中、自分自身でもひとつ分かることは、リディもエイミーも好きだが、その好きの感覚はふたりで少し違うということだった。

——リディが僕にとって特別な婚約者の立ち位置にいるから、好きの感覚が違うだけなのか？

僕はリディのことが昔から変わらず好きだ。これは間違いない。

ただ、それが恋愛感情からなのかはエイミーの出現により、余計分からなくなってしまった。

今、僕が知るべきは、エイミーに対する感情の正体についてかもしれない。

——他の人にそんな風に言われるような態度をエイミーに取っているということは、実は僕はエイミーが好きで、無意識のうちに自然とそう捉えられるような言動をしているのか？

もう何が何だか分からない……！

どうしてこんなことになってしまったんだ⁉

ただの妹のような存在にしか思っていなかったはずなのに、エイミーと自分が恋仲という噂が流れたことや、パトリシア様にもエイミーの方が好きなのかと疑われたことは事実だった。

僕は自分で自分の気持ちが分からないという出口の見えない迷路に迷い込み、頭の中がパニック状態になっていた。

そんな中、あと十五分ほどでラストダンスが始まるという合図の曲が流れ出した。

——いつの間にか、もうこんなに時間が経っていたのか！

リディはっ……来ていないか。

ぐるりと会場中を見回したが、リディが会場の中に見当たらず不安になる。

——リディは約束通り、ラストダンスを僕と踊るために、待っていてくれるだろうか？

パトリシア様が見限ったと言っていたから、もしかしたら来ないかもしれない。

壁際になんて突っ立っている場合じゃない。リディを探しに行こう！

そう思い、僕は壁際から一歩踏み出そうとした。

しかし、ちょうどその瞬間、目の前にエイミーが現れた。

「ロジェリオ卿！」

——リディのところに行こうと思ったのに、なぜこのタイミングで来るんだ……。

けれど、こうやって話しかけて来てくれたのに、避けて別の場所に行ったら可哀想だよな。

僕は考えた末、その場に留まりエイミーの話を聞くことにした。

「やあ、エイミー嬢。色々な人と踊っていたようだが良い出会いはあったか？」

「はい！　とっても楽しかったです。それに、踊ってくださる皆さんが、ロジェリオ卿の話をするので、話が合ってとっても楽しかったです！」

——エイミーが一緒に踊っている男性を何人か見たが、別に僕と親しい人間ではなかった。

僕についてどのような話をしたんだろうか？

もしや、僕とエイミーとの間違った噂について何か聞き出そうとしたんだろうか？

もしそうならば、きちんとエイミーが訂正してくれただろうから安心だな！

僕はフッと心が軽くなって、エイミーに言葉を返した。

「それは良かったね。ところで、まだダンスタイムは続いているのにどうしてここに？」

思ったままに疑問を口にすると、突然エイミーが気遣わしげな表情を浮かべた。

「リディア嬢と一緒にいる姿が見えなかったので、ロジェリオ卿が独りで寂しい思いをしているに違いないと思って来たんです」

——エイミーはこんな時でも僕のことを考えてくれている。なんて優しい子だろう。けれど今の僕はそれどころじゃないんだ。

「そうだったのか。でも、僕は寂しくないよ。そんなこと気にせず、君も楽しんでおいで」

本音だったのだが、エイミーは僕のその言葉を聞くなり、少し怒ったような口調で言った。

「お友達がひとりでいるのに、自分の楽しみばかり優先させるわけにはいきません！」

「僕のことは別に、君が気にしなくても……」

「お友達だからこそ気にしますよ！　それと、もしリディア嬢がいなければお願いがあるのです」

「お願い？　何だい？」

エイミーは俯いてモジモジしていたが、僕の方に一歩前進するなり顔を上げ、視線を合わせて言った。

「何人かの他の男性とも踊ったのですが、ロジェリオ卿とのダンスが一番楽しかったんです。なので、デビュタントの記念としてラストダンスも私と踊っていただけませんか？」

このエイミーの声が聞こえたのか、突然隣にいたご高齢の貴族の男性が話しかけてきた。

「わしは年寄りだから、数多くの夜会に参加してきたが、女性からラストダンスの誘いをするのを初めて見たよ！　若い方、人生で唯一のデビュタントで恥をかかせてはいけないぞ！」

すると、エイミーもその男性に言う。

「お恥ずかしいところをお見せしました。でも、彼とのダンスが一番楽しかったので、ぜひデビュタントの記念に踊りたいんです」

そしてふたりは、なんだかんだと僕の目の前で盛り上がり始めた。

正直、僕とのダンスが一番楽しかったと言ってくれたのは嬉しい。

ラストダンスを一緒に踊ってくれないかという願いも、かわいらしいと思う。

それに、リディはラストダンスのために会場に戻ってきそうにない。

隣のご老人も、恥をかかせてはいけないと言う。

——僕はどうするべきなんだっ……？

しかし、やむを得ない。本当に心苦しいが、この状況ではこの選択をするしかない。

お願いの行く末〈エイミー視点〉

踊り終わったロジェ様にかけられたひと言に、私は衝撃を受けた。

『君は今日がデビュタントだから、たくさんの人と踊ってみると良いと思うよ！』

ここまでは良かったのだ。私にとっての問題は、その次に続く言葉だった。

『君に良い出会いがあることを期待しているよ』

――リディア嬢でなく私とファーストダンスを踊ったのに、ロジェ様は本気でそんなことを言っているのかしら？

「良い出会い……ですか？」

そう尋ねると、ロジェ様は清々しいほどの笑顔で答えた。

『ああ、そうだよ。新しい友を見つけられるかもしれないし、君の将来の結婚相手もいるかもしれないじゃないか』

そう言われた瞬間、頭の中が真っ白になった。

リディア嬢でなく私のことが好きなのかもしれないと思っていたのに、こんなのあんまりよ！

そんなに言うなら、本当に他の人たちと踊ってやるんだから……！

「そう……ですか。……では、今から他の人とも踊ってきますね！」

ショックと怒りを抑えてなんとかそう言うと、ロジェ様は『ああ、そうした方が良い。じゃあね』と言って、あっという間にさっさとその場から立ち去って行ってしまった。

――もしかして、リディア嬢のところに行ったのかしら？

ファーストダンスを踊っているときも、ロジェ様の目はリディア嬢を探していた。

私がいるのに、どうしてロジェ様はリディア嬢のことを気に掛けるの……？

そう思うだけで、心がズシリと重くなったそのとき、知らない男性が声をかけてきた。

「お嬢様、次のダンスですが私と踊っていただけませんか？」

——私ったら、どうして一瞬でも自信をなくしかけたのかしら。

ロジェ様が鈍感なだけなんだわ！

だって、こうして私には声をかけてダンスに誘ってくれる男性がいるんだもの。

いいわ！　ロジェ様の言う通り他の男性と踊ってみて、ロジェ様の反応を見てみましょう！

そう考えた私は、誘ってくれた男性に手を預けダンスを始めた。

男性がロジェ様の話を始めたため、私は自然と踊りながらロジェ様を探した。

——あら？　パトリシア殿下と踊っているじゃない！

パトリシア様はロジェ様が素敵だから、無理を言って踊ってもらったんでしょうね。

私はロジェ様の特別な存在になれたからやっと踊れたのに、王族というだけで得なものね。

ひとり目の男性と踊り終えると間もなく、別の男性が私の下にやって来た。そして、その男性とダンスを終えると、また別の男性が……と、立て続けに男性が誘いに来た。

そのうちに、私はロジェ様の姿を見失ってしまった。

——初めての夜会で不安だったけれど、皆が誘いに来てくれて不安がなくなったわ！

それにしても、皆ロジェ様の話ばかりしてくれるから話が盛り上がるしとっても楽しいわ！

私はまた私を誘いに来たらしい男性に微笑みかけた。

「お嬢様、次のダンスを私と踊っていただけますか？」

その声ににっこり微笑み頷くと、男性は流れるようなエスコートで私を誘い踊り始めた。

そして、この男性も先ほどの男性たちと同様に、ロジェ様の話題を出してきた。

「お嬢様は、王女宮の騎士副団長のロジェリオ卿と仲が良いようですね。おふたりは恋仲……なんて噂も聞きましたが、実のところどうなんでしょうか？」

――今までの男性よりもダイレクトに聞いてくるわね。

「はい。私はロジェ様と仲良くさせていただいております。ですが、恋仲という噂は間違いなのです。私とロジェ様はあくまで友達なんです」

「そうなのですか！　ファーストダンスを踊っていたので、てっきり噂は本当だと思っておりました。恋仲でないなら、今日のあなたの行動はリディア嬢を悲しませるものだったのでは？」

――この男性は嫌みっぽくて、あまり好きになれそうにないわね。顔は滅多にいないくらいかっこいいけれど、ロジェ様みたいに優しくないと意味がないわ！

何でリディア嬢が可哀想で、私が悪者みたいな言われ方をされないといけないの？

そう思いながらも、私は質問には笑顔で答えた。

「違いますよ！　リディア嬢自らが、踊っておいでと言ってくれたんです！」

「え？　自分の婚約者のファーストダンスを他の女性に譲ったんですか？　リディア嬢は本当に心の広いお方だな」

――いちいちリディア嬢のことを褒めて、何なの、この人⁉

この男性はリディア嬢の本性を勘違いしたままかもしれないから、教えてあげないと！

「今回はリディア嬢もさすがにダンスを譲ってくれたんですけど、私とロジェ様の仲の良さに嫉妬しているみたいなんです……。私は別に、リディア嬢からロジェ様を奪うつもりなんてないのに……」

そう言って男性の顔を見るも、男性は口角を上げたままその表情は少しも変わっていなかった。

「っ……勘違いしたリディア嬢が、私のことを目の敵にしているようで少し怖いんです。それに、さっきも怒鳴って私に謝らせたりしたんですよ。それを知って、ロジェ様が私をリディア嬢から庇ってくれているんです。だから、ロジェ様と私が恋仲だと勘違いされてしまったのかも……」

男性を見上げると、彼は目を細めて笑いながら言った。

「そうだったんですか。リディア嬢は優しいばかりの人と思っていましたが、情熱的なところもおありなのですね」

「情熱とかそういうレベルを超えていますよ」

そう答えると、男性はただただ冷静に「そうですか」と答えた。

そのタイミングで、ちょうどダンスが終わり、男性はあっさりと去って行った。

——何だか、本当に話の合わない嫌な感じの男性だったわね。

それはいいとして、そろそろラストダンスの相手と合流し始める時間なのかしら？

私は慌ててロジェ様を探した。

そして、見つけた彼の隣にはリディア嬢がいなかった。

ラストダンスに誘うのに、こんな大チャンスはない！　慌ててロジェ様の下に向かった。

勇気を出して誘いの言葉を掛けると、ラッキーなことに隣のおじいさんも加勢してくれた。

ロジェ様は優しいから、私に絶対恥をかかせてはいけないと思って、ラストダンスを踊ってくれるに違いないわ。

だが、彼はなぜか表情から笑みを消して真剣な顔つきになると、衝撃の言葉を放った。

「ごめん、エイミー嬢。心苦しいけれど、僕は君とはラストダンスを踊ることはできない」

――私とはラストダンスを踊れないって……聞き間違いかしら？

「ロジェ様？　私は今日デビュタントなんですよ⁉　リディア嬢もいないじゃないですか？　どうしてダメなんですか？」

すると、ロジェ様は苦しそうな表情で言った。

「僕はリディアとラストダンスを踊る約束をしているんだ。だから、君とは踊れない」

「では、リディア嬢がラストダンスまでに戻って来なかったら踊ってくれますか？」

そう言うと、ロジェ様は首を横に振りながら答えた。

「ごめん、それも無理だ。僕がラストダンスを踊ると約束したのはリディだ。だから、僕とラストダンスを踊れるのはリディだけなんだ」

そう言うと、ロジェ様はおじいさんに向き直って話し出した。

「ご尊老。私には婚約している女性がいます。ですので、彼女とラストダンスを踊ることが無理ということを、どうぞご理解ください」

――なんで⁉　そんなにリディア嬢が大事なの⁉

私に恥をかかせて、ロジェ様はそれでも良いの⁉

盤石だと思っていた足元が崩れていくような感覚に襲われる。

「なんと！　それは、要らぬことを言ったな。すまない。早くそのお嬢さんの下へ行っておやり」

ロジェ様はその言葉に「はい！」と威勢よく返事をすると、サッと私の方に向き直って告げた。

「君のお願いを聞いてあげられず、すまない。でも、僕は今、リディのところに行かなければならない状況なんだ。理解してくれ。友達だろ？　あと、この間も言ったが僕のことはロジェリオ卿と呼んでくれ。それでは」

ロジェ様はそう言い捨てると、私を置き去りにして走ってどこかに行ってしまった。

——どうして他の男性は寄ってきたのに、あなたは去っていくの？

どんなに言い寄られても、私が好きなのはロジェ様なのに。

ロジェ様じゃないと、意味がないのに……。

これもすべて、リディア嬢のせいねっ……！

第八章　知られざる真実

心を占める虚しさを振り切るように歩みを進め、私とアーネスト様は休憩室の入口に立った。

「お二方がお見えになりました」

扉前の使用人が伝えてまもなく、中から陛下が入室許可を出された。

私は緊張しながら。アーネスト様と開かれた扉の向こう側に足を踏み入れた。

既に来ていたお父様とお母様が並んでいる椅子の隣に座るように促され、言われた通りに腰を掛ける。

対面には、酷く深刻そうな顔をしたライブリー侯爵が座っていた。

――ジュリアナ夫人も心配だけれど、ライブリー侯爵も大丈夫かしら？

心配していると、陛下が使用人にジュリアナ夫人も呼んでくるよう指示を出した。

――倒れたのに、この席に来るだなんて……安静にしていないといけないのでは？

心配が胸を過ぎる。同じことを思ったのか、アーネスト様が陛下に言った。

「ジュリアナ夫人は倒れたと伺いました。この場にお呼びしても大丈夫なのでしょうか？」

「本当は安静が一番だが、倒れた本人が意地でもこの場に出ると言うから、同席を許可したんだ」

陛下が少し顔を顰《しか》めて答える。

「ご本人がですか？　そもそもジュリアナ夫人はなぜ倒れたのでしょうか？」

アーネスト様が新たな質問を重ねると、皆、沈痛な面持ちになった。

中でもひときわ顔色の悪いライブリー侯爵が私に向かって言う。

「リディア嬢。妻が倒れた理由なんだが、ロジェリオのせいなんだ」

その瞬間、私は全てを理解した。

「もしかして、ロジェが他の女性とファーストダンスを踊っていたからでしょうか？」

「ああっ……リディア嬢には、謝っても謝り切れないことをしてしまった。本当に申し訳ない！」

そう言ったかと思うと、ライブリー侯爵は立ち上がり私の横に来て、床に膝を突いた。

「おやめください、ライブリー侯爵……！」

「しかし、愚息はリディア嬢にここまで下劣なことをしでかしたんだ。謝らせてくれ！」

こんなことをされては困ると視線で助けを求めると、陛下がライブリー侯爵に言った。

「アーヴィング、リディア嬢が困っている。謝る相手を困らせてはいけない。夫人が到着するまで、席に着いて少し落ち着け」

「す、すまなかった、リディア嬢……」

ライブリー侯爵はそう言うと、憔悴《しょうすい》した表情で席に着いた。

間もなく、化粧をしていても分かるほど顔色の悪いジュリアナ夫人が入ってきた。

彼女は私を見つけるなり、よろよろとこちらに近づき、私の両手を包むように握り締めて、床に膝を突き謝り始めた。

「リディちゃん。本当にごめんなさいっ……。せっかく挽回の機会を与えてくれたのに、それを無下にするだけでなく、公衆の面前であなたを傷つけてしまった……。どうやって償ったらいいのかっ……！」

ジュリアナ夫人は大粒の涙を流し、謝罪を続ける。

それを見て、ベアトリクス妃殿下は肩を震わせ、お母様も涙を流し始めた。

男性陣は、苦渋の表情を浮かべている。

その空気を切り裂くように、突然お父様がライブリー夫妻に話しかけた。

「ライブリー侯爵、夫人。この間、ベルレアン家とライブリー家で話し合いをしたときに、条件を守れなければ婚約破棄をするというお話をしたことを覚えていますよね？」

ふたり揃って頷く姿を確認すると、お父様は私に向き直って言う。

「リディア、約束は約束だ。自分の口から、はっきりとおふたりに伝えるんだ」

——弱りきったおふたりに言うのは心が痛むけれど、私はこの決定を覆すつもりはないわ。

「ライブリー侯爵、ジュリアナ夫人。今日を以て、私、リディア・ベルレアンはロジェリオ・ライブリー卿との婚約を破棄させていただきます」

震えないよう、私は必死に身体に力を入れて言った。

その宣言に、ライブリー侯爵はがっくりと項垂れ、ジュリアナ夫人は絶望的な表情をした後、天を仰ぐようにして目を閉じた。

その瞬間、部屋は静まり返り、先ほどまでとは比べ物にならないほどの重い空気が流れた。

しかし、その静寂はジュリアナ夫人によって打ち払われた。

「婚約してから、リディちゃんには本当に嫌な思いをさせ続けてしまいました。その罪は、婚約破棄だけでは償いきれません。どうか、ライブリー家として愚息の責任を取らせてください」

「ジュリー、まさか……！」

なぜか焦ったようにライブリー侯爵が叫ぶと、ジュリアナ夫人は侯爵を振り返って言った。

「私のことが嫌いになるかもしれないけれど、私の意見には賛成してくれるって信じているわ」

夫人はそう言うと、私たちに向き直り、意を決した様子で口を開いた。

「実は、今回の一連の出来事で婚約が破棄されたらどうするか、ロジェと約束していたことがあるんです。そして、ロジェはリディちゃんを傷付けて婚約破棄に至りました。よって約束通り、私たちは本日より嫡男であるロジェリオを廃嫡いたします。そして、彼をライブリー家から追放します」

――ロジェが廃嫡の上、追放ですって……⁉　婚約を破棄したらそんなことになるだなんて、そこまで考えていなかったわ！

あまり予想外すぎる夫人の宣言に、私は狼狽せざるをえなかった。

私は慌てて、ジュリアナ夫人に言った。

「ジュリアナ夫人、廃嫡の上、追放というのは――」

「ジュリアナ夫人、それ以外に何か他の選択肢もあるのでは――」

アーネストも同じことを思ったのか、私たちの声が同時にジュリアナ夫人に向けられた。

しかし、ジュリアナ夫人は私たちの言葉に首を横に振りながら答えた。

「あの子には、今回のことが原因でリディちゃんと婚約破棄することになったら、廃嫡にすると話していたのです。それなのにこうなったということは、廃嫡だけでは足りません」

ジュリアナ夫人が力なく言うと、先ほどから沈黙を貫いていたお母様が突然口を開いた。

「私は廃嫡して追放するという意見に賛成よ」

――いつも優しい、ロジェのことが大好きなお母様がそんなことを言い出すだなんて……！

私は驚きのあまり、咄嗟にお母様に言った。

「お母様はロジェが廃嫡された上、追放されることに本気で賛成なのですか？」

「当然よ。本当は追放どころか、廃嫡だなんて考えていなかった。だけど、今のジュリアナ様の話を聞いて考えが変わったの」

「どうして――」

「条件を守らなかったら廃嫡だと、事前に約束をしていたのでしょう？　廃嫡されると分かっていながら、どこの馬の骨とも知れない娘とファーストダンスを踊ったということは、廃嫡も覚悟の上での行いだったということよ。ベルレアン家は、リディアは、彼に猶予を与えたわ。それなのに、彼は私のかわいいリディを悪戯に傷付けた。当然、廃嫡だけで許されるわけがないでしょうっ……」

お母様のその言葉に、誰もが口を噤《つぐ》んだ。たしかにそれは、核心を突いていたからだ。

私は、ロジェはエイミー嬢を友達と思っているだけだと、本気で思っていた。

だけど本当は、廃嫡になっても良いと思えるくらいエイミー嬢のことを愛しているの……？

もしそうなら、私と条件付きで婚約を継続すると言ったのはなぜ？

しかも、私ではなくエイミー嬢を優先して、ファーストダンスを踊りに行くだなんて。

──私が何をしても許してくれる人形だとでも思っているのかしら。絶対に許せない。

「お母様、廃嫡はやりすぎかと思っておりましたが意見を変えます。廃嫡はもちろんのこと、追放にも賛成いたします」

それを聞いたお母様はジュリアナ夫人をじっと見つめて言った。

「ジュリアナ様、この件の当事者であるリディアも、廃嫡と追放処分に賛成したわ」

お母様の言葉に、ジュリアナ夫人が強く頷く。

すると突然、これまで言葉を発することのなかったベアトリクス王妃が口を開いた。

「これまでのお話を聞き、私もロジェリオ卿を廃嫡するという意見には賛成です。何度も道を正すチャンスをもらい、警告もされながら、リディちゃんを傷つけたのですから。ねえ、あなた」

唐突なベアトリクス王妃の問いかけに、少し戸惑いながらジェームズ陛下が首肯する。

ベアトリクス王妃は確信を得た様子で続けた。

「ところで皆さん、ロジェリオ卿ただひとりが悪くてこの状況になったとお思いでしょうか？違いますよね？」

即座に、アーネスト様が口を開いた。

「エイミー・コールデン子爵令嬢のことで、何かおっしゃりたいことがあるのですね」

「ええ、その通りよ。私は、ロジェリオ卿だけでなく、エイミー嬢にも処分を科すべきだと思うわ。エイミー嬢はロジェリオ卿に婚約者がいるということを確かに知っていたのよね？」

皆が頷くと、ベアトリクス王妃は美しい相貌《そうぼう》を微かに歪めた。

「それなら、なおさらエイミー嬢にも処分を科すべきよ。ロジェリオ卿には人生を変えるほどの処分を科すのでしょう？　それなのに、エイミー嬢には何も処分がないというのは、道理に反しているし、何よりけじめがつかないわ。ねえ、リディちゃん」

まさにその通りだった。

もし、エイミー嬢が私の存在を一切知らずにロジェと親密な関係になったり、拒否するエイミー嬢にロジェが付き纏っていたりしたなら、エイミー嬢に処分だなんて考えすらしなかった。

けれど、彼女は私の存在を知っていながらも、そんな人間がいないかのようにロジェに積極的に近付いていった。今日の夜会でもだ。

その上、彼女は私に対して、初めて会ったときから無礼極まりなかった。

それなら、もう答えはひとつでしょう。

エイミー嬢には何が何でも処分を科して、夢から目覚めさせてあげるわ。

「ロジェだけでなく、エイミー嬢の言動も今回の騒動の大きな要因だと思います。そのため、処分を考えていただきたく思います。ですが――」

私はひとつの懸念を口にした。

「ライブリー家のように家門内の問題ならば、家門内の処分だけで済みますが、エイミー嬢の場合はそういうわけにはいきません。どのような処分を科せるのでしょうか？」

ベアトリクス王妃からすかさず明かされた処分の内容は、全く予期せぬものだった。

「あの子はリディちゃんのこと以外にも、処分事由がたくさんあるようよ。入ってきてちょうだい」

すると、見たことのある人物が扉の向こうから姿を現した。

――あの方は、パトリシア様の侍女長様だわ……！

侍女長様が神妙な面持ちで入室すると、ベアトリクス王妃が話を続けた。

「皆さん、こちらは王女宮の侍女長です。噂を耳にし、エイミー・コールデンについて、私は彼女に聞き取り調査を行いました。その際、エイミー嬢に処分事由があることが発覚しました。今から、皆さんに詳細を聞いていただき、その上でエイミー嬢の処分について検討するのがよろしいかと思います。侍女長、説明して差し上げて」

ベアトリクス王妃の言葉にハッと皆が息を呑み、侍女長様に視線を集中させた。

――いったい、エイミー嬢は王女宮でどんなことをしでかしていたの？　侍女たちからは好かれていたんじゃなかったの？

さまざまな疑問が浮かぶが、とりあえず私も侍女長様の話に耳を傾けることにした。

「簡潔に申し上げますと、エイミーには大きく分けて三つの処分事由がございます。ひとつ目は、職務怠慢です。ふたつ目は風紀を乱す言動を繰り返したこと。そして三つ目は、横領です」

「横領ですって⁉」

思わずといった様子で、お母様の口から悲鳴のような声が飛び出す。

――エイミー嬢は家計を支えるために、出稼ぎに来ていたんじゃないの？

なのに、職務怠慢に風紀を乱す言動をした上、あろうことか横領だなんてっ……。

さすがにそこまでのことをしでかす人物だとは、想像していなかった。

本当に出稼ぎにきた令嬢なのかと、疑いの気持ちを抱くレベルだ。

「それでは、まず職務怠慢についてご説明いたします。彼女は先日、本来の買い物担当者の代理として使いに行きました。ですが彼女は、仕事中にもかかわらず、男性とジュエリーショップに入店していたことが判明したのです」

それを聞いて、私の脳内に、ロジェの言葉が蘇った。

『王女宮のお使いで街に来ていたエイミーに偶然会って、流れで選ぶのを手伝ってもらうことになったんだ』

――一週間前のあのとき、彼女は仕事中だったの⁉

半信半疑ながら動揺し、私は侍女長様を見つめる。

ジュリアナ夫人は目を見開いてわなわなと震え、侍女長様に向かって絶叫した。

「ちょっと待って！　それってもしかして……一週間前のこと？　その男性って、もしやロジェリオでは？　あの子は仕事中の子と一緒にジュエリーショップに入っていたというのっ……⁉」

「……はい。左様でございます。ですが、彼女の職務怠慢はこの件だけではありません」

私はどういうことかと侍女長を見つめ続けると、彼女は気まずそうに続きを口にした。

「彼女は使いのたびに、目的外のことをするのです。王女宮の騎士団の誰かに遭遇すれば、帰りが遅くなります。そのため、私も彼女を使いの任務から外していたのですが、管理不行き届きで、彼女は本来の使い担当に頼み込み、こっそり代理で使いに行った日が数回あったようです」

徐々に語気が強まり始めた侍女長様の説明が終わると、お父様がある疑問を口にした。

「そのことは、どうやって知ったのだ？」

「基本的には、一緒に働いている侍女と一部の王女宮の騎士団員からです」

お父様は考え事をするように黙り込んだ。

侍女長様はさらに表情を陰らせて話を続ける。

「彼女も来たばかりの頃は頑張っていたのです。ですが、働き始めて一週間にして、同僚の侍女たちが彼女に対する印象を一変させるほど、彼女の風紀を乱す言動とも重なる職務怠慢の様子が明らかになる出来事がありました」

——一週間で、どれだけのことをしたらそのようなことになるの？

「ある日、仕事中のエイミーが泣きながら、王女宮騎士団の団員と話していたのです」

エイミー嬢が泣いていたという言葉に、嫌な記憶が蘇りそうになる。

口にした侍女長様も、憮然とした表情で続きを口にした。

「私を含め、その場面に遭遇した侍女たちは疑問に思い、彼らの会話にこっそり耳をそば立てたのです。その結果、エイミーが騎士団員に、同僚の侍女の悪評を吹き込んでいることが判明しました」

「どのような悪評について、話していたのですか？」

浮かんだ疑問をそのまま口にすると、侍女長様はこちらに視線を向けて説明する。

「記憶している限りの彼女の言葉ですが、『私は働き始めたばかりなのに、誰も仕事を教えてくれないし、分からないことがないかと聞いて、私のことを試したりしてくるんです。みんな私のことを嫌っているから、こんな意地悪をするのかしら。けれど、仕事の覚えが遅い私が悪いんですよね。でも、みんなが冷たくて少し辛いです』と、このように申しておりました」

「そのようなことを、騎士団員の方に話していたというのですか？」

「はい。一部の騎士団員はそれを真に受け、可哀想にと憐れんでおりました」

――彼女なら十分やりそうなこと……物は言いようとはこのことね。

きっと、エイミー嬢は自分にとって都合の良いように事実を改変して、他の侍女たちを悪者にしたのね。

彼女への怒りが心に沸々と湧き上がるのを感じながら、私は話の続きに耳を傾けた。

「ですが、私たちは一切嫌っておりませんし、意地悪をしたつもりもございませんでした。なので、その旨を伝え彼女も理解をした様子でしたが、その後も同じことの繰り返しで……」

呆れてものも言えない。

「あまりに目に余るため、さすがに私も彼女に一度きつく忠告をしました。すると、その日を境に、彼女は私に虐められていると触れ回るようになり……。私は今、一部の騎士団員たちから、相当意地悪な侍女長と思われていることでしょう」

――侍女長様も、頭を悩ませていたのね……。

「買い物担当の交代の件に関しましても、断ればあらぬ悪評を流されると思った侍女が、今ではエイミーに頼まれたことを私に隠し、当番を交代するようになってしまったようです。特に、騎士団員に想い人がいる侍女が、その標的にされていたことが判明しました」

人の心の弱みに付け入るだなんて、相当悪質ね。

一見、純真無垢のようだが、裏ではそんなことをしていただなんて。

皆が皆、彼女に振り回されて、完全におかしなことになってしまっているわ……。

「彼女を雇い続けた理由も伺いたいのですが、先に横領についてお聞かせ願えますか？」

解せない気持ちをこらえて尋ねると、侍女長様は私を見つめて一度深く頷いた。

「彼女が横領を始めたのは、恐らく今から二、三週間ほど前からなのです。このことは、昨日判明いたしました。そのため今は、まだ本人には確認をしておりません」

昨日の時点で発覚していたのに、どうして彼女にすぐ確認をとっていないの？

などと考えていると、アーネスト様が侍女長様に質問を投げかけた。

「どのようにして横領が発覚したのだ？　そして、横領の規模はどれくらいだ？」

「複数の彼女の同僚侍女からの報告により発覚しました。規模自体は少額です」

「そうか。念のために確認するが……その同僚の侍女からの報告というのは、エイミー嬢に仕返しをしたいがゆえの、虚偽の報告という可能性はないのか？」

同僚の侍女たちから煙たがられている彼女のことだから、その可能性は十分にある。

「私もそのように考え、虚偽か否かの調査を行いました。その結果、侍女たちの報告が真実であり、横領が事実であったと判明したのです」

侍女長様の言葉に、今度は陛下が反応した。

「報告した侍女たちは、どうして横領に気付けたのだ？」

「報告してきた侍女は皆、買い物担当として使いに出されていたという共通点がありました」

それだけでは分からず皆が首を傾げる中、侍女長様は淡々と説明を続けた。

「私は侍女たちを使いに出すとき、買い物に必要な代金と交通費を持たせております。ですが、トラブルや緊急事態の発生に備え、少し上乗せした額を持たせているのです」

——貴族の屋敷で働いている侍女たちも、買い物に行くときは購入代金と交通費、何かあった時のためのお金を持たせているから、それ自体は当たり前のことよね。

「上乗せした金額の使途はトラブル対応に限定されております。ですが、彼女はそれを子どもたちにお菓子を配るという、私的な目的のために流用していたのです。このことは、買い出し担当の侍女が子どもたちからお菓子をねだられるようになったことで判明しました」

あまりにも意味が分からない横領の使途に皆が呆気に取られる中、侍女長様は続けた。

「子どもたちは王女宮の紋章を指さし、この紋章をつけた人が買ってくれたと言ったそうです。そこで、その女性の特徴を尋ねたところ、皆が口を揃えてエメラルドグリーンの目のブロンドの女性と答えたとか。その特徴を持ち合わせている王女宮の侍女は、エイミーただひとりです」

ようやく事の経緯が分かり、思わずため息が零れてしまう。

「報告を受けてすぐ、使いの後に返却される残金と使用内訳を確認しました。すると、エイミーが提出した内訳には本来よりも高い金額が書かれ、緊急用の予備金の減少が判明したのです」

さらりと発されたその言葉に、私は思わず耳を疑った。

——エイミー嬢は領収書の偽造もしていたの？

「急な商品の値上げにより、必要経費の支払いが増えることはよくあります。そして、エイミーの場合、流用していた一回の額が都度少額でしたので、許容範囲内と思い、報告を受けて調査するまで横領を見逃してしまっておりました」

彼女の説明をまとめると、エイミー嬢は子どもたちに買ったお菓子の代金を、購入代金や交通費に上乗せしていた。その金額が、横領と見抜きづらい絶妙な金額だったということね。

「実際にその侍女が買い物しているところを確認したのか？」

陛下のその問いかけに侍女長様が肯定を示すと、陛下は呆れたように息を吐いた。

「ということは、菓子を与えた理由が善意であれ、少額であっても王女宮の歳費を横領したということに変わりはないな。……本来ならば、王女宮の主であるパトリシアが決めること。だが、私はこの国の主として決めた。エイミー・コールデンは、懲戒免職処分とする。それ以外については、改めて検討しよう」

——職務怠慢、職場の風紀を乱す、そして横領が処分事由なら、その結果が出るのは当然よね。

何せ、彼女の職場は王女宮なのだから。

その時、陛下が怪訝な面持ちで侍女長様に訊ねた。

「それにしても、横領以外の処分事由は働きだしてすぐに判明したことだろう？　どうして今の今まで、雇い続けたのだ？」

するると、何とか冷静さを保っていた侍女長様が、初めてあからさまな動揺を滲ませて言った。

「それはっ……ロジェリオ卿が王女宮騎士団として配置転換されてきたからです」

——ロジェが、どうしてエイミー嬢の雇用に関係してくるの？

私と同じことを思ったのだろう。

その場にいた人は皆、驚いたり眉を顰《ひそ》めたりして、侍女長様に視線を集中させた。

刹那、ライブリー侯爵が顔を真っ赤にしながら声を発した。

「横領をする前から処分事由があったのに、エイミー・コールデンを解雇しなかったことに、なぜロジェリオが関係するのだ⁉」

酷く動揺した様子の侯爵に、侍女長様は頭を下げながら微かに震えた声で答えた。

「大変申し訳ございません。本来、私が教育指導すべき立場であるにもかかわらず、ロジェリオ卿がエイミーと他の侍女との軋轢《あつれき》を改善してくれるのを良いことに、彼女を諭す役目をしていただいていました」

「諭す役目を担わせた？　それはどういうことだ？」

ライブリー侯爵が訝しげに尋ねると、侍女長様が答えた。

「ロジェリオ卿が彼女と話すと、彼女と他の侍女との軋轢《あつれき》が目に見えて改善したのです。つまり、ロジェリオ卿にエイミーを任せておくと万事うまくいくため、解雇しませんでした」

――方法は分からないけれど、ロジェがエイミー嬢を諭す役として利用されていたってこと？

他にもあらゆる疑問が脳内を錯綜《さくそう》する。それはこの場にいる皆も同じだったのだろう。

真っ先にアーネスト様が口を開いた。

「ロジェがエイミー嬢を諭すとは、いったいどのように？」

「働きだして一週間後ぐらいから、エイミーが他の侍女の悪評を触れ回っていたとお話ししましたよね？　ロジェリオ卿が王女宮に異動してきたときも、彼女は同様に悪評を触れ回っていたのです。ですがふたりは知り合いだったらしく、交流する機会が増えるたびに、騎士団員に同僚の侍女たちの悪評を触れ回る機会が減ったのです」

私の知らぬ場でふたりが交流していたと聞き、不快感を覚える。

侍女長様は感情の起伏を堪えている様子で続けた。

「しかし、エイミーの陰口が減ったのは、ロジェリオ卿との接触が増えたからだけではなかったのです。ある日、人気のない廊下でのロジェリオ卿とエイミーの会話をこっそり聞いてみたのです。案の定エイミーは同僚の侍女たちの悪評を伝えていたのですが、ロジェリオ卿の反応は他の騎士たちとは違ったのです」

「どういう意味ですか？　反応が違うとは……」

「はい。例えば、彼女は仕事や他の侍女について、ありもしない不平不満を零していました。その際、ロジェリオ卿は分からなければ、教えを待つばかりでなく訊くこともひとつの手段だとおっしゃり、勝手に悪い方に捉えるのは良くないと、彼女を冷静に諭していたのです」

聞いていて、頭痛がしてくる。しかし、侍女長様はさらに続けた。

「ロジェリオ卿は、私のことも彼女に提言してくれたのです。君は侍女長様に虐められるというけれど、誤解ではないか。僕が見る限り、とても虐めているとは思えないと。私でなく、彼女が私のことを苦手に思っているのではないかとも言ってくださいました」

侍女長様はそう言って、力なく息を吐いた。

「もちろん、他愛のない話をしていることもありましたが、このようにロジェリオ卿が彼女を諭してくれることもあったのです」

「もしかして、恋仲という噂は、そのときの様子を見た誰かが流したのですか?」

私が尋ねると、侍女長様は気まずそうに頷いた。

「エイミーに悪評を立てられたせいで騎士団員と仲違いした少数の侍女たちが、ふたりが恋仲だという噂を流したようです。ちょうど、リディア様とロジェリオ卿が婚約してから二カ月ほど経ったときのことです」

「侍女たちが……ですか?」

「はい。婚約したばかりの副団長ということで、噂が一気に広まって……。噂に気付いていないロジェリオ卿がエイミーの頭を撫で可愛がる姿も、その噂に拍車をかけたと思われます」

ロジェが婚約者のいる男性としての距離感を保てなかったことは問題だ。

それにより、婚約者である私を蔑ろにしたことは許せない。

けれど、王女宮の侍女たちの人間関係改善のために、ロジェが利用されて必要以上の不名誉を被ったというのはあんまりだわ。

　そんな中、突如ジュリアナ夫人が立ち上がり、涙を流しながら嘆きの声を上げた。

「ということは、あなたがきちんとエイミー嬢の教育指導をして、ロジェの諭しに依存することがなかったら、こんなことにはならなかったっていうこと……？　あなたは、自分の仕事を放棄して、楽だからとロジェを、あの女の生贄《いけにえ》にしたということなの……!?　ロジェは騎士であって侍女じゃないの！　職場は同じでも、管轄外よ!?　ロジェを生贄にしないとやっていけないなら、どうして雇用し続けたのよ！！！！　今さらそんなことを言われたって――」

　そこまで叫ぶと、ジュリアナ夫人はプツンと糸が切れたかのように眩暈《めまい》を起こして倒れた。

　慌てて陛下が使用人を呼び、ジュリアナ夫人は医務室へと運ばれて行った。

　そして、夫人が退室すると、侍女長様がライブリー侯爵に改めて向き直った。

「私の力不足と判断ミスがきっかけで、ご子息には多大な不名誉を被らせてしまいました。私を処分してくださっても構いません。本当に申し訳ございません」

　確かに頭を撫でるようなことをしたり、買い物に行ったり、ファーストダンスを踊ったりして、婚約者を蔑ろにしているとしか思えないロジェの言動は、十分婚約破棄に値する。

　けれど、この侍女長様の判断ミスがなければ、ここまでことは悪化しなかったのではと思えてくる。

　折しも、アーネスト様が侍女長様に問うた。

「ロジェは横領には加担していないのだな？」

「もちろんです！　ロジェリオ様は横領に加担していないどころか、彼女が横領していることすら知りません！　それだけは断言させてください」

その言葉を受け、アーネスト様はしばらく間を置いた後、その場の皆に向けて口を開いた。

「私から一つ提案があります。ロジェの罰について、もう一度検討し直しませんか？」

すると、真っ先にお父様がその意見に賛成した。

勢い決断するのではなく、もう一度検討したほうが良いと、私も賛同した。

お母様も両陛下も賛成したため、ロジェの処分については再検討が決定した。

ちょうどその時、扉の向こう側から使用人の声が響いた。

「パトリシア様がいらっしゃいました」

陛下が許可を出すなり、パトリシア様が慌てた様子で入室してきた。

「失礼いたします。実は私からお話ししたいことがあり、この場に参ったのです。しかし、先に私に言わなければならないことがあるようですね。侍女長！」

突然呼ばれた侍女長様がビクッと肩を揺らすも、動じることなくパトリシア様は続けた。

「話は全部聞いたわ。私は王女宮で起きた出来事は、すぐに報告・連絡・相談をするよう言っていたわよね？　それなのに、どうしてその約束を守らなかったの⁉」

「申し訳ございません！　パトリシア殿下のお手を煩わせてはいけないと思い、自分だけで解決しようとしていたのですが、ことが大きくなりすぎて言うに言えぬ状態になってしまいました」

その発言を聞くと、パトリシア様は憤怒の表情を浮かべた。

「あなたが選択したのは、人任せで他力本願な解決方法よ。自分の力で行わないのだったら、どれだけことが大きかろうと、まず私に言うべきだったでしょう⁉　けれど、あなたは何もしなかった！　……あなたにとって私は、よほど頼りない主だったようね」

「違います！　そんなわけじゃ――」

「いえ、そうだったのよ。改めて処分を伝えるけれど、少なくとも解雇は確定よ。そして、あなたのその解決方法に加担した侍女についても、処遇を見直すわ」

パトリシア様は怒りながらも毅然とした態度でそう言い切ると、小さく息を吐いて続けた。

「ちなみに、噂を流した侍女たちは、もしかしてこの間辞めた人たちかしら？」

「左様でございます。予想外に噂が広まったため、怖くなり辞めると自ら私に申し出てきました」

「そう……。あなたはそんな重要な辞職理由すら私に報告しなかったということね。では、それも踏まえて、あなたの処遇を改めて通達するわ。私は皆様に話さないといけないことがあるの。侍女長は席を外してくれるかしら」

パトリシア様のその言葉に、侍女長様は顔面蒼白のまま軽く礼をして部屋を出て行った。

そして、扉が閉まると同時にパトリシア様がさらに続けた。

「実は先ほど、ロジェリオ卿とお話ししてきました。そこで分かったのですが、ロジェリオ卿は己の過ちに全く気付いておりません。もう、これは覆すことのできない事実だと断言できます」

どのような話をして、その結論に至ったのかは分からない。

けれど、パトリシア様の口ぶりからすると、ロジェは己の行為がいかに私の心を傷付けたのかも、条件を守れてすらいなかったということにも、まるで思いが至っていなかったようだ。

その事実が改めて重く心に圧し掛かり、ロジェとの心の乖離を痛感する。

そんな私に、パトリシア様が神妙な面持ちで言う。

「それでなんだけど、リディア様……。私、リディア様に謝らないといけないことがあるの」

心当たりがなく疑問に思っていると、パトリシア様が、気まずそうに声を抑え語り始めた。

「……実は、ロジェリオ卿にリディア様は今日で完全にあなたのことを見限ったと、勝手に断言してしまったんです。それに腹が立ちすぎて、つい要らぬことを言ってしまいました。そのせいで、ロジェリオ卿はもしかすると、自分が好きなのはエイミー嬢だと思っているかもしれません」

時間が止まったかのように、思考と鼓動が一瞬停止してしまった。

どんなことを言ったら、そんな考えになるというのだろうか。

しかし、何を言われたとしても、その言葉でロジェが本気でエイミー嬢を好きになったのだとしたら、私のことはその程度にしか思っていなかったのだと、それこそ思い切って切り離せる。

「パトリシア様は、わざとロジェがエイミー嬢のことを好きになるよう洗脳するような話をして、ロジェがエイミー嬢を好きだと思い込ませたわけではないのでしょう?」

「はい！　もちろんです。洗脳だなんてするはずがありません！」

その答えを聞き、私は今にも泣き出しそうな顔をしたパトリシア様に言った。

「それなら別に良いのです。パトリシア様の責任ではありません。洗脳でもしない限り、パトリシア様の言葉だけで、ロジェがエイミー嬢のことを急に好きになるはずがありませんから」

この私の言葉を聞くと、パトリシア様を見守っていた陛下が口を開いた。

「パトリシア、世の中はリディア嬢のように優しくないぞ。今後は己の不用意な発言に気を付けなさい。後日、改めて王女宮の件について話そう。それでリディア嬢、今の話も踏まえ、ロジェリオ卿にどのような処分を望む？　常識的な範囲で言ってみなさい。良いな？　アーヴィング」

そう言われ、ライブリー侯爵は頷きながら言葉を返した。

「もちろんでございます。強いて言うならば、廃嫡は確定してください。ロジェリオは妻と事前に廃嫡の話をした上で、このような下劣な言動を繰り返したのです。それなのに、廃嫡されなかったら、筋が通りません。彼は騎士なのですから」

「分かった。廃嫡に関しては、アーヴィングの言う通り実行しよう。そのうえでリディア嬢はどんな処分を望む？」

——私が望む処分……。

いくら、エイミー嬢との噂が立った理由に、侍女長様たちが関係していたとしても、そのあとの行動は、完全に侍女長様たちの行いとは関係がないわ。

それに、私は世間体を大いに傷つけられた。

これは、貴族社会で生きていかなければならない女性にはかなり致命的なことよ。

ロジェリオは優しさゆえに無自覚に騙され上手いように使われ、無自覚に人を傷つけて、改めて考えると本当に可哀想で罪深い男だわ。

悪魔と言われるかもしれないけれど、一度その無自覚を自覚させましょう。

けれど、エイミー嬢が現れるまでのロジェは私にとっては本当に大好きな人だった。

だからこそ、追放に関しては色々と考え直したい部分がある。

「私も廃嫡には賛成です。ただ、追放に関してはラストダンス後まで、判断をお待ちいただけないでしょうか？　その状況次第で、処分の内容を考えたいのです。加えたい処分もありますので」

するると、陛下は不思議そうに尋ねる。

「なぜラストダンスの後なのだ？」

「エイミー嬢は、きっとロジェをラストダンスに誘いに来ます。その反応を確認したいのです」

「まさか！　婚約者がいる男性とファーストダンスを踊った上、その男性をラストダンスに誘うような人間がいるのか⁉　さすがに、いくら馬鹿でもそんなことはしないのではないか⁉」

度し難いと言うように顔を顰める陛下に、王妃様が声をかけた。

「陛下、こういう時の女の勘というのは、だいたい当たるものなのですよ」

すると、それを聞いた陛下は少し顔色を悪くして言葉を絞り出した。

「だが、ロジェリオ卿もさすがにその誘いには乗らないんじゃないのか？」

「そうであってほしいものです……」

私が陛下に返したそのひと言で、室内に一瞬の静寂が流れる。

しかし、それを打ち破るように、陛下が咳払いをして続けた。

「ところで、加えたい処分とはなんだ？」

こんなことを言ったら、さすがにやりすぎと言われるかもしれない……けれど、言うだけ言ってみましょう。

「ロジェリオとエイミー嬢の弾劾《だんがい》を求めます。ふたりとも貴族である上、王女宮勤務ですから」

そう、ふたりともが貴族であり王女宮勤務だからこそ弾劾できる。

だが、この件に関してはひとつの懸念が生じた。

エイミー嬢の家門である、コールデン家の領民が困らないかということだ。

先ほど、アーネスト様がバルコニーで領民が困らない方法があると言っていたが、それはエイミーが弾劾されたとしても、可能な方法なのだろうか。

「ただ、エイミー嬢の領地は深刻な経済危機に直面した状態だと聞き及んでおります。私としても、弾劾が原因で領民が困ることは望んでおりません。弾劾という制裁の後、領民にその影響が及ばないようにすることは可能でしょうか？」

そう訊ねると、陛下の代わりにアーネスト様が答えた。

「ああ、可能だ。上がダメなら、むしろそれを口実に、良い者に変えれば良いからな」

「そうですか。……でしたら、やはりロジェリオ卿とエイミーの弾劾を求めます。本日、隣国の高官だけ失礼にあたらないように退出してもらった後でも可能でしょうか？」

ふたりの弾劾を求めた私に、陛下は自分なりの考えを示してくださった。

「エイミー嬢に関しては完全に法を犯している。また、ロジェリオ卿も王女宮の副隊長という立場であるにもかかわらず、風紀の乱れに繋がる行動をした。よって、余はふたりの弾劾に賛成する。そのために、法が存在するのだからな。処罰も早い方が良いだろう。本日でも構わない」

陛下はその言葉とともに、高官を接待するための別室に連れて行くことを約束してくれた。

そして、この私の要求と陛下の判断に対し、その場に揃った面子で多数決をとった結果、満場一致でロジェたちの弾劾を検討することが確定した。

長い目で見るとロジェのためになると、ライブリー侯爵も弾劾に賛成の意を示したのだ。

――これでふたりの弾劾を検討することが確定した。

ということは、ついに今夜、私とロジェの婚約関係は終焉《しゅうえん》を迎えるのね。

そう思った矢先、陛下が凛とした声を発した。

「皆、よく聞いてくれ。今この場で、ロジェリオ卿とエイミー嬢の弾劾を検討することが確定した。ラストダンスが終わり高官が移動し次第、開始する。皆、今のうちに会場に戻りなさい」

気付けば、ラストダンスの時間はすぐそこまで迫っていた。

ロジェは一方的にラストダンスは一緒に踊ろうと言っていたけれど、私は弾劾されることになるだろうロジェとは踊れない。

だからといって、ロジェが私の代わりにエイミー嬢と踊ったら……。

それを考えるだけで、沈痛が心を襲う。

そんな中、陛下が言葉を加えた。

「ラストダンスが終わってから、すぐに私と王妃は隣国の高官を接待する。故に、基本的に弾劾の検討はアーネストが取り仕切りなさい」

この陛下の言葉に、アーネスト様は驚きながらも快諾した。

その後、私たちは両陛下以外のメンバーで王族専用席に移動した。

その時点で、ラストダンスまであと十五分ほどになっていた。

——ロジェはどこかしら。

ふと、ダンスフロアを見渡す。すると、ロジェよりも先にエイミー嬢が目に入り、彼女のドレスは、私が寄付したものであることがはっきり確認できた。

不意に、彼女がダンスフロアを突っ切ってどこかに向かう。

同時にアーネスト様が私に声をかけてきた。

「リディ、あそこの壁際にロジェがいるよ」

アーネスト様が指さす方に視線を移すと、ロジェが視界に飛び込んできた。

途端に、嫌な予感がする。

「アーネスト様。私の見間違いでなければ、エイミー嬢はロジェのところに向かっているような気が……」

「そのようだが、一体どうして……。まさか、本気でラストダンスに誘うわけじゃないよな？」

ロジェに対しての好意はなくなったものの、ロジェがエイミー嬢と踊るとなると、腸が煮えくり返るぐらいの怒りが湧いてくる自信がある。

それ以前に、私がいない状況でも楽しそうに話すふたりを見るだけで、怒りが込み上げるのだ。

――どうか、ロジェに話しかけたりしないで。

そう願いながら、じっとエイミー嬢の動向を監視していた。

しかし、その願いは叶わなかった。

壁際に立っているロジェに、エイミー嬢がとうとう話しかけてしまったのだ。

お父様とお母様は憤怒の表情でロジェたちを見つめ、ライブリー侯爵はというと、それはもう絶望的な顔をしていた。

無理もない。このタイミングでの会話は、ラストダンスの誘いの可能性が非常に高いのだ。

だが、エイミー嬢はロジェがラストダンスは私と踊ると言っていたことを知っている。

――それにもかかわらず、本当に誘いに行ったの……？

もしそれが本当だとしたら、無垢なふりをしたとんでもない業突く張りな性悪女だ。

誘いに行く可能性を考えていなかったわけではないが、私は心のどこかで、それは流石にしないだろうと、甘く考えていた。

――エイミー嬢に対して、普通の神経を持ち合わせていることを願った私が馬鹿だったわ。

この状況に嫌気が差し、噛み締める唇に力が入る。

すると、そんな私の様子に気付いたのか、アーネスト様が声をかけてきた。

「ラストダンスの誘いでなかったとしても、完全にあの女には、弁明の余地も情状酌量《じょうじょうしゃくりょう》の余地もないいな。どの口がただの友達と言うんだか……」

「その通りです。彼女の言動は度が過ぎております。今さら情状酌量の余地などありませんので、それ相応の報いを受けてもらいます」

アーネスト様は「そうだな」と答え、呟くようにぽつりと言葉を漏らした。

「それにしても、ロジェはこの状況にどう対応するんだろうか……」

その言葉を聞き、心臓がドクリと震える。

ロジェのしたことは許せないし、許そうとも許したいとも思わない。

それに今も現在進行形で、私がいない状況なのに笑みを携えエイミー嬢と話をしていること自体、ありえない。

だけどロジェの性格上、あんなふうに話しかけてこられたら、ばっさり切り捨てられないことは分かっている。

——だから、話していることよりもラストダンスを踊るかどうかが問題なのよ。

私はもうこれ以上、ロジェのことを嫌いにはなりたくはない。

もしエイミー嬢がラストダンスを誘いに来ているのなら、その誘いだけはどうか断って……！

お願いだから……強く拳を握り締めながらロジェを見つめる。

すると突然、なぜか隣にいる年を召した男性も会話に加わり始めた。

話の内容にまるで見当がつかず、どうしたことだろうかと首を傾げる。

それから間もなく、なぜかロジェの顔から一切の笑みが消えた。

——え？　仕事以外ではいつでも笑顔のロジェが、あんな顔をするなんて……。

一週間前の話し合いで見せた真剣な表情と同じ顔をしたロジェに、私は戸惑いを隠せなかった。

そして、ロジェが何かを言葉を発するたび、エイミー嬢の顔がどんどん歪んでいった。

――あの人たちは、いったいどんな話をしているの？

そんな疑問が思い浮かんだときだった。

驚きのあまり「えっ……」と私の口から声が漏れた。

なぜか、ロジェがエイミー嬢から離れるように走り出し、すぐに彼をプラチナブロンドの男性が呼び止めた。

男性と少し話をすると、ロジェはますます必死の形相になって、再び走り出した。

「あの男性はもしや、サイラス卿か？　君の兄と昔からとても仲が良かっただろう？」

アーネスト様のその言葉に、私は頷いて答えた。

「はい、あの方はサイラス卿です。あまりロジェと接点が多いようには思えないのですが……」

サイラス卿はエヴァンお兄様と一緒に王城で働いている、お兄様のかなりお気に入りの部下だ。

――サイラス卿はロジェに何と話しかけたのかしら？

目立つことを好まないサイラス卿が、わざわざロジェを引き留めて何と言ったのか、妙に気になる。

「サイラス卿は、最近ウィルと交流があるんだ。だから、ウィルが何かロジェリオに関することを相談したのかもしれない」

そう言ってきたのは、ライブリー侯爵だ。

「え？　ウィルがサイラス卿と？」

　年齢差があるふたりにどんな交流があるのだろうか。

「実はロジェリオ卿とエイミー嬢が恋仲と噂が立った時から、エヴァンもサイラス卿に相談していたらしいんだ」

　横からお父様がそう言うと、アーネスト様が皆に提案した。

「サイラス卿は王城で働いているから、例の噂も知っているはずだ。エヴァン卿とウィルからも相談を受けている可能性があるのであれば、サイラス卿を呼んで一度話を聞いてみよう」

　アーネスト様がポールさんにサイラス卿を呼ぶよう指示を出すと、間もなく、ポールさんと一緒に、怜悧さを纏ったサイラス卿がやってきた。

ウィルとの約束〈サイラス視点〉

　ある日のこと、王城で働く私の耳に、エヴァン卿の妹の婚約者と王女宮の侍女が恋仲だという噂が入ってきた。

　――エヴァン卿の妹の婚約者というと、ウィルの兄のロジェリオ卿のことだろう。今まで女性関係の噂なんて聞いたことないのに、どうして？

　リディア嬢もロジェリオ卿も結婚相手として引く手数多だ。

　だから、ふたりの婚約をよく思わない人間が婚約を壊すべく流した、ただの噂だと思っていた。

だが、その噂はどんどん広まり、ただの噂で片付けられなくなっていった。

――エヴァン卿は奥方が臨月だから領地に戻っているから知らないだろうが、ウィルはこの噂を知っているのだろうか？

白いものも平気で黒だと言うような貴族社会で、ここまで広まってしまえば、ライブリー家の重大インシデントに繋がるかもしれない。

今日はちょうど、ウィルに勉強を教える日だし、出しゃばりかもしれないが、ウィルには念のために、伝えよう。

王城で騎士爵を持ちながら、文官としても最も若い私の存在を知り、ウィルは私のようになりたいから勉強を教えてくれと直談判してきた。

そんな純真無垢な愛弟子のため、私は敢えて噂について話をした。

それは、アーネスト殿下が帰って来る十日ほど前だった。

ウィルは噂を知らなかったようで、「兄様に限ってそんなことないですよ。リディ様とデートにも行っていますし」と意に介さなかった。

しかし私は、そう言いながらもウィルが少し不安そうな顔をしたことを見逃さなかった。

「できることがあるかは分からないが、困ったことがあったら、勉強の日じゃなくてもいい。いつでも来なさい。些細なことでも相談に乗るから」

別れ際にそう言うと、ウィルは安心したのか満面の笑みで「ありがとうございます！　サイラス卿！」と言って元気に帰って行った。

それから五日後、勉強の予定がない日にウィルが私の下へやってきた。

そして、私を見るなり大粒の涙を流して泣き出した。

この日、ウィルはリディア嬢と一緒に買い物に行き、噂になっているふたりが一緒にいるところに遭遇したという、耳を疑うような話を口にした。

「サイラス卿、兄様は優しすぎる性格です。絶対に侍女と恋仲ではないし、侍女に対して恋心を抱いているわけでもないんです！　でも、兄様の優しすぎて、鈍感すぎる性格が侍女を付け上がらせ、リディ様を傷つけているんです。けれど、リディ様はある条件を付けて、婚約を継続してくれました。ただ、アーネスト様が帰ってきた日の夜会で、兄様が例の侍女と何かしでかしたら、確実に婚約破棄になります」

——そのようなことがありながら、リディア嬢は婚約を継続していたのか……。

貴族女性や婚約者としての体裁を傷付けられたにしては、ずいぶんと寛大な処置にしたものだ。

「街で会った時、侍女は、リディ様を悪者にするような態度や物言いをしていたんです。絶対に気のせいではありません。ですが、兄様はその本性に気付いていないんです」

何となく想像できてしまうあたり、本当にウィルの言う通りなのだろう。

「僕は悔しいことに十五歳なので、まだ夜会に行けません。サイラス卿。もし兄が夜会で何かしでかしたら、リディ様の味方になってあげてください。ただ、僕も兄には情があります。甘いことを言うようですが、もし兄様が困っていたらヒントをあげてください」

私は夜会は嫌いだし行くような柄ではないが、自ら相談に乗ると言ったんだ。

夜会に行くことを了承すると、ウィルはホッとした様子で言葉を加えた。

「両親は多分隠すので、今度こっそり夜会であったままを教えてください。どうかお願いします」

「ああ、分かった。約束しよう」

真摯で真剣な眼差しをとても無下にはできず、そう伝えてこの日はウィルと別れた。

それから二日後、エヴァン卿からもウィルと同じような内容の手紙が届いた。

その手紙が届いてから三日目の今日、ついに夜会当日を迎えた。

まず、リディア嬢はロジェリオ卿にエスコートされ、何ごともない様子で会場入りした。

――何だ、もっと険悪な雰囲気かと思っていたが大丈夫そうじゃないか？

この様子なら自分が手を貸すまでもないと思ったのだが、問題はその後に起こった。

突然女が近付いたかと思ったら、ロジェリオ卿はリディア嬢を置き去りにして、その女とファーストダンスを踊り始めたのだ。

あろうことか、そのふたりの姿を目の当たりにするとジュリアナ夫人は倒れてしまった。

――ウィル、残念だが夜会が始まってすぐに、君の兄の婚約破棄は確定してしまったみたいだ。

あれが噂の侍女だな。

周りの貴族たちもわかっているようで、侍女にからかい交じりの視線を向けている者も多かった。

また、ふたりの姿を確認したからこそ、噂が確実なものだと判断する声も聞こえてきた。

それにもかかわらず、ふたりはそんな周りの目に気付いていないのか、ファーストダンスを踊り終えると何事もなかったかのように別れた。

周りの貴族たちは皆、ふたりが恋仲にあるのは本当だったと盛り上がっていた。

こんな公衆の面前で堂々と、不貞行為のようなことをしていたのだから当然だ。

——王城で働いているのだから弾劾されるかもしれないというのに……。

侍女はロジェリオ卿と別れた後、何人もの貴族と踊り始めたが、その相手は皆、ロジェリオ卿の弱みを握ってやろうとしているような奴らばかりだった。

——本当はしたくないが、侍女と踊って何を考えているのかを探ってみるか。

ウィルが言っていたことを、確かめてみよう。

愛弟子のため腹を括り、私は侍女に声をかけた。

「お嬢様、次のダンスを私と踊っていただけますか?」

いつもの愛想のなさを隠して声をかけると、侍女はすぐに私の誘いを受けたのだった。

踊り始めてすぐ、私は噂について単刀直入に彼女に尋ねた。

すると、侍女はロジェリオ卿とは友達だと言いながらも恋仲と言われていることに、まんざらでもない様子だった。

そのうえ、同情を引くかのような口ぶりで、リディア嬢を悪し様に言い始めた。

——この女は、かなり性格が悪いな。ウィルが言っていた通りだ。

こんな女に優しく接するということは、ロジェリオ卿はまんまと策に嵌まり、騙され篭絡《ろうらく》されているんじゃないか？

そう考えているうちに、踊りが終わった。

そして、彼女のことがなんとなく分かった私は、侍女と別れた後、約束通りロジェリオ卿に助言をすべく彼の方に向かおうとしたのだが、その前に女の方がロジェリオ卿に一直線に向かっていった。

仕方なく、ふたりの会話に耳を傾ける。

すると、ウィルの予想通り、侍女に対する気遣いこそ感じはするが、恋心を持っているとは思えないようなロジェリオ卿の声が聞こえてきた。

間もなく、ロジェリオ卿は、侍女からのラストダンスの誘いをきっぱりと断った。

――なんだ、断れるんじゃないか。どうしてファーストダンスでは、そうしなかったんだ？

ロジェリオ卿にも、侍女に期待を持たせるようなところがあるのではないかと思ったが、そういうわけではないのか？　もしや同情心なのか？

その時、ロジェリオ卿がその場から離れる素振りを見せたので、私はチャンスだと思い、ロジェリオ卿を引き止めた。

「久しぶりですね、ロジェリオ卿」

「ああ、サイラス卿。弟がお世話になっています。すみませんが、少し急いでいて――」

「私の出る幕ではないことは十分承知の上ですが、愛弟子のためひとつだけ言わせてください。恋心と同情心は別物です。それに早く気付かないと、後悔することになるでしょう。大切にすべきは冷静に考え、選択を誤らないように。見たものすべてが真実というわけではないですよ」

そう言うと、ロジェリオ卿はハッと目を見開き、「胸に留めておきます」と言い一礼をして、あっという間に走って行った。

——今さらこんなことを言っても手遅れだろうが伝わってほしいところだ。

もう私の仕事は終わったと深いため息を吐くと、突然ポール様に声をかけられた。

そして気付けば、アーネスト様、パトリシア様、ベルレアン侯爵夫妻、ライブリー侯爵、そして、リディア嬢が集まる場所に呼び出されていた。

「サイラス卿、大変申し訳ありませんが、先ほどのロジェリオ卿とエイミー嬢の会話の内容を教えていただけないでしょうか？」

リディア嬢にそう問われたので、私は聞いたことすべてをそのまま話した。

「……ということは、ロジェはラストダンスをきっぱりと断って、私を探しているのね」

リディア嬢はそう呟くと、酷く痛ましげな顔で丁寧に礼の言葉を述べた。

彼女に愛弟子のためだから礼は要らないと伝え、私はその空間から抜け出した。

「慣れないことをするもんじゃないな」

独り言を言い、夜会が終わるのを会場の隅で待った。

時折、ロジェリオ卿が一生懸命にリディア嬢を探す姿が見えて心が痛んだが、それはそれで贖罪《しょくざい》になるだろうと、私は敢えて何も言わなかった。

結局、ラストダンスの時間になっても、ロジェリオ卿はリディア嬢を見つけられなかった。

ラストダンスの後、アーネスト様の挨拶が終わると、隣国の高官たちは別室へ移動していった。

アーネスト様は高官が出て行くのを確認した後、衝撃の発言をした。

「祝いの席の締めにこのようなことをするつもりはなかったが、今から王城勤務者二名の弾劾の検討を始める。王女宮副騎士団長ロジェリオ・ライブリー、王女宮侍女エイミー・コールデン、以上の二名は、前に出ろ」

まさかの言葉に、貴族たちは全員目を見開き、口々に意見を言い始めた。

「弾劾されても仕方ないわね。だって、あのベルレアン侯爵の娘に対して、不貞を働いたのよ？それに何より、彼は王女宮勤務なのだから、風紀を乱せばこうなるのも必然ね」

「婚約者と一緒に来たのに、愛人とファーストダンスを踊っていたのが、何よりの証明だな」

「あの女と踊ったが、ずっとリディア様の悪口か、ロジェリオ卿との惚気《のろけ》ばかり言ってたぞ」

「婚約者が別の女とファーストダンスを踊ったら、自害するご令嬢もいるほどなのに……」

――皆、あのふたりに相当思うところがあったようだな。

だが、恐ろしいのは、弾劾に反対する意見が一切聞こえないところだ。

貴族社会はこれだから恐ろしい。しかし、どれも一応正論ではある。

ノブレス・オブリージュ（社会的地位が高ければ、それなりの義務が伴うこと）で好感度を上げ、クリーンなイメージづくりが必要不可欠となる貴族社会で道を誤れば、こうした運命が待ち受けているのだな。

第九章　弾劾の序章

　サイラス卿から詳細を聞き、ロジェはラストダンスの誘いを断ったと分かった。

　――では、追放処分に関しては考えを改めないと……。冷静に考えれば、ロジェリオもある種の被害者だもの。

　私にした行為は許せないけれど、そこに至るまでに様々な要因や人物が絡み過ぎているわ。

「アーネスト様、ロジェの追放処分の具体的な内容を変更したいので、弾劾を検討するときは処分を下す名目と、追放処分以外の処分内容の言及に止めていただけませんか？」

「構わないよ。ロジェはきちんと断ったんだ。彼の性格上、勇気のいる決断だっただろう。それに、ロジェが自分の犯したことの重大さを理解したなら、必要以上に晒し者にする必要はない。ただ、貴族令嬢と両家家門の体裁を著しく損ねたことは民事裁判では重罪になる。それに風紀を乱したことも宮廷法に照らし合わせると罪になる」

　その言葉に何とも言えぬ想いが込み上げる私に、アーネスト様は少し声音を和らげて続けた。

「宮廷内、ひいては国の威厳を損なわせたため、いずれにしろ弾劾は避けられなかった。けれど、ロジェは刑法に抵触する罪は犯していない。だから、リディの意向が汲めるんだ」

　その言葉を聞き、とりあえず聞き入れられて良かったと安堵したが、これから起こることを考えると、心臓がドクドクと激しく脈打ち始める。

アーネスト様の挨拶により高官の方々が完全に移動した。それはつまり、ロジェとエイミー嬢の弾劾の検討が始まることを意味する。

「祝いの席の締めにこのようなことをするつもりはなかったが、今から王城勤務者の弾劾の検討を始める。王女宮副騎士団長ロジェリオ・ライブリー、王女宮侍女エイミー・コールデン、以上の二名は、前に出ろ」

——いよいよ始まるのね。

ふたりが出てくる場所を見つめていると、戸惑った顔のロジェと、とてつもない嫌悪を露わにしたエイミー嬢が姿を現した。

どうやらエイミー嬢は、先ほど一緒にいた御尊老に諭され仕方なく出てきたようだ。

ふたりが完全に前に出てきたことを確認すると、アーネスト様が口を開いた。

「本来なら国王陛下が主導されるが、諸事情により本件は私が弾劾責任者となる。まず、今からふたりの弾劾事由を述べる。私が述べ終わるまで、ふたりとも言葉を発してはならぬ。反論があれば後で聞こう」

そう言うと、アーネスト様は一瞬だけ苦々しい顔をした後、ひと呼吸置いて口を開いた。

「まず、ロジェリオ・ライブリーからだ。彼は王女宮騎士団の副団長であり、騎士たちの見本となる立場にもかかわらず、主に王女宮の風紀を乱す行いをした」

婚約者がいるにもかかわらず、王女宮の侍女と恋仲だという噂が広まっている。

その最中、噂が広まったことを知ったにもかかわらず、ロジェは一緒に会場に来た婚約者ではなく、恋仲と噂される侍女とファーストダンスを踊るなどして、その誤解を助長する行動を取り続けた。

淡々とアーネスト様が説明する中、貴族たちはやはりダンスの件で一斉にどよめいた。

「最低ね！　私がそんなことを婚約者にされたら、絶対に生きていられないわ」

「噂は嘘で、実際はそんな人ではないと思っていたよ……。だが、リディア様もどうして婚約者とのファーストダンスを他の女に譲ったんだ？　止めれば良かっただろうに」

「止めてないわけないでしょ。きっと譲らざるを得ない状況に追い込まれたに違いないわ！」

「婚約者を同伴しながらファーストダンスを別の女性と踊るなんて、騎士どころか貴族として、それ以前に人としてあり得ないでしょう。恋仲の噂が誤解だなんて通用しませんね」

――私はロジェに悪気がなかったことは分かっている。

けれど、ロジェの性格を知らない人が客観的に見たら、この反応が当たり前なのよね。

ロジェに視線を向けると、今まで見たことがないほど顔色を悪くして、直立不動でアーネスト様の前に立っていた。そんなロジェに、アーネスト様が言葉を続けた。

「恋仲の噂が事実でなかったとしても、忠告されてもなお、このような行動を取るということは、王女宮の風紀を乱した者とみなせると判断した」

会場中に同意の声が広がる。

「また、ロジェリオ・ライブリーは騎士という人々を守る立場でありながら、自身の婚約者という大事な女性の体面を著しく傷つけた。残念なことに、現状では男性側に非があったとしても、貴族の令嬢側がより傷ついてしまうことが多い。そのため我が国では当事者の希望により、このような事案を民事裁判にかけることがある。その際、被告のほとんどが厳罰に処される」

この言葉に、会場には一瞬にして沈黙が広がった。

「このようなことを王女宮で働く人間、しかも騎士が起こしたということは、王宮もとい王女宮の威信の失墜にも繋がると判断したため弾劾が要求された。処分内容はエイミー・コールデンの弾劾事由を述べた後に宣告する」

アーネスト様がそう告げると、会場中に再びざわめきが伝播《でんぱ》していった。

ロジェの弾劾事由を聞いた貴族たちは、皆アーネスト様の言葉に納得しているようだった。

誰も私に直接話しかけてこないが、痛いほどの視線が刺さっている。

――決して最良な方法ではなかったかもしれないけれど、無意識や無自覚を思い知らせるために、幼馴染み兼婚約者を弾劾するように進言したのは私自身よ。

だから今、皆に見られているこの状況で、婚約者に浮気された哀れで可哀想な女に見えるような振る舞いは絶対にしてはいけないわ。

私は感情を押し殺すように心を律し、毅然としてロジェを見つめた。そのときだった。

「続いて、エイミー・コールデンの弾劾事由について述べる」

アーネスト様の凛とした声が会場に響き、続きを聴こうと貴族たちが口を噤む。

「彼女の弾劾事由は三点ある。一点目は、王女宮侍女であるにもかかわらず、王女宮の風紀を乱したこと。二点目は、職務怠慢だ。そして、三点目は横領の事実が判明したからだ」

今日一番のどよめきが会場中に走った。

ロジェはというと、信じられないといった様子で目を見開き、唖然とした表情でエイミー嬢を見つめていた。

――風紀の乱れ以外のことは、ロジェも予想していなかったでしょうね。

それにしても、エイミー嬢のあの目は何なの……？

弾劾を要求されている立場にもかかわらず、一国の王太子をきつく睨みつけるエイミー嬢を見て、私はあまりの不遜さに悪寒が走った。

しかし、アーネスト様は彼女の視線をものともしていない。

「事由の仔細《しさい》について簡潔に延べる。まず、風紀の乱れについては二点の事由が挙げられる。一点目は、ロジェリオ・ライブリーとの噂が流れているのを知りながらも、それを収束させるどころか広める行為を繰り返したことだ。二点目は、同僚の侍女たち複数人の根拠のない悪評を広めていたことだ」

この言葉を聞き、貴族たちはまたも自身の意見を口にし始めた。

「一緒に働いている複数人の悪評をひとりで広めるだなんて、よくもまあそんなことを」

「おい、お前、王女宮の侍女と仲違いしたって言ってたよな？　もしや、あの女の嘘話を聞いたんじゃ……」

「ああ、あの女からナンシーの悪評を聞いたんだよ。真実のように話すから、完全に騙された！」

心当たりがあるらしい騎士たちが動揺する姿を横目に、アーネスト様はさらに話を進めていく。

「次に、二点目の職務怠慢について述べる。エイミー・コールデンは勤務時間中に、職務を疎《おろそ》かにして怠けていた。例えば、勤務時間中の無断休憩、買い出しのふりをした無断離籍だ。また、同僚の弱みを握り、自分のしたい仕事のみをすることを黙認させるなどの行為も日常的に行っていた。よって、我々はこれを職務怠慢だと判断した」

ふとロジェを見ると、顔色はマシになっていたが、表情は依然として驚きのまま硬直していた。

「そして、最後の横領については、内部告発を受け調査した結果判明した。買い出しの際に王女宮の金を使い、街にいた貴族の子どもに菓子を買い与えていた。その額自体は大きくないものの、無断で国の金を勝手に使っていた。よって、我が国として、エイミー・コールデンは横領したと判断する」

アーネスト様がそう言い切った直後、一部の貴族が困惑して隣にいる知人に言う。

「もしかしたら、修道院から帰る時、私の子どもがもらった飴かもしれないの。横領されたお金で買った飴だなんて知らなかったのよ！　私も罪に問われるの？」

その声が聞こえたのか、アーネスト様が補足説明をした。

「エイミー・コールデンが配っていた飴に、心当たりがある者がもしこの場にいるなら、どうか安心してほしい。皆は金の出所を知らなかったはずだ。よって、罪に問うことはない」

この話を聞き、何人かの貴族が目に見えて分かるほどホッとしていた。

——それなりの人数に飴をあげていたのね。それにしても、どうして飴を？

「ロジェリオ卿、今述べた自身の弾劾事由に心当たりはあるか？」

「はい、あります」

アーネスト様の言葉に、ロジェは一切の否定なく端的に返事する。

「では、ロジェリオ卿。これらの罪による処分を受け入れるな？」

アーネスト様が厳しく尋ねると、ロジェは微かな動揺を見せた。

しかし、すぐに決意を固めたような眼差しでアーネスト様を見つめ返し、答えた。

「はい。受け入れます」

「分かった。では、現時点で確定している処分については、エイミー・コールデンに確認後宣言する」

——ロジェは、自分のしたことをようやく理解したみたいね。

でも、エイミー嬢の表情からは、ロジェと違って反省したような様子は一切見て取れないわ。

アーネスト様は続けてエイミー嬢に尋ねた。

「エイミー嬢。今述べた弾劾事由に心当たりはあるか？」

——何と答えるのかしら？

貴族たちはロジェのときと違い、彼女の答えを、固唾《かたず》を呑んで待っている。

「っ……心当たりがないわけではないですが、誤解があると思っています！　私の意見も述べさせてください！　本当の悪人は別にいるのです！　それに、ロジェリオ卿も嘘をついています！

いや、絶対に嘘をつかされているんだわ！」

突然大声を上げながら、わけの分からぬことを言い始めたエイミー嬢を見て、ロジェも周りの人たちもギョっとした表情を浮かべた。

いったいエイミー嬢は何を言い出したんだと、会場中には再び喧声《けんせい》が飛び交った。

アーネスト様が声を張ってそれを制止する。

「静粛に！　今からエイミー・コールデンの意見を聞く。もし、内容に虚偽が認められた場合、罪が重くなることを理解したうえで、話すように。それから、彼女の今夜の同伴者も前に出てくるように」

再び静寂を取り戻した会場の一角から姿を現した、酷く具合の悪そうな老齢の男性にアーネスト様が怪訝な顔で訊ねる。

「そなたは、コールデン子爵ではないな？」

「はい、殿下。遠方にいる彼女の父母の代理で、本日は親戚筋の私が同伴者として参りました」

アーネスト様は頷きを返すと、エイミー嬢に視線を向けた。

「エイミー嬢、言い分を聞こう。申してみよ」

こうして許可を下されたエイミー嬢は、堰《せき》を切ったように説明を始めた。

「まず、職務怠慢についてですが、私は自分のすべき仕事が分からず途方に暮れていただけで、仕事をしていなかったわけではありません！　とにかく自分ができることからやっていこうと取り組んでいたのに、職務怠慢と見なされるだなんてあんまりです！　それに、買い出しのときに帰るのが遅くなったのは迷子になっていただけです！」

この弁明は、口から出まかせだとしても、酷過ぎないだろうか。よくもまあ、こんなことが堂々と言えるものだ。

「仕事が分からなければ、分かる者に訊けば良い。道に迷ったのであれば、近所の者に尋ねれば良いだけの話だ。勤務時間中に雑談をし、聞かねばならぬ肝心なことを聞かない時点で職務怠慢だ」

アーネスト様の正論に、皆同意して頷く。

「それから、先ほど買い出し時に迷子になり帰りが遅くなったと申したな？　しかし、おかしいな。調査の結果、街で仕事ではない交流をしていたことが分かっているのだが」

アーネスト様がそう言うと、エイミー嬢は「えっ……」と声を漏らし、表情をこわばらせた。

「そもそも、初めて行くところではないのに毎回迷子になるのは、それを回避する手立てを打っていないからだろう。これが職務怠慢ではないと？」

アーネスト様が訝しげに首を傾げて言うと、エイミーは目を吊り上げて怒り、空中に向かって叫んだ。

「どうしてみんな意地悪なのよ！　人の揚げ足を取るのがそんなに楽しいですか⁉　できる仕事はしています。それ以外の仕事をしないのが、そんなにいけないことなの⁉　街で知り合いに会ったんだから、ちょっとカフェに行くくらい良いじゃない！　侍女はその程度の娯楽も許されないの⁉　王都の人たちは、みんな私に冷たすぎるわ！　コールデン家の領地には、こんな意地悪な人はいなかったわ！」

エイミー嬢がそこまで言うと、パトリシア様がとうとう口を開いた。

「私は侍女にきちんと休暇を与えているわ。あなたの交流は、休暇中なら許されるもので、勤務時間中にすることではない。それをしたから、職務怠慢と見做《みな》されるのよ。王都の人は決してあなただけに冷たいわけじゃないわ。あなたがルールを守らないから、このような状況になっているのであって、場所や人は関係ない。自業自得よ」

容赦のないパトリシア様の言葉で、エイミー嬢は我慢の限界を超えたのだろう。

あろうことか、彼女は声を荒らげパトリシア様を怒鳴りつけた。

「……っうるさい！　横領はただの誤解です！　私は、パトリシア殿下の人気が低そうだと思ったから、気を遣って貴族の子どもたちに飴を買い与えて、殿下の株を上げようとしていただけなのにっ……」

動揺するパトリシア様に向かって、なおエイミー嬢は叫んだ。

「それなのに横領と言われるなんて言い掛かりだわ！　主のパトリシア殿下のためを思ってしたことなのに、どうして――」

「エイミーっ！」

一国の王女であるパトリシア様への暴言に焦ったのか、エイミー嬢の同伴者が必死に制止する。

しかし、エイミー嬢はまったくもって聞く耳を持たない。

いくら猫を被っていたとはいえ、一国の王女に無礼な言葉を浴びせるような人のことを、ロジェは本当にかわいいと言っていたの？

彼女の隠された本性が露わになるのを見て、私は恐怖を覚えた。

周りの貴族たちも絶句しているし、ロジェに至っては、放心状態だ。

「どうして、私の人気が低いと思ったのかしら？」

パトリシア様は一見笑顔で尋ねたが、目の奥は全く笑っていなかった。

しかし、エイミー嬢はその表情を前にしても、なぜか笑顔を浮かべ元気な声で堂々と答えた。

「この国の貴族は上級貴族よりも、圧倒的に子爵や男爵といった下級貴族の方が多いじゃないですか！　それなのに、いつもパトリシア殿下が誘われて行くお茶会は、この国でわずかしかいない公爵家や侯爵家、たまに伯爵家があるくらいでしょう？　だから私はパトリシア殿下があまり縁がなさそうな下級貴族の間で、殿下の株を上げようとしたんです！」

不敬な言葉の連発に周囲が愕然とするのも気にせず、彼女は続ける。

「パトリシア殿下は王女だから立場も低いですし、アーネスト殿下も生きて帰って来ましたから、力強い後ろ盾も必要でしょう？　だから殿下の人気を上げるために、次の世代を担う子たちに飴を配ったんです。これは横領ではなくて、パトリシア殿下のための投資です！」

――この子はなんてことを言っているの……⁉

パトリシア様を見下し侮辱している自覚もなく、本気でこんなことを言っているのだろうか？

誰が何と言おうと横領は横領でしかないし、仮に投資だとしても、それはエイミー嬢の仕事ではない。

そもそも、パトリシア様は貴族からも一般市民からも好かれている方なのに、なぜ人気が低いと思ったの？

彼女の思考回路がまるで理解できず、私はこっそりと短くため息を吐いた。

周りの貴族たちも彼女の言動を訝しみ、ひそひそと話し始めた。

「あの子は、自分が王女様を招待できる立場だとでも思って、あの言動を？　不敬罪確定ね」

「パトリシア殿下の進言で、この国の下級貴族や平民たちの子の教育支援が充実したのに……」

私も同意見ではあるが、ふとロジェが心配になり目を向ける。

ロジェは度し難いとでもいうように、エイミー嬢を愕然として見つめていた。

「あら、そうだったのね」

パトリシア様は優しい声で喧噪を沈めた後、サッと顔色を変え、エイミー嬢に冷淡に言い放った。

「私はそんなことを命じていないわ。余計なお世話でしかないし、あなたの行動はただの横領よ」

パトリシア様はそう言って、さらに語気を強めた。

「投資なんて言葉であたかも善行を装っているけれど、れっきとした犯罪よ。さらにあなたの罪状には、王族侮辱罪と王室不敬罪が追加されるわ」

〝王族侮辱罪〟と〝王室不敬罪〟という言葉に驚いたのか、エイミー嬢は途端に真っ青になり、先ほどまでの人格が嘘だったかのように謝り始めた。

「申し訳ありません。遠回しに言うべき事実をはっきりと言ってしまいました！　許してください、パトリシア殿下！　殿下を侮辱するつもりなんて、これっぽっちもありませんでした！」

──エイミー嬢、あなたはどこまで墓穴を掘れば気が済むの？

完全にズレた彼女の非常識な謝罪に、唖然としながら恐怖さえ覚える。

「私はあなたを決して許しません。覚悟するのね」

その言葉を聞いて、エイミー嬢の同伴者は必死でエイミー嬢を制止するが、エイミー嬢は完全に無視して発言した。

「あと、もうひとつだけ言わせてください！　これで真実が分かるはずです！　だから私の話を聞いて──」

「もうこれ以上、お願いだから何も言葉を発さないでくれ！　そなたは罪を重ね過ぎだ！」

エイミー嬢の同伴者が必死の形相で、叫んだ。

ようやくその切なる声が耳に届いたのか、エイミー嬢が同伴者に向き直った。

そして、いつもとは真逆の悪魔のような形相で、冷たく言い放った。

「うるさいわね！　部外者なんだから、あなたが黙りなさいよ！　私の説明の邪魔をしないで！　あーあ、あれもこれも何もかも、リディア嬢が悪いのに！　どうして私が責められるの⁉」

──私が悪いですって⁉

今までとは比べ物にならないほど怒り狂った様子のエイミー嬢の口から、もらい火のように自分の名前が出て驚く。

エイミー嬢の同伴者はとうとう気を失い、最後の砦となる人物がいなくなったエイミー嬢は自暴自棄になり、険しい表情を浮かべるアーネスト様に向かって叫んだ。

「アーネスト殿下、もうひとつだけ話しておかなければならないことがあるのです！」

「散々な無礼を働いた上で、まだ言いたいことがあると言うか。だが、まあ……聞くだけ聞こう。その代わり、虚偽の発言であれば、より重い罪になると理解せよ。また、その罪を被るのはエイミー嬢だけではない。コールデン夫妻も被ると理解した上で、慎重に延べよ」

アーネスト様のその言葉に、エイミー嬢は笑顔を浮かべた。

「はい！　ありがとうございます！　私が最後に申し上げたかったのは恋仲という噂に関してです。殿下が先ほどおっしゃった通り、それで王女宮の風紀を乱してしまったことは認めます」

——私が悪いという話はどこに行ったの？　やけに素直に認める彼女に、嫌な予感しかしない。

「そのせいで、今は状況的に私が悪者のようになっていますよね。ですが、真の悪人はリディア嬢なのです！　実は私とロジェリオ卿は噂通り本当の恋仲になりかけました。なのに、リディア嬢が横恋慕《よこれんぼ》して、私からロジェリオ卿を奪ったのです！」

——今、何と言ったの？

彼女のあまりに荒唐無稽《こうとうむけい》な発言に、会場中の皆が唖然としていた。

——むしろ逆なのに、どうして私が横恋慕したということになっているの⁉

彼女の好き勝手な言い分に、どんどん怒りが込み上げパニック寸前になる。

エイミー嬢はロジェを見つめ、口角を上げてほくそ笑み、そんな彼女を呆然と見つめるロジェは、顔から血の気を失っていった。

嫌な予感しかない。

「エイミー嬢。横恋慕という表現は、ロジェリオ・ライブリーとそなたの恋仲が成立してから使う表現だ。しかし、エイミー嬢の片恋だったのなら、名を出されたリディア嬢や、ベルレアン侯爵家の体裁や名誉を著しく損ねたことになる」

アーネスト様が冷静に言ったのは、まさに私の気持ちの代弁そのものだ。

「だが、確かにリディア嬢が家格の差を利用し、相思相愛のふたりを引き剝がして、ロジェリオ・ライブリーを奪ったという可能性も考えられるな。そうだ。今からエイミー嬢と本当に相思相愛であったのか、彼に直接に確かめてみよう。リディア嬢が権力を用いてふたりを引き裂いたのならば、風紀を乱した罪に関しては減刑してやる」

「本当ですか⁉」

アーネスト様の突拍子もない提案に、皆が唖然としたが、エイミー嬢だけは黄色い声を上げた。

「ああ、そうだ。だが、ロジェリオ・ライブリーが認めなければ、エイミー嬢の罪はより重くなるぞ。分かったな？」

「はい、もちろんです！　もしロジェリオ卿が私と相思相愛だったと認められれば、減刑されるのですよね？　減刑の機会を与えてくださり、ありがとうございます！」

晴れやかな笑みを浮かべて喜ぶエイミー嬢は、この会場中で最も異質な人間だった。

――こんな反応をするということは、ロジェが認めるという自信があるのよね？

不安になっていると、アーネスト様がついにロジェに問いかけた。

「ロジェリオ卿。そなたは、リディア嬢と婚約することになった時点で、エイミー・コールデンと相思相愛であったか？」

　その場の全員から注視されたロジェは、この弾劾に関する追及が始まってから初めて感情的な様子で答えを口にした。

「リディア嬢と婚約した際、私はエイミー嬢とは決して恋仲ではないのはもちろんのこと、相思相愛でもありませんでした！　リディア嬢が侯爵家の権力を使ったという事実も一切ございません！　私が自分の意志で婚約を決めたのです！　私がエイミー嬢と相思相愛になることなど、今後も決してあり得ません！」

「そうか。ロジェリオ卿はエイミー・コールデンとは――」

　なにか言いかけたアーネスト様の言葉を、憤怒の表情のエイミー嬢が遮り、突然ロジェに向かって声を荒らげた。

「嘘よ！　私たちは恋仲になりかけたでしょう⁉　じゃあ何で、毎日私とふたりきりで話したり、昼食を食べたりしたの？　頭を撫でたの？　かわいいなんて言ったの？　他の侍女にはそんなこと一切しないのに、それなら何で私のことは特別扱いしていたの⁉」

　思いもよらぬ彼女の捨て身な発言に、私は思わず息を呑む。

　しかし、彼女は意図的なのか無自覚なのか、怒涛の暴露を始めた。

「婚約してからも、ふたりきりで過ごしたり出かけたりしたじゃない⁉　今日だって、リディア嬢とファーストダンスを踊りに行こうとしたロジェ様に私が踊りたいって言ったら、婚約者のリディア嬢より私を優先してくれたじゃない！　許せないって、リディア嬢に止められてもよ⁉

ここまでしてくれたのに、私のことが好きじゃないですって⁉」

呼吸も忘れた様子で言葉を並べ立て、ロジェに詰め寄りさらに続ける。

「ふざけないでよ！　私たちは相思相愛でしょ！　悪いのは私たちの恋路をめちゃくちゃにした、あの女よ！　それが証明されれば減刑されるのに、どうしてロジェ様は意味のない嘘をつくの⁉　どうしてあの女を庇うの？　私の気持ちはっ……？　私たちは愛し合っていたでしょう⁉」

繰り広げられる暴言に、貴族たちも思考が追い付かない様子だ。

一方、私はエイミー嬢の叫びから、彼女の悲痛を感じ取っていた。

――私が悪い云々は置いておいて、確かに、エイミー嬢が話したロジェの言動は事実よ。

そんなことをされたら、ロジェに好かれていると思うのも無理ないわ。

ロジェがエイミー嬢を宥め、諭す役として侍女長たちに上手く利用されていたとはいえ、ロジェの行いは、誰も止めなかったから良いと思ったでは通らないレベルだ。

しかも、誰もロジェにエイミー嬢を諭してほしいと頼んだわけではないから、余計に自分の意志で行ったという意味合いが強くなる。

ロジェは嘘が吐けない性格だから、アーネスト様に事実かと訊かれたら、絶対に認めるはずよ。

ただ、このエイミー嬢の発言を認めると、こんなことをしておいて彼女を恋愛対象として見ていないというのはおかしいと、話はまたややこしくなる。

――エイミー嬢の発言はそうなることを見越してのものなの……？

彼女がどこまでの策略家かは分からないが、あり得なくはない。

そのことに気付きロジェを見やると、アーネスト様がロジェに質問を投げかけた。

「ロジェリオ卿。先ほどのエイミー・コールデンの供述はすべて事実か？」

すると、ロジェは私の懸念に反し、あっけないほどあっさりと答えた。

「はい。すべて事実ですが、妹のように思っていただけで、決して恋愛感情はありません」

ロジェの発言に、貴族たちはあり得ないとどよめいた。

一方で、エイミー嬢はロジェの答えに力なく膝から崩れ落ちると、何やら独り言を言い始めた。

そんな彼女を見て、アーネスト様はため息を吐いて続けた。

「分かった。エイミー・コールデンもこれ以上の言い分はないだろう。では、今からふたりの処分について告げる。まずは、ロジェリオ・ライブリーからだ。アーヴィング・ライブリー侯爵、リディア・ベルレアン侯爵令嬢も前に出て来るように」

名前を呼ばれてドキリと心臓が震えるが、自分が始めた戦いに赴かないという選択肢はない。

私は大勢の視線を受け、いたたまれない気持ちでライブリー侯爵と足を進めた。

「今日の話を踏まえ検討する処分がある。そちらは改めて宣言するとし、今は現時点で確定しているロジェリオ・ライブリーの処分を三点告げる。まずひとつは、リディア・ベルレアン侯爵令嬢により告げられる」

アーネスト様はそう言うと私に目配せしてきたため、腹を括り彼に頷きを返した。

――ついにここまで来たのね。

私から想いを伝えて叶った婚約だったけれど、ここであなたとの婚約破棄を宣言して終わらせるのも、また私なのね。

皮肉なものだと思いながら、自身に活を入れ、戸惑うロジェを真っ直ぐに見据えて告げた。

「私、リディア・ベルレアンは本日を以て、ロジェリオ・ライブリーとの婚約を破棄することを宣言いたします」

会場中がどっと沸き立った。

「宣言するまでもなく、当然よね。以前、カフェで修羅場だったとの噂もあったし今さら過ぎよ」

「リディア様はギリギリまでロジェリオ卿を信じていたのでは？　彼が逃がした魚は大きすぎたな。だが、貴族令嬢としての体裁に傷が付いたから、リディア様も大きな痛手を負ったな」

そんな貴族たちの声が聞こえる中、大きく揺れる青い瞳のロジェと私の視線が交差した。

大きく見開かれた彼の充血した目に、薄らと涙の膜が張るのが見えた。

視線が合っていたのは、時間にして五秒ほどのことだっただろう。

この五秒が私にとって、未だかつてないほど長い時間に感じられる。

しかし、それはロジェの方が目を逸らして終わった。

彼は私の宣言を受け止めたと言うかのように、キュッと口を堅く結ぶと、ただ一度頷いたのだ。

そして、次の処分を聞くため、ロジェは真っ直ぐ前を向いた。

「それでは、次にパトリシア王女から、王女宮の主として処分を告げる」

アーネスト様のさらなる声が続き、パトリシア様が一歩前に出る。

「今回の不祥事は、結果として王女宮の威厳や品格を損なわせることになりました。しかも、不祥事の当事者は、王女宮の看板と王女宮の副団長という看板を背負った立場ある者で、特に皆の模範であるべき人間でした。よって、私は風紀や規律、王女宮の評判を著しく悪化させた者として、その看板の重みの分、ロジェリオ・ライブリーに責任を取ってもらうこととします」

　そう言うと、パトリシア様はひと呼吸おいて言葉を放った。

「ロジェリオ・ライブリー、あなたの武術は最高レベルと存じております。しかし、私の騎士を名乗るほどの品格はないと判断し、あなたを王女宮騎士団から除名いたします。ですが、今までの功績を考慮し騎士爵は剝奪せず、あなたを下級勲爵士に降格いたします」

　すると、ロジェは血が滲みそうなほどキュッと唇を嚙み締め、きつく拳を握り、ただ一度頷いた。

　その宣告により、周りの貴族たちはひそひそと話し始めた。

「王女宮の看板を背負っているのなら、除名処分を下されても仕方ないな。騎士爵も剝奪されるかと思ったが、治安部隊でかなり功績を収めていたそうだから、相当の処分と言えるか……」

「王女の看板に泥を塗ったのに、騎士爵が残ったままの除名なんて処分が甘すぎませんこと？」

　皆が思いのままに自身の意見を口にしているが、この処分に関しては王女宮の主であるパトリシア様が決めることで、私や周りの人間が口を出すことではない。

　――ただ、パトリシア様はロジェを降格したけれど、騎士爵を残してくれて良かった。

　そもそも、この場を持つように進言した私が、こんなことを思うのはおかしいだろう。

　だが、ロジェが昔から心血を注いで技術を磨き、やっとつかんだ騎士の勲章を剝奪することは、あまりにも酷だ。

私はそっと息を吐き、次にロジェに処分を告げるライブリー侯爵に視線を向けた。

「続いて、三点目の処分をアーヴィング・ライブリー侯爵から宣告する」

アーネスト様がそう言うと、ロジェは観念したかのように口を一文字に結んだ。

ライブリー侯爵は緊張の面持ちで深く息を吐き、伏せたまぶたを上げて告げた。

「皆様、我が愚息がこのような不祥事を起こし、大変申し訳ございません」

侯爵が様々な階級の貴族が集まる場で、このような公開謝罪をしたことに、皆驚いた様子だったが、この謝罪の次に続く言葉を、固唾を呑み待っているようだった。

「ロジェリオ……お前を廃嫡する」

ライブリー侯爵がそう宣言すると、貴族たちの間にどよめきが走った。

「廃嫡は突発的に決めたことではありません。少し前にベルレアン家と話し合い、ロジェリオがエイミー嬢と恋仲ではないと証明する約束をしていたのです。その約束をもし守れなければ廃嫡すると、事前にロジェリオには宣告していました」

ありのままを曝《さら》け出すように話し始めた侯爵は、苦しそうに顔を歪めて続けた。

「しかし、今日のこの場でロジェリオはあろうことか、噂の相手とファーストダンスを踊りました。それで、ロジェリオの廃嫡が確定したのです」

そこまで聞くと、貴族たちは口々に話し出した。

それだけの約束をしながらファーストダンスを踊ったことや、ファーストダンスの重み自体を理解していないロジェに対する、非難の声が耳に届く。

　中には、ロジェと自分の娘の結婚を諦めた貴族の安堵の声や、廃嫡が当然だという意見も聞こえる。

　そして、ついに、ロジェに直接の野次が飛び出し始めた。

「婚約者がいるのに、別の女とファーストダンスを踊るなんて、恋仲でない証明どころか恋仲だという証明じゃない。リディア様に対する、とんでもない裏切りよ！　最低ね！」

「何とか言ってみたらどうなんだ⁉　さっきから澄ました顔で反省していないのか⁉」

　箍《たが》が外れた人々から強い言葉を浴びせられたロジェは、これらの野次を受け入れるかのように、ただただ真顔で前だけを見つめていた。

　しかし、その手はきつくきつく握り締められている。

　まるで私の心も握り締められているような気がしてくる。

　そのとき、アーネスト様が野次を制止した。

「皆、静粛に！　我が国は、婚約者以上の相手がいる者にとっては、ファーストダンスが持つ意味の重要性が変わってくることを知っている者がほとんどだろう。皆の中にも、ファーストダンスには様々な思い出を持っている者が多いはずだ」

　アーネスト様はそこまで言うと、ロジェを見つめて続けた。

「それにもかかわらず、ロジェリオ・ライブリーがなぜ今回のファーストダンスを婚約者以外の女性と踊ったのか、気になる者も多いだろう。一度、本人に問う。ロジェリオ卿、なぜエイミー・コールデンとファーストダンスを踊ったのだ？」

——どうしてアーネスト様はそんなことを……？　アーネスト様はロジェの性格を理解しているから、悪気なしで踊ったことも理解している。そうか！　だから、あえてロジェの口から理由を聞き出すことで、軽率さは露呈させるものの、悪意はなかったと示すつもりなのねっ……。

私はそのことに気付き、ロジェの発する答えを待った。

「私はリディア嬢のデビュタント以降、機会がある度、彼女と踊っておりました。しかし、本日エイミー嬢にファーストダンスを踊ってほしいと頼まれました。今夜はエイミー嬢にとってデビュタントという特別な日です。そのため、今回だけ記念として願いを叶えることを優先しました」

ロジェはそこで悔恨が滲む表情で私を一瞥した後、再び顔を前に向けて言った。

「リディア嬢とは、毎回ファーストダンスを踊っているから今日ぐらい良いだろうと安易に考えてしまいました。しかし、今思えば私はエイミー嬢と踊るべきではありませんでした」

悲痛を帯びた彼の言葉に、何とも言えぬ気持ちが心の奥で疼く。

そんな中、毅然とした態度を貫くアーネスト様がロジェに訊ねた。

「では、ロジェリオ卿は今回エイミー・コールデンがデビュタントでなければ、彼女とファーストダンスを踊ることはなかったということか？」

「はい、その通りでございます」

ロジェがそう答えると、また貴族たちは各々の意見を述べ始めた。

「ロジェリオ卿は婚約者がいる感覚がなかったのでは？　確か婚約したばかりだっただろう？」

「それが許されるものですか！　やはり、エイミー嬢に特別な感情を抱いていたのでは⁉」

「いや、彼はとても浮気をするような人には見えなかったぞ。下心があるとは思えないが……」

「だとしても、ファーストダンスを別の女性と踊るのは、婚約者を貶《おとし》める侮辱行為だよ。他人は中身や背景を知らない分、表面でしか判断できないんだから、噂の払拭に尽力すべきだったんだ」

聞こえてくる声に、心が波立つ。

——悪気がなかったのは分かっている。

だけど、エイミー嬢に対する善意でしかなかったその行為は、私の心に深い傷を負わせた。

廃嫡の可能性も承知の上で、私が止めてもエイミー嬢を優先したロジェへの恋心はもう消えた。

それなのに、昔の優しいロジェと、今糾弾《きゅうだん》されているロジェが同じ人であることを思うと、私が言い出して生まれた状況なのに、どうしても少し胸が痛んでしまう。

そんな自身の心に生じた予期せぬ痛みと、思いがけない感情に動揺してしまう。

そのときだった。

「……ロ、ロジェ様？　い、今のは私の聞き間違いです……よね？　そうよね⁉　デビュタントじゃなかったら、私とファーストダンスを踊ることはなかったなんて、嘘です、よね……？」

ずっと黙っていたエイミー嬢が、戦慄《せんりつ》の表情を浮かべながらロジェに言った。

しかし、アーネスト様に許可されていないのに勝手に声を出すわけにもいかず、ロジェは戸惑いの表情を浮かべた。

その様子を見かねたのだろう。アーネスト様がロジェに「はっきり伝えろ」と目で訴えかけると、それに応えるように、ロジェは真剣そのものの面持ちでエイミー嬢に告げた。

「聞き間違いではないよ。エイミー嬢、悪いが僕は君がデビュタントでなければ、ファーストダンスは間違いなくリディ……リディア嬢と踊っていた」

その返事を聞くと、エイミー嬢は両手で自身の両の目を覆い怒りの声を上げた。

「はっ！　リディア嬢にそう言うように強制されているんですね？　ロジェ様、本心を偽らなくて良いんですよ！　デビュタントには関係なく、私だから踊ったんでしょう？　リディア嬢のせいでこんな状況になったのに、リディア嬢に気を遣って嘘をつかなくても良いんですよ」

そんなエイミー嬢に、ロジェは慌てた様子で言葉を返した。

「嘘ではない！　人生に一度のデビュタントの良き思い出になればと、友人と思っていた君の頼みもあって、ファーストダンスを踊ったんだ。当然、デビュタントでなければリディア嬢と踊ったよ……！　それにこうなったのも、リディ……リディア嬢のせいではない。僕自身のせいだ！」

ロジェの言葉を聞くとエイミー嬢はサッと顔色を変え、私の方へ走り出した。

しかし、近くの兵にすぐさま捕らえられ、悔しかったのか私に向かって声を荒らげた。

「あなたさえいなかったら、みんなが平和に生きられたのに！　あなたなんかが生きているから、私もロジェ様もこんな目に遭うのよ！　ロジェ様は優しいから、そんなことは言わないけれど、

私がロジェ様の分まで言うわ！　あなたさえいなければっ……！」

エイミー嬢を取り押さえていた兵が、「いい加減に黙るんだ」と何度も制止する。

しかし、エイミー嬢は黙ることなく言葉を続けた。

私さえいなければ、エイミー嬢がロジェとファーストダンスを踊っても誰からも非難されない。恋仲だと噂が流れても怒られなかったし、私が慈善活動をして人気がなかったら、エイミー嬢は私の真似をしようとも思わなかったらしい。

私さえいなければ、ロジェの横に立っているのはエイミー嬢だった。

全部私がいたから起きたことで、私がいなければこんなことは起こってすらいなかった。

彼女はそんな罵詈雑言《ばりぞうごん》を吐きながら、一切合切がどうなっても良いといった捨て身な様子で、頭髪を振り乱して声を絞り出すように叫び続けた。

「私の場所を、人生を返してよ！　それか、お願いだから死んでよ！　この世のためには死んだ方が良いのよ！　あなたなんて、最もこの世に生きている価値がない存在なの！　だって、あなたは皆に不幸を振りまく女だから！　あなたのせいで、私もロジェ様も人生めちゃくちゃよ！」

正直驚くことだらけだったが、このエイミー嬢の発言が今日一番の驚きであり、私の心に痛みなどという言葉では表せない、とてつもない衝撃を与えた。

アーネスト様とパトリシア様、ライブリー侯爵は、未だかつて見たことがないほど怒気を孕《はら》んだ表情を浮かべている。温厚で鈍感なロジェでさえ、額に青筋を立てているのだ。

とても、お父様やお母様の顔を見ることなどできそうもなかった。

刺さった矢は、傷付き脆くなったぬかるみの心に沈んでいく。

――確かに私がいなかったら、こんなことは起きなかったのかもしれない。私がロジェと婚約していなかったら。私がロジェのことを好きになっていなかったら、こんなことにはならなかったのかもしれない。

そんな気持ちが心を支配しかけたそのとき、エイミー嬢がこちらを見つめて嘲笑を浮かべた。

その瞬間、私の思考は一八〇度反転した。

――いいえ、やっぱりエイミー嬢が間違っているわ。

潰れかけた心を、積み上げた努力と矜持《きょうじ》で立て直し、毅然として気持ちを切り替えた。

その時、顔を怒りに染めてアーネスト様が口を開いた。

「黙るんだっ！　衛兵、エイミー・コールデンを今すぐ北の塔に連れて行き幽閉《ゆうへい》しろ！」

「少しお待ちください！　エイミー嬢に伝えたいことがございます」

エイミー嬢が衛兵に連行される前にと、私は咄嗟に声を上げた。

アーネスト様は驚いて、少し嫌そうな顔をしつつも許可してくれた。

「私に優しい言葉をかけて人気取りでもする気？　はっ！　この期に及んで、なんて卑劣な――」

衛兵に両腕を掴まれ動けない状態になっているエイミー嬢が言う。

「違うわ。あなたの一方的な意見ばかり聞いたから、ひと言もの申したかったの。確かに、私がいなかったら、ロジェリオとあなたが恋仲になっていたかもしれないわ。けれど、それは〝たらればの話よ」

自分の口から出ているとは思えないほど、冷淡で端然とした声が紡ぎ出される。

「現実はロジェリオと婚約をしていたのは私なのだから、あなたは本来身を引くべきだった。それに結局、私はロジェリオとの婚約を破棄したわ。あなたの理論で言うと、あなたがいなければこうなってはいなかったかもしれない、ということよね？」

そこまで言うと、エイミー嬢は顔を歪めて声を上げた。

「あなたは侯爵家の人間でしょう？　しがない子爵家の私と比べるなんて卑怯よ！　ひどい！」

「あなたは私のことを、卑怯や卑劣だと言うけれど、自分自身は決してそんなことはないと胸を張って言えるの？　悪いのは私って言いたいのでしょうけど、法は私でなく、あなたを裁くのよ」

いまだかつてないほど冷徹に、私は彼女に現実を突きつける言葉を言い放った。

途端に、エイミー嬢は軽く俯き、一点を見つめたまま涙をボロボロと零し始めた。

「あなたが生きていなければ、こんなことにならなかった。私は何も悪いことなんてしていないのに……。お父様もお母様も、領地の人たちも、みんな、王都に行っても素直な心で過ごすようにと見送ってくれたから、その通りにしただけなのにっ……」

――この子は、完全に周囲の言葉が届かない段階に至っているのね。

彼女はいったいどんな環境で、生きてきたんでしょう？

あまりの態度に不審さを覚える。折しも、アーネスト様が私たちの言い合いに終止符を打つように口を開いた。

「リディア嬢、用件は済んだな。皆も分かっているだろうが、エイミー・コールデンはこの弾劾の検討中にも罪を重ねた。よって、コールデン子爵夫妻を大至急呼び出し、後日、彼女と家門に対する処分を下す。少なくとも、ロジェリオ・ライブリー以上の処分内容になることだけは、先に宣告しておく」

アーネスト様のこの言葉に、貴族たちは皆納得といった様子で目を合わせて頷き合う。

一方で、捕らわれたエイミー嬢は暴れながら、悲鳴にも似た声を必死に張り上げた。

「お父様やお母様を巻き込まないでください！」

そう叫ぶ彼女に、アーネスト様は真顔で告げた。

「私はエイミー嬢自身の言動が、父母にも影響が出ると言ったはずだ。衛兵、今度こそ連れて行ってくれ」

にべもないアーネスト様の対応に、エイミー嬢は「巻き込まないで！　ごめんなさい！」と泣きじゃくり始める。しかし、あっという間に衛兵によって会場から連れ出されていった。

続けて、ロジェも抵抗を示すことなく、衛兵とともに会場を後にした。

ロジェが出て行ったのを確認するとアーネスト様が口を開いた。

「これにより、弾劾審理の手続きが確定した。此度は予告なしの弾劾の検討により、皆を混乱させてしまった。よって、ロジェリオ・ライブリーに関しては後日、エイミー・コールデンは子爵夫妻が到着した時、弾劾による決定処分を改めて通告する。後味が悪くなり大変申し訳ないが、今夜の夜会はこれにて終宴とする」

そう告げると、アーネスト様とパトリシア様は退場し、続けて私たちも会場から退出した。

第十章　ズレた歯車の切ない音

「ベルレアン侯爵夫妻様、リディア様、ライブリー侯爵様、アーネスト様の指示がありましたので、先ほどのお部屋までいらしてください。ロジェリオ様も今、そちらの部屋におられます」

会場から出ると、ポールさんがこっそり私たちに言った。

その言葉に従い、再び同じ部屋に行くと、アーネスト様とパトリシア様、そしてロジェの三人が向かい合うように座っている姿が目に飛び込んできた。

——先に来た三人で何か話をしていたみたいね。

私たちに気付いた三人は入口側に顔を向けた。

目が合ったロジェは、何かもの言いたげな顔をして、私に話しかけようとする素振りを見せた。

だが、それはライブリー侯爵がウィルの比ではない力で、ロジェの横っ面を思い切り殴り飛ばしたことにより遮られた。

私はギョッとして、パトリシア様が「キャッ！」と驚きの声を漏らす。

しかし、その一撃をもってなお、ロジェは微動だにせず、ただ申し訳なさそうにギュッと拳を握りしめ、涙をこらえるような顔でひと言漏らした。

「……ごめん」

「ごめんなんて軽い言葉で済むとでも思っているのか!?　ロジェリオ！　お前は自分が何をしで

かしたのか理解しているのか⁉　今まで立派に生きていた令嬢の心や体面にとんでもない傷をつけたんだぞ！　お前に婚約継続のチャンスまでくれたにもかかわらずだ！」

ライブリー侯爵は苛烈に非難の声を浴びせ怒るが、その目からは涙が流れていた。

「しかも、何だ！　よりにもよって、恋仲と噂が流れた女があんな女だったとは！　私はもう、どう詫びたら良いのか分からない！」

侯爵の溢れ出した感情は止まることを知らず、言葉となってなおもロジェに注がれた。

「お前には幼少から嫡男としてライブリー家の当主に相応しい人間になるようにと、貴族教育を受けさせてきたつもりだ！　お前はあまり興味はなさそうだったが、もちろん舞踏会のマナーもしっかりと教えた！　なのに、よりにもよってどうしてファーストダンスをあんな女と踊ったんだ⁉」

ライブリー侯爵の言葉に、ロジェは時折相槌を打ちながら、頷くばかりだ。

「お前がリディア嬢と仲良く踊っているだろうと思ってお前を見たら、リディア嬢でなくあの女と踊っていたから、ショックでジュリーは倒れたんだぞ！」

その言葉を聞き、ロジェの顔は一瞬にしてサーッと青ざめていった。

そして、勢いのままライブリー侯爵の両肩を摑んで叫んだ。

「母上は無事なのでしょうか⁉」

「無事なわけあるか！　お前のせいで倒れたんだぞ！　お前がこんなバカなことをしでかさなければ、ジュリーは倒れていなかった！」

そこまで言うと、ライブリー卿は苦しそうに胸を押さえ咳き込み始めた。

――ジュリアナ夫人だけでなく、ライブリー侯爵も倒れてしまったらどうしましょう！

そう心配した矢先、アーネスト様の指示によってポールさんが侯爵に安静のため退室を促した。

侯爵は「そんなわけには！」と叫んでいたが、倒れられたら困るというお父様の促しにより、もどかしげな表情を浮かべながらも、ジュリアナ夫人が休む部屋に向かった。

室内が落ち着きを取り戻したところで、アーネスト様が口を開いた。

「皆、席に座ろう。立ったままでは、まともな話し合いもできないだろう」

鶴の一声で、ようやく落ち着いた状態での話し合いが始まった。

アーネスト様が開口一番に言う。

「私がここにロジェリオを呼び、皆を集めたのは、リディから先ほどは言わなかったロジェの処分について通告してもらうためだ」

かなり鈍感なロジェでも、この言葉と状況で何かを悟ったらしい。

私を見つめながらも、どこか決意を固めたような表情になっていた。

そんなロジェを一瞥すると、アーネスト様は私に顔を向けて続けた。

「ロジェリオには皆が来る前に追放処分を下すこと自体は伝えているが、その具体的な内容を決めるのはリディだということもすでに伝えている。……リディ、君の番だ」

――ついに、追放処分を伝える時が来たのね。

ロジェは確かに……いや、心の中では良いかもしれないけれど、もうロジェとは呼べないわね。

今日からは、ロジェリオよ……。

この道を進むと決めたことに、決して後悔はないのに、なぜか涙が出てきそうになって、今にも溢れそうな気持ちと涙を必死にこらえながら、バラバラの情報をかき集めるように思考を巡らせた。

——最終的に悪いのはもちろんロジェだけれど、この出来事の元凶に侍女たちの影響がないとは言い切れないわ。

しかも、私はロジェよりも早く噂のことを知っていた。

にもかかわらず、ロジェに嫌われるかもしれないと思うと怖くなって、きちんと話さないと理解できない可能性の高い鈍感人間のロジェに、私は自分の負の感情を伝えなかったわ。

もちろん、鈍感や無自覚、無意識だからといって何でも許されるわけではない。

けれど、それが事態悪化の理由のひとつなのは間違いないと思う。

先ほどロジェは公開婚約破棄の上、廃嫡され、王女宮騎士団から除名処分された。

それでも、ロジェはエイミー嬢のように暴れたり、喚《わめ》いたり、言い訳をせず潔く受け入れていた。

それに一応ロジェは民事では重罪だけれど、刑事事件を起こしたわけではない。

だからこそ、それも踏まえた上でロジェの追放処分には少しだけ希望を持たせたい。

様々な気持ちが脳内で錯綜する中、私はひとつの結論を口に出した。

「ロジェリオはライブリー家から追放されます。その際、監視するという目的もあって、私が経営に携わっている孤児院や救貧院を追放場所にし、そこで剣術指南をしてもらおうと思います」

その瞬間、皆が息を呑む声が聞こえたが、私は気にせず続けた。

「甘い処分かと思われるかもしれませんが、孤児院や救貧院は決して安楽な場所ではありません。生活に困窮し苦しんでいる人たちが、ひとりの人間として真っ当に生きていくために、荒んだ環境から抜け出そうと足掻き、やっと辿り着いた場所なのです」

かかわりのある孤児院や救貧院にいる人々から聞いた、彼らの過去の話が脳裏を過ぎる。

私は彼らのことも、あえて言葉にすることにした。

「道徳教育が行き届いておらず、孤児院や救貧院に来たとき明らかに道徳心に欠けるような人もいます。だからこそ、私はそこで暮らす条件に、道徳や社会のルールを身に着けることを挙げています。それを学ぶことで、彼らは皆と共生することができるのです」

――ロジェはここにいる誰よりも私の手伝いをしてくれていたから、もう分かるわよね。

「ただ、元々はいわゆる無頼漢だったという人ほど、更生して道徳観やこの世の最低限のルールを知ることで、それを通常の人よりも強く重んじる傾向にあります。ロジェリオは南の救貧院や孤児院に追放予定ですが、南にはそのような人たちが多く集まっています」

彼らは正義感が行き過ぎて過ちを犯す可能性もあるほど、違反者に厳しい傾向がある。

まさにロジェのように婚約者を裏切ったという人物は、その違反者の典型と言える。

「今回のことは、きっとすぐに救貧院や孤児院の人々にも伝わります。そうなると、彼らは簡単にロジェリオに心を許してはくれないでしょう。しかも、あなたは今まで侯爵の子息だったけれど、廃嫡され次期侯爵の肩書きを失ったわ。だからこそ、よりきつく当たる人が出てくるかもしれない。けれど、手が出たら別として、態度がきついことに関しては、あなた自身でその状況を打開するしかない」

緊張と真剣さが入り混じった顔でロジェが頷くのを確認し、私は心からの思いを吐露する。

「あなたの剣術は、この国でもトップレベルよ。だからこそ、それを活かす場所を失わせたくはなかった。あなたにはこれを機に、彼らとともに社会や道徳観、人情について学び、成長してもらいたいと思っているの」

無邪気さが仇となって、回りを傷つけないようにするためだけでなく、ロジェがロジェ自身を守るためにもだ。ロジェは決して悪意のある人間ではないから。

逆に、孤児院や救貧院の人々には、ロジェから学んでほしいこともあった。

「それと同時に、孤児院や救貧院にいる人々の将来の幅を広げてもらいたい。だから、追放処分の内容に、彼らに剣術を教えてもらうことを入れたの。私は彼らに、自身や仲間を傷つける剣術でなく、自身や仲間を守る剣術を知ってもらいたい」

そう言うと、ロジェは目を見開いた。瞳は青く揺れている。

「あなたは近くで手伝ってくれていたから分かるでしょう？　あそこは侯爵家と違って過酷な場所かもしれない。けれど、あなたには追放処分という名目でこの仕事をしてもらうわ」

ロジェにはその場所で働いている方々と同額の給料を支給するので、それで自身の衣食住をまかなうよう伝えた。

　すると、ロジェは初めてくしゃりと顔を歪め、頷きながら言葉を紡いだ。

「リディ……っありがとう。僕は君にこんなにもひどいことした。忠告もあったのに、ここまで言われないと分からないくらい、僕の言動がどんなに君を傷つけているか自覚すらしていなかった愚か者だ。それにもかかわらず、君は僕が社会で生きていくための手段を残してくれた」

　ロジェの言葉一つひとつに、これまでの歯車のズレを感じて切なさが込み上げる。

「決して甘くない環境だし、過酷な仕事ということも想像できる。だけど、僕の言動がこの結果を招いたんだ。僕は全力で救貧院や孤児院の人たちに剣術を教えるよ。決して容易ではないだろうが、これが今の僕に与えられた使命であり贖罪だ。僕の一生を懸けて、君に償い続けるよ」

　アーネスト様は物憂げな眼差しでロジェを一瞥した後、全員に問いかけた。

「平民と同じ暮らしをしながら衣食住を自分でまかない、救貧院や孤児院の子たちに剣術の指南をする、というロジェリオの追放処分の内容に反対の方は挙手してください」

　その言葉に対し、誰も手を挙げる者はいなかった。

　それから間もなく、アーネスト様がロジェを見据えて宣告を下した。

「では、この処分内容は決定事項とする。ただ、エイミー・コールデンの処分内容がまだ出ていないため、エイミー嬢の判決が出るまでは、ロジェリオにはライブリー家で謹慎を命じる」

　アーネスト様の宣言により、私たちは解散することとなった。

　その後、私はお父様とお母様と同じ馬車に乗り、ベルレアン邸宅への帰路についたのだった。

薫陶を受ける〈ロジェリオ視点〉

母上は僕のせいで倒れてしまい、父上も体調が優れず、ふたりは王城に一晩泊まることになった。

僕は王室が用意してくれた馬車に乗り、独りで侯爵邸に戻る。

――悪夢のようだ……。

馬車が侯爵邸に近付くにつれて、先ほどの王城での出来事が鮮明な記憶として蘇り、絶望感が一気に押し寄せてきた。

あんなことをしでかして、ウィルや侯爵邸に仕える人たちに僕はどんな顔で会えば良いんだ？

沈鬱に苛まれつつ窓の外の景色を見ると、もうすでに侯爵邸への道のりの残り半分を切っていた。

夜会前の両家の話し合いでの忠告を守っているつもりだったが、全くできていなかった。

エイミーと互いの呼称を変えるだけでは、到底足りなかったのだ。

それどころか、今夜だけでこれでもかというほどリディに深い傷を負わせてしまった……。

それも、貴族令嬢というだけでなくひとりの人間としてだ。

――僕はどうして、一ミリもそのことに気付けなかったんだ……!?

本当に無意識だったのだが、それがリディを傷つけてしまっていた。

その事実と今までの自身の言動を省みると、胸を貫くように衝撃が走る。

今まで僕は無意識のうちに、どれだけリディを傷つけていたんだろうか。

恐らく、僕が気付かずにリディを傷付けてしまったことは、ほかにももっとあるだろう。

いや、僕がこれまでの人生で傷つけてきたのは、リディだけではないかもしれない。

しかし、僕にはさらに頭を抱えざるを得ないことがあった。

――まさかエイミーがあんな子だったなんて思ってもみなかった。

あの話しぶりからすると、彼女は僕のことを……好いてくれていたんだよな？

だとすれば、リディだけではなく、僕はエイミーにも残酷な振る舞いをしていたに違いない。

そして、僕の今までの言動が、エイミーの今日の言動に繋がり、リディへの罵詈雑言に繋がってしまったというのなら……僕はとんでもない重罪人だ。

アーネストと約束したのに国民を守るどころか、僕は守るべき身近な人を傷付けてしまった。

どうして僕は、もっと早くそのことに気付けなかったんだ？

もう過去には戻れないと分かっているが、考えるだけで罪悪感と懺悔《ざんげ》の思いが胸に押し寄せる。

僕が乗る馬車は、とうとうライブリー邸に到着してしまった。

いつもなら自分の家に帰って来た安心感があるが、今日は違う。

馬車から降りて邸宅の前に立った途端、特別寒いというわけでもないのに、身体が急速に冷えていく感覚に陥った。

その瞬間、門前に立ち、穴が開きそうなほど僕を見つめる、執事長のアルフォンスと目が合った。

――もしや、知っているのか……？　とにかく何か言わなければ。

そう思い、歩み寄って声をかけようとしたが、先にアルフォンスの方が口を開いた。

「ロジェリオ様、王室の遣いの者から話は聞きました」

いつも優しいアルフォンスからは想像がつかないほど、怒りを孕んだその声を聞き、僕は全てを悟った。

――やはり、話が伝わっていたようだ。

アルフォンスがこんなに怒るのも無理はない。僕はそれほどのことをしてしまったんだ。

リディ、ベルレアン侯爵夫妻、父上、母上、ウィル、ライブリー家の使用人、騎士団の仲間やその他の数えきれない関係者たちにも、謝っても謝りきれないほどのことを……。

アルフォンスは、怒っているのに今にも泣き出しそうな顔で訴えかけてきた。

「私はロジェリオ様が幼い頃から、ずっと見守り続けてきました。お優しい性格のまま成長して、夢であった騎士にまでなられた。その上、リディア嬢との婚約まで決まり、この老いぼれは涙を流すほど嬉しかったのです。心から……嬉しかったのです」

アルフォンスは、ずっと僕やウィルの面倒を見てくれた、ライブリー家の最も頼れる執事長だ。

そんな彼に、こんな顔をさせてしまうなんて。

「アルフォンス、すまなかった。僕は皆をたくさん傷付けてしまった。本当にすまないっ……」

申し訳なさが募り過ぎて謝罪の言葉以外出てこない僕に、アルフォンスは語った。

「私はこれからのロジェリオ様の処遇について聞きました。正直、想定外のことに大変困惑しております。ただ、ロジェリオ様には騎士爵が残っております。最後の芽まで潰さないよう、あなた様の命ともいえる騎士の道をリディア嬢が残してくれたのでしょう」

——そうだ。アルフォンスの言う通り、僕は騎士の道を残してもらえたんだ。

辛い仕事だろうが、必ずやり遂げて……。

「決して甘い仕事でも楽な生活でもありません。侯爵令息とは勝手が違い、体だけでなく、心も辛く厳しい生活になるでしょう」

アルフォンスが僕の思考を遮って言ったことに、当然分かっていると返事しかけたが、アルフォンスの有無を言わさぬ険しい表情に思わず口を噤んだ。

「もしかしたら今後、何で自分がこんな目に？　と思う時が来るかもしれません。ですが、ロジェリオ様がそう思ってはいけません。人によっては自死を選ばせるような行いをリディア嬢にしたのは、紛れもないロジェリオ様なのです」

改めて言葉にされると、罪の重さが心に伸し掛かる。

「それにもかかわらず、この処罰で済ませてくれた。その事実を真摯に受け止め、様々な現実に向き合ってください。どれだけ辛かろうが、その仕事に全力で取り組むことが、今のロジェリオ様には肝要なのです。それを乗り越えてこそ、ようやくロジェリオ様はひとりの人間として、騎士として、成長していけるとこの老いぼれは思うのです」

——そうだ。僕が厳しいだの辛いだの思うこと自体が、まずおかしな話だ。

この期に及んで、僕はなんて甘い認識で馬鹿なことを考えていたんだろうか。

僕はどれだけリディたちからの情けを、当たり前のように享受していたのか。

アルフォンスの言葉を聞いていなければ、僕は真の理解が未だにできないままだったのかもしれない。

アルフォンスに感謝しつつ、自分の認識の甘さを情けなく思っていると、彼は冷徹に続けた。

「ここでは、これ以上の長話はできません。そろそろお邸に入りましょう……と言いたいところですが、ひとつお伝えしなければならないことがございます」

何だろうかと首を傾げると、アルフォンスは気まずそうな顔で口を開いた。

「侯爵様の指示もあったようで、今夜の件については、私が遣いの方からの知らせを受けることになりました。そのため、この出来事を邸宅で知っているのは、現時点で私だけなのです」

「っ……！　では、ウィルはまだ何も知らない……のか？」

「左様でございます。遣いの方がロジェリオ様がお戻りになる直前に来たため、ウィル様にはまだお伝えできておりません」

――いずれ伝わることだし、僕は謹慎の身だからこの邸宅に入らなければならない。

「ロジェリオ様、どういたしましょう？　私からお伝え――」

「いや、ウィルもいずれ知る事実だ。今から、直接僕が話をするよ」

アルフォンスは不安げな表情を浮かべながらも頷き、一緒に玄関へと歩き始めた。

そして、扉に手が届く距離まで来たちょうどそのとき、内側から扉が開き、聞き慣れた声が響いた。

「あ！　やっと帰ってきた！」

扉を開いた人物。

それは、夜会の出来事を何も知らずに、今か今かと僕の帰りを待ち構えていたウィルだった。

「兄様おかえり！　夜会どうだった⁉　……って、お父様とお母様は？」

純粋な目で、そう問いかけてきたウィルの言葉に後ろめたさが込み上げ、すぐに答えられない。

「あっ、分かった！　兄様はベルレアン家までリディ様を送ってきたんじゃない？　だから、お父様とお母様は兄様と別々に帰って来たんだろ？　じゃあ、お父様とお母様もそろそろ帰ってくるね」

ウィルの言うことを聞きながら、顔色がどんどん悪くなっていくのが分かる。

「それで、兄様！　リディ様の様子はどうだった？　まさか、婚約して初めてのファーストダンスで、リディ様の足を踏んでないよね？」

ウィルは、いろいろ気になって知りたくてたまらないのだろう。

——何から話したら良いのだろうか……。

そう思いつつ、僕はとりあえずウィルに言った。

「落ち着いたところで話そう」

◇　◇　◇

「それで、夜会はどうだった⁉　リディ様に良いとこをきちんと見せてきたよね？」

僕の部屋に入るなり、開口一番そう尋ねてきたウィルに、気まずさと申し訳なさが込み上げる。

——だが、単刀直入に言うしかないだろう。

僕はウィルの幻想を叩き割ることになるが、腹を括ってついに告げた。

「ウィル……すまない。僕はリディとの婚約を破棄することになった。それと、父上も母上も今日は帰って来ない」

今日の出来事を端的に伝える。

すると、ウィルは言っている言葉の意味が分からないとでもいうように、ぽかんと口を開いた。

「こ、婚約……破棄だって……？　え？　ちょっと待ってよ、兄様。僕の聞き間違いだよね」

「いや、聞き間違いではないよ。ごめん……、何もかも僕が悪かったんだ」

みるみるうちに、ウィルの目に涙が溜まり始める。

そして、ついに涙が零れ落ちるというその瞬間、ウィルが掠れた声を漏らした。

「う、嘘だ……。だって、条件を守ったら婚約は破棄しないっていう話だったはず……」

ここまで言って、すべてを悟ったのだろう。

ウィルは衝撃に目を見開いた後、すぐに表情を険しくし、聞いたことがないほど低い声で言った。

「まさか、この期に及んで兄様はあの条件を守らなかったのか……？」

「……っすまない、僕は守ることができなかった」

素直にそう言うと、ウィルは立ち上がり憤怒の形相で僕の胸倉を摑み捲し立てた。

「守れなかったじゃないんだよ！　守らなきゃいけなかったんだよ！　逆にどうしたら、あの条件を破れるんだ⁉　普段の夜会では問題を起こしたことがないのに、よりによって今日、いったい兄様は何をしでかしたんだ⁉」

「結論から言うと、今日の夜会で僕とエイミー嬢の弾劾の検討が行われた」

「は……？　弾劾の検討が行われた？　一体どうして……？　兄様は何の罪でどんな処分を受けたんだ⁉」

ウィルのこの問いかけに、僕は隠すことなくすべての罪と処分と、父上と母上が体調不良で王宮に一晩泊まることを伝えた。

すると、ウィルは蒼白になり、壮絶な表情で身震いをしながら言った。

「正直、全て思い当たる処分内容だけれど、どう考えても婚約破棄が起因でされた検討じゃないか。お母様は婚約が破棄されたら廃嫡すると宣言していたから分かるけど、風紀を乱したっていうことは、まさか兄様は今日の夜会であの女と何かしでかしたのか⁉」

「僕が……エイミー嬢とファーストダンスを踊ったんだ」

「は？　今夜か？」

信じられないと目を剝くウィルの言葉を肯定する。

刹那、ウィルは突き飛ばすように僕の胸倉から手を離すと、力無く項垂れながら声を発した。

「このクズ！　あり得ないだろう⁉　リディ様はそれに関して何も言わなかったのかっ……？」

「リディは僕とエイミー嬢がファーストダンスを踊ることが許せないと言ってきたよ。だけど、僕はエイミー嬢のデビュタントだからとファーストダンスを――」

「黙れ！」

ウィルが僕の言葉を遮り、顔を上げて叫んだ。

「言い訳するな！　リディ様は踊るなと言ったんだろ⁉　なら踊るなよ！　これは婚約者の常識的な意思表示だ。そもそも、踊るなと言われる時点でおかしいんだよ！　兄様も習ったはずだ。貴族女性にとってファーストダンスがどれだけ重要な意味を持っているのか。あの女のデビュタントなんて兄様には関係のないことだ！　なのに――」

「ああ。今考えると、ウィルの言う通りだ」

そう返すと、ウィルが一瞬息を詰まらせた後、今までよりも声を荒らげて叫んだ。

「今考えるも何も、今夜はリディ様にとって婚約後初のファーストダンスだったんだ！　考えるまでもないじゃないか！　こんな日に、リディ様が止めたのにあの女と踊るだなんてっ……」

ウィルはさらに僕に詰め寄り続けた。

「過去に何人かの女性が、夫や婚約者が愛人とファーストダンスを踊ったことを苦に自決したことがある。知らないとは言わせないぞ。つまり、兄様はリディ様の命より、性悪女を優先したんだ。そして、それが夜会で公然の事実になったんだ！」

喉奥から絞り出すような声で訴えるウィルの言葉に、僕は雷が落ちたかのような衝撃を受けた。

――確かに、あの時他の貴族たちがそんな話をしている声が少し聞こえてたっ……。

デビュタント記念としか考えていなかったが、他の人の目にはそう映っていたのか。

僕はどうしてこうも考えが足りないんだ？

知っているはずなのに、なぜそのときの気持ちだけで動いてしまったんだ⁉

「リディには本当に申し訳ないことをしたと思っている。だが、リディに死んでもらいたいなんて一切考えていないんだ！　僕にとってリディは、他の誰よりも大切なんだ！」

この僕の言葉を、ウィルがすかさず否定する。

「兄様がリディ様の死を願っているとは思わないよ。だけど、リディ様に心の底から申し訳ないと思っているようには見えないし、大切にしているようにも見えない」

「どうして――」

「この期に及んで言い訳している時点で、それを免罪符にしようとしているんだ。結局のところ、兄様はこうなるに至った過程を理解してもらいたい気持ちが強いんだよ。だけど、他人からすれば過程ではなく結果がすべてだ。なあ、兄様。リディ様が今どんな気持ちでいるのか、一度でも考えたか？　どうせ、とても傷付けてしまったぐらいにしか考えていないだろう？」

ウィルの言う通り、僕はリディを傷付けてしまったということだけを漠然と考えて、いつどこでどんな気持ちを抱えて傷付いていたかは、考えていなかったのかもしれない。

「確かに、その通りかもしれない。リディのことを傷付けたとは思っているけれど、リディが傷付くに至った気持ちを、汲み取り切れていなかったのかもしれない」

「かもしれないじゃなくて、そうだったからこんなことになったんだよ。それと、さっきからリディって言っているけれど、兄様はもう気軽にリディと呼べなくなったんだぞ。そう仕向けたのは自分自身だって分かっているか？」

——そうだ、僕は廃嫡されるし、良い別れ方をしたわけでもないからリディとは呼べない。

あんなに小さな頃からリディと呼んでいたのに、もう呼べなくなってしまったなんて……。

ウィルにそのことを指摘されると、止めどなく涙が溢れた。

「……僕は自分自身でこんな状況を作ってしまったんだな」

「ああ、そうだ。酷と言われようが何と言われようが、僕は兄様の唯一の弟だから言う。この事態を招いたのは兄様だし、こうならない道が提示されていたのに、その道を閉ざしたのも兄様自身だ！　泣きたいのはリディ様の方だ！　……っ、兄様が泣くんじゃない！」

「ウィル、すまなかった。どうか僕のことを気が済むまで殴ってくれ……」

「嫌だ！　兄様なんて殴る価値すらないんだよ！　それに殴って、今さら何かが解決するとでも？　殴っても意味ないって兄様が証明しただろ！　それに何度も言うけど、兄様が謝る相手は僕じゃなくてリディ様だ！　いい加減、惰性で生きるのはやめてよ……。兄様、変わってくれ！」

ウィルの心からの叫びが胸を深く突き刺す。

「お父様とお母様が帰って来ないと分からないから話は明日以降になるだろうけれど、兄様の今後の身の振り方はどうなっているんだ？」

「エイミー嬢が裁かれるまでこの家で謹慎して、その後、南の救貧院や孤児院に行く予定だ」

「そう。僕は正直、今日はこれ以上、兄様と話をすることはできそうにない。部屋に戻るよ」

ウィルは力なくそう言うと、とぼとぼと僕の部屋から出て行き、隣の自室に戻った。

僕は眠ろうとなんてとても考えられず、その背を見送った後、壁際の椅子に腰かけた。

すると、壁越しにウィルの部屋からくぐもったような泣き声が聞こえてきた。

——ああ、僕はこんなにも支えてもらっていたのに、皆に恩を仇で返してしまった。

涙が込み上げ自責の念が胸に渦巻く中、僕は未だかつてないほど長い一夜を明かした。

その翌日、父上と母上が帰宅した。

そして、夜会から三日が経過した本日、コールデン子爵夫妻が王都に到着したため、王宮でエイミー嬢の弾劾審理が開始されることになった。

第十一章　突然の訪問

弾劾の判決が言い渡されるということで、当事者であるベルレアン家からはお父様とお母様と私、ライブリー家は侯爵夫妻が、王命により登城することになった。

その他、高位貴族や文官など数人が立会人として参加することになり、今回は隣国の高官もいないということで、弾劾審理の仕切りは国王様自らがなさることになった。

――ああ、とうとう今日決着がつくのね。

大丈夫。今日集まる貴族たちに、どれだけ好奇の目を向けられようと臆する必要はないわ。

エイミー嬢に何を言われようと、一切気に留める必要もない。

そんな思いで王城への道のりを辿る。

ここまで腹を括ることができたのには理由がある。

それは、夜会終了後二日目にあった、あることがきっかけだった。

◇◇◇

「眠れないわ」

夜会があった日の晩から、ロジェとエイミー嬢に弾劾を求めた時の記憶が蘇り私はまったく眠れなくなっていた。

エイミー嬢にぶつけられた言葉が、頭の中をグルグルと駆け巡り消えないのだ。

そのときは怒りもあったから、エイミー嬢に言われた言葉に反論できた。

しかし、冷静になった今、私の脳内を支配するのは気が滅入るような疚《やま》しさだった。

私がロジェリオのことを好きにならなかったら。その気持ちをロジェリオに伝えていなかったら。彼と私が婚約していなかったら。

そんな思いが、彼女の言葉とともに想起されてしまうのだ。

もちろん、彼女の言葉はすべて真に受けるようなことでないのは分かっている。

ただ、エイミー嬢に言われた言葉がふと頭を過ると、どうしようもない切迫感や不安感に苛まれて、私は部屋から出る元気もなく、夜会以降はずっと部屋に籠もりきりになっていた。

しかし、夜会から二日後、ある人物の訪問が沈みきったベルレアン家の空気を一変させた。

「リディ様、本当に、本当にごめんなさいっ……」

応接間で私と向かい合って座り、そう言ったのはロジェの弟のウィルだった。

話を聞くに、どうやらウィルは兄の過ちを謝罪しなければと、いても立ってもいられず来てしまったという。そんなウィルの目は、見たことがないほど真っ赤になっていた。

――来た時から気になっていたけれど、相当泣いたみたいね……。

普段はこんな風に家に押しかけてくるようなことなんてしない冷静なウィルが、泣き腫らした目で来るということは、夜会での出来事を詳しく知ったからに違いないわ。

「夜会から帰って来てすぐ、兄様から夜会での出来事を聞いたんだ。それで、どれだけ兄様がリディ様に最悪なことをしたのかいろいろ知ったんだ。ただ、本人からの話だけじゃなくて、お父様とお母様からも聞こうと思ったんだけど、とても詳細に聞けるような状態じゃなくて……」

「ライブリー侯爵とジュリアナ夫人の体調は大丈夫なの？」

「今のところ、何とか。それより、僕はリディ様が一番心配だよ。一番嫌な思いをしたのはリディ様なのに、むしろこっち側の心配をさせてしまってごめんね……」

家門同士の繋がりのせいでこうなったとはいえ、罪のない子を、こんなにも優しいウィルを謝らせるように仕向けてしまったのは、結局のところ私よ。

ウィルがこの過度な罪悪感を吹っ切ることができるのなら、恨まれても仕方ない。

はっきりと言うしかないわね。

「ウィル、あなたが私を気にかけてくれる気持ちはありがたいわ。だからこそ、はっきりと言っておく。……実は、弾劾をするように進言したのは私なの。私は自分がされたことへの報復をした状態よ。だから、私はそこまでウィルに謝ってもらうような立場じゃないの。私はあなたのお兄様を――」

私の言葉を遮るようにウィルが言った。

「リディ様は何も悪くないよ！　弾劾されても仕方ないことをした兄様たちが悪いんだ！　それに、リディ様は兄様の処分で騎士の道を残してくれたじゃないかっ……」

そう感情的に叫んだ後、ウィルはぽつりぽつりと話し始めた。

「昨日、お父様たちから具体的な話を聞けなかったから、今朝こっそり王宮に行って、サイラス卿から聞いたんだ。あっ、サイラス卿のことは怒らないで！　僕が無理矢理聞き出したんだ！」

――そうだったのね……。

サイラス卿はどれだけ頼んだとしても、今のウィルが聞いたら精神的に参ることはきっと言わないだろうから、大丈夫なはず。

「安心して、ウィル。情報提供に協力してもらったこともあるから、彼のことは怒らないわよ」

「うん……ありがとう。ただ、もうどうしたらいいか分からないくらい申し訳ないんだ」

ウィルはそう言うと、両手を握り締め自身の額に押し当てた。

「最低なことをしたけど唯一の僕の兄様だから、その兄様のしたことは弟の僕も謝らないといけないと思って、ここに来たんだ。そうでもしないと、気が収まらなくて……」

ウィルはそう言うと、何かを思い出したように顔を上げてこちらを見つめた。

「兄様が気付かずにしでかした、僕には想像もできないようなことを、他にもリディ様にしていたんじゃないかと思うと、とても正気じゃいられなくて……」

そう言うと、ウィルは再び目に涙を滲ませた。

そんな彼を見て、私はとりあえずウィルの傷を癒やすことに専念しようと思った。

「ウィル。あなたの気持ちは、十分に伝わったわ。ただ、あなたが謝っている内容はすべて、あなたではなくてあなたのお兄様が謝ることなの」

私がそう言うと、ウィルは血が滲みそうなほど唇を強く噛みつつ、必死に声を絞り出した。

「っ……だって、僕がリディ様と一緒に買い物していてっ、兄様とあの女に会った時、もっと言っていたらって思うと……！　それに、僕が一番兄様に忠告できたはずなのにって思うと、どうしてもリディ様に申し訳なくて……。出しゃばりと思うけど、悔しくてっ……！」

そこまで言うと、ついにウィルは涙をボロボロと零し始めた。

――ウィルは責任感のとても強い子だから、自分を責めてしまっているのね。本当にエイミー嬢に言われた通り、私は自分の選択で周りの人を不幸にしているのかもしれないわ……ごめんね、ウィル。

ウィルの涙を見て、私も泣きそうだ。

ただ、私がウィルの前で泣いたら絶対にウィルはもっと罪悪感を募らせるはず。

だから、絶対に泣いてはいけないと、必死に涙を堪えた。

また、ウィルへ募る罪悪感から私がウィルに謝ると、ウィルが私に謝らせてしまったと罪悪感を再び抱いてしまうため、謝りたくなる衝動にも必死に耐えた。

「私にはウィルの気持ちが痛いほど伝わっているわ。けれど、一度お互いに冷静になってから、もう一度話をしたほうが良いと思うの。今はお互い心に余裕がない状態でしょう？」

そう言うと、ウィルはハッとした顔になり言った。

「そ、そうだよね。いても立ってもいられなくなって突然押しかけて、自分の気持ちだけを言ってしまって……。僕、またリディ様に負担をかけてしまってたよ。……本当にごめんね」

「ウィル、謝らないで。むしろ、私のために頑張ってくれて本当に頼もしかったわ。ありがとう。

だから、今度会ったときは謝罪なんて一切ないお話をしましょう？　ね？」

「リディ様……こんな状況でも優しいんだね。本当にっ……ありがとう。兄様がその優しさを自ら手離したことが悔やまれるよ。じゃあ、冷静になるためにそろそろお暇するね。今すぐは無理かもしれないけど、いつか絶対にリディ様に心配されないくらい強くなるから」

ウィルのその言葉を最後に、私たちはウィルを見送るため玄関へと移動した。

「ウィル、しっかり食べて、あなたは健康でいてね。心許ないけれど、これを持って帰って食べてちょうだい」

私は包んだカヌレを、少しでも励ましになればとウィルに手渡した。

「リディ様、本当にいいの？　っ……ありがとう」

ウィルはそう言って頭を下げると、切なげな微笑を湛えライブブリー家へと帰って行った。

ウィルが去った後、私は自室に戻りベッドに倒れこんだ。

「はぁ……」

つい口から声が漏れる。

ウィルはこれから、ロジェリオの弟というだけで、後ろ指を指されることになるかもしれない。

あんなにも良い子なのに、ウィルがそんな目に遭うかもしれないだなんて。

もちろん私自身も後ろ指を指されることになるだろうけれど、当事者だから自分で選んだ道だと思うことができる。

しかし、ウィルの場合はどう考えても彼のせいじゃない。

――ああ、私はエイミー嬢の言う通り、皆に不幸を振りまいているのかもしれないわ。私がいなかったら、こんなことにならなかったかもしれないし、誰かの人生に傷をつけることにもならなかったのかもしれない。

夜会の日以来まともに眠れていない私の頭では、負の思考連鎖が止まらなくなり、昼間だというのに、いつの間にか眠ってしまっていた。

再び目を開けると、あたりは真っ暗になっていた。

「もしかして、夜まで眠ってしまったの……？」

ロウソクが照らす時計に目を向けると、時計の短針は十二を過ぎている。

まさか、夜まで眠り続けていたとは思わず、驚きのあまり眠気はすっかり吹き飛んだ。

起きているとネガティブなことしか考えられない。この夜をどう明かしたら良いの？

その時、窓の方からコンコンと聞き慣れない音が聞こえた。

――何の音かしら？

ここは二階だし、鳥でもぶつかったのかしら？

怪我をしているのなら助けてあげなければと、恐る恐る窓の方に歩み寄る。

すると、鳥ではなく、バルコニーで月光を浴びる男性らしき人影が目に飛び込んできた。

思わず悲鳴を上げそうになる。

しかし、月を眺めるその横顔にふと既視感を覚え、私は叫び声を寸でのところで堪えた。

――あれは……アーネスト様⁉

だけど、一国の王太子がこんな夜中に、侯爵令嬢の部屋のバルコニーにいるわけがない。

ということは、もしかして私はまだ夢を見ているのかしら？

つい見入っていると、男性が突然こちらに顔を向け、私とその男性の視線がばっちり交差した。

その感覚が妙にリアルで胸がざわつく。彼は私と目が合うなり、窓越しに口を動かし何かを言う。

しかし、何を言っているかさっぱり分からない。

「夢なんだから、窓を開けても別にいいわよね」

そう言い聞かせるように呟き、彼が言おうとしていることを聴き取るべく窓を開けた。

「驚かせてごめん。君のことが心配で頭から離れなくて、夜中だがこっそり会いに来てしまった」

――本当に頼りになる人だから、夢の中でもアーネスト様は心配して来てくれるのね。

「アーネスト様、気にかけてくださってありがとうございます」

「いや、リディがお礼を言う必要なんていないよ。僕が君に会いたかったから来たんだ」

「アーネスト様は昔から変わらず優しい方で安心します。来てくださってありがとうございます。もう、正直どうしたらいいか分からなかったんです……」

一度口に出すと、堰を切ったように言葉と涙が溢れ、私はウィルへの罪悪感や自分の選択が正しかったのかについて、一方的にアーネスト様に思いを吐露した。

アーネスト様はそんな私の話を、いつもと変わらぬ真剣な表情で聞いてくれた。

「私が弾劾を進言しなかったら、ウィルがあんなにも傷付くことはなかったんじゃないか。私のせいでウィルのように傷ついた人がいるんじゃないか。私がロジェ……リオと、婚約していなかったら、皆が幸せなままでいられたんじゃないかと思い始めたら、止まらなくなって……」

現実ではこんなことアーネスト様に聞かせられない。

こうして、私は誰にも言えなかったことまで、すべて夢の中の彼に吐き出した。

「リディならそう思っているかもしれないと思って来たけど、やっぱり正解だよ」

まるで私の心の中をすでに見透かしていたかのようだ。驚いて反射的に彼を見上げると、切なげながらもどこか安心した表情で私を見つめるアーネスト様と視線が交わった。

「リディが申し訳ないと思う気持ちもすごく分かるよ。すぐに気持ちを切り替えることも難しいし、一度生まれた感情を消すことも不可能に近いと思う。ただね、知っていてほしいことがある」

そう言うと、アーネスト様は力強くも温かい声音で続けた。

「リディ、俺がロイルにいる間、君が俺の心の支えになっていたんだよ。君がいてくれたから、今日の俺が存在するんだ。もし、リディがいなかったら俺はこんなに心身ともに健康でいられるわけがなかった。これって幸せなことだろう？」

何と返したらよいのかわからなくて、どぎまぎして口を噤んでしまう。

しかし、アーネスト様はそんな私に優しい笑みを浮かべ、さらに言葉を続けた。

「リディがいてくれたから、帰国を諦めることなく、ロイルで頑張れたんだ。そんな君がみんなを不幸にする？　そんなことあり得ないよ。それに、ウィルがこんなにもリディを心配するのはどうしてだと思う？　リディが自分にとって悪の存在だったら、絶対に心配なんてしないよ」

あまりにも優しすぎる言葉をかけられ、止まりかけた涙が再び溢れ出す。

どんなに離れていても、困った時に助けてくれるのはアーネスト様だった。

「つまり俺が言いたいのは、今回の件で君が周りを不幸にしたなんてことはない。だから、自分をそんなに責めるんじゃない。俺を信じてくれないか？」

「夢の中でもこんなことを言ってくれるなんて……」

つい口を衝いて出た言葉に、アーネスト様は驚きの表情を浮かべ、慌てた様子で私の顔を覗き込んだ。

「リディ……まさか夢の中だと思っているのか？　現実だよ！　俺は今、確かにここにいるんだ」

「え？　ほ、ほ、本当に……⁉」

「ああ、本当だ。ほら」

アーネスト様はその証拠とばかりに、私の頬に伝う涙を拭った。

彼の指先の温もりが、微かに頬から伝わってくる。

その瞬間、覚醒した私は慌てて彼に問いただした。

「ど、どうやってここまで来たのですか⁉　二階ですし、警備も――」

「ポールに協力してもらってここまで来た後、また登って来たんだ」

――ああ、神様。この人は、どうして自らを省みないのでしょうか……。

「危ないですよ！　それもお城を抜け出して来るだなんて！」

「これくらい何も問題ないよ。リディが泣いているのに駆け付けないわけないじゃないか」

――そうだ、アーネスト様は私が心配だから来たと言っていたわ。だけど……どうして？

「リディ、もう少し話せたら良かったんだが、そろそろ時間切れのようだ。城に帰る前に、ひと言最後に言わせてくれ」

アーネスト様は少し急いだ様子でそう言うと、表情を凛と引き締めて続ける。

「君はもう少し自分のことを信じてほしい。誰かの人生をめちゃくちゃにしたという事実はない。リディの選択は間違っていないよ。エイミー嬢は自分で自分の人生をめちゃくちゃにしただけで、リディのせいではない」

「私の、せいではない……」

「ああ。今後リディ自身好奇の目にさらされたり、後ろ指を指されたりすることがあるかもしれない。だが、君は何も悪いことをしていないんだから、臆さず堂々としていれば良い。自分にとって負となる言葉よりも、信頼できる人の言葉を心に留めていてほしい。謂《いわ》れのない戯言を気にする必要もないよ」

確かに、アーネスト様の言う通りだ。

私は信頼できる人の言葉ではなく、周りの人からの負の言葉にばかり耳を傾けてしまっていた。

そちらにばかり気を取られて、普段から信じられる人の言葉を素直に受け入れられずにいた。

「アーネスト様……っありがとうございます！　そのお言葉、しかと胸に留めます」

私のその答えに、アーネスト様は「そうしてくれ」と言って優しい笑顔を見せると、あろうことかそのままバルコニーから飛び降りた。

私は驚き、慌ててバルコニーの柵まで駆け寄って下を覗き込む。

すると、無事着地し、既に走り出しているアーネスト様の姿が見えた。

「はあ……なんて人なの……？」

私は安堵して、その場にそのまま崩れ落ちるように座り込む。

私の心はいつの間にか軽くなり、靄《もや》が晴れて澄んでいた。

――本当に魔法使いのような人ね。

「アーネスト様、ありがとうございます……」

私は感じ入りながら呟き、ようやく心の呪縛に踏ん切りをつけることができたのだった。

第十二章　巡りゆく報い

会場には、エイミー嬢以外の出席者が全員揃っていた。

そうした中で、高位貴族や文官など数人の立会人の中央に位置する陛下が、聴衆を見渡しながら、弾劾審理開始の口火を切った。

「此度の件で、王女宮の尊厳が損なわれることとなった。色恋の話に止まらず、横領の事実も発覚したからだ。皆も知っての通り、貴族と市民では裁き方が違う。貴族の認定権を有しているのは、この私だからだ。前回は隣国の高官がいたため、王太子が代任した。だが、認定責任を果たすべく、此度は私自らが審理を取り仕切る。エイミー・コールデン、会場に入れ」

陛下の命令で、会場の扉が音を立てて開く。

扉の向こう側から衛兵に挟まれたエイミー嬢が姿を現した。

彼女はこの間とは違って、兵士に引き摺られることなく、俯きながらも自分の足で歩き、場の中心に立った。

弱り切っているのか、今の彼女はやけに大人しいのが不気味に見えて、参席している貴族たちは、あからさまではないものの驚いた表情を見せている。

陛下が宣言のため口を開いた。

「エイミー・コールデン、今からそなたの弾劾審理を始める。それに当たり、改めてそなたの犯した罪を述べる。ひとつは王女宮の風紀を乱したこと、ふたつは職務怠慢、三つは横領、四つは名誉棄損、五つは王室侮辱による不敬罪だ。この内容に誤りがあるという者は、今申せ」

陛下がそう言うと、くたびれた服を身に纏ったコールデン子爵が青ざめた顔で挙手した。

「コールデン子爵、何か言いたいことがあるようだな？　良いだろう、申せ」

エイミー嬢の父親である彼は、恐る恐るといった様子で話し始めた。

「お、王室から届いた手紙に、今陛下が述べられた罪状が記されておりました。しかし、これらを私どもの娘が犯したとは、とても考えられません。失礼を承知の上で、どうか質問させてくださいっ。……な、何かの間違いではないでしょうか？」

それを聞くや否や、エイミー嬢がバッと顔を上げてコールデン子爵夫妻に目を向けた。

そして、目に涙を溜めなぜか首を縦に振っている。

エイミー嬢のあまりの変わりように、私は唖然とする。子爵夫妻たちはこちらが戸惑うほど、娘がこんな過ちを犯すわけがないとでも言いたげな表情で、エイミー嬢を見つめていた。

しかし、その様子を意に介することなく、陛下はただ淡々と事実を述べた。

「間違いではない。そなたの娘は先の夜会中、皆の前でこの罪を認めたのだ」

陛下の言葉を肯定するように、参席していた貴族たちが次々と頷く。

陛下はコールデン子爵夫妻に娘がしでかしたことを理解させるべく、夜会での出来事やその際の言動について説明するよう、記録官に指示を出した。

説明を聞いている途中、コールデン子爵夫妻は顔を赤くしたり青くしたり白くしたりと、すっかり落ち着きを失っていた。説明を聞き終わるなり、コールデン子爵が口を開いた。

「へ、陛下。我が娘は取り返しのつかない、とんでもない罪を犯してしまいましたっ……。どうか、娘には己の犯した罪に相応する罰をお与えください！」

「お父様⁉　お母様⁉　ち、違うんです！　皆が私を――」

自身の父親の発言に驚いたのか、エイミー嬢は目を見開いて叫んだ。

しかし、そんなエイミー嬢の声に被せて、怒りで顔を赤く染め上げた子爵が低い声で言った。

「本当に違うと言うのなら、今から自分で証明するんだ」

「そんなこと無理に決まっているじゃないですか！　お父様！　私のことを見捨てるのですか⁉」

「見捨てるわけではない。罪を犯していなければ、弾劾など検討されないし、罰されることもない。ただそれだけだ」

コールデン子爵はそう呟くと、怒りを堪えるかのように堅く拳を握りしめた。

許可なしに言葉を発するのはご法度だが、それでもエイミー嬢を無視せず、彼女のために最低限の言葉を返している。

娘だからこそ突き放しきれないが、娘だからと励ましの言葉や甘い言葉をかけているわけではないという、エイミー嬢に対する子爵の愛が皮肉にも伝わってきた。

だからこそ、不思議に思う。

この人たちの子どもなのに、エイミー嬢はどうしてあんな性格になってしまったのかしら？

思わず首を傾げたそのとき、陛下がかなりドスの利いた声を発した。

「静粛に！　今は私語を許しておらぬぞ。今回は見逃すが、以後は許さん」

その言葉に、子爵とエイミー嬢は揃って表情を強張《こわば》らせ、子爵は深く一礼して口を噤んだ。

陛下は深くため息をついてから、改めて口を開いた。

「先日はエイミー・コールデンが弾劾の検討中に錯乱した状態になったためできなかったが、今日こそはエイミー・コールデンが受ける罰を発表する。発表後、異論がある者はその場で述べよ」

――最終的には陛下の判断だけど、どのような処分に至ったのかしら？　王室不敬罪もあったから、相当重いはずよ。

私はドクドクと自分の心臓の音が聞こえるくらい緊張しながら、陛下の言葉を待った。

「では、発表する。まず、犯した五つの罪を総合しエイミー・コールデンを懲戒免職とする。また横領罪は三年、不特定多数に対する名誉棄損は五年、王室不敬罪は三年とし、その累計として禁錮十一年の罰に処す。その後は反省次第で、修道院に送るかどうかを判断しよう」

陛下のその宣告に、会場内には微かなどよめきが走るが、陛下は平然と続けた。

「死刑もあり得る不敬罪の刑罰が軽い理由は、エイミー・コールデンの精神状態と、王女宮の主であるパトリシアの初期対応が遅れた不手際《ふてぎわ》を鑑《かんが》みたからだ。一方、名誉棄損が他の罰よりも重いのは、夜会後の告発により、エイミー・コールデンの虚偽の言動による名誉棄損で一名、幸い未遂に終わったが自殺を図った者が出たということが判明したからだ」

「「っ……‼」」

「ただ、自殺させてやろうという意志がエイミー・コールデンにはあったわけではない。よって、自身の言動により名誉を棄損された人間が自殺を図ったという事実を重く受け止めさせるという意図があるため、名誉棄損の罪が重くなっている」

この国では、科料、拘留、罰金、禁錮、懲役、死刑の順に罰が重くなる。

ただ、十一年という長い歳月、妙齢の貴族令嬢が働くこともできず、社会から隔絶された場所に閉じ込められたまま過ごすというのは、かなり重い罰だと容易に察せられる。

——禁錮十一年……陛下の説明を踏まえた上で彼女の犯した罪を考えたら、真っ当な判決ね。不敬罪だけで死刑になる可能性すらあるのだから。言葉は人を生かしも殺しも出来るもの……陛下の判断に私は異論ないわ。

エイミー嬢に目をやると、ばっちり目が合った。

すると、彼女はカッと眉を吊り上げ口を開く。

「——の——いよ。……あなたのせいよ！」

エイミー嬢の叫びに皆がざわめく中、私は誰にも気づかれないように小さくため息を吐く。

——あなたはまたそうやって、人のせいにするのね。

どう考えても自業自得なんだから、いい加減やめてほしい。

しかし、エイミー嬢は怒涛《どとう》の勢いで立て続けに言葉をぶつけてきた。

「ぜーんぶあなたの思い通りになって良かったですね！　裏切った婚約者も、その婚約者が好きになった女も、みんなあなたの前から姿を消すことになりましたよ！　深刻そうな顔でこっちを見てるけど、心の中では私を嘲笑《あざわら》っているんでしょう⁉　だって、婚約者という特別な立場でいながら、会ったばかりの女に相手を取られて悔しかったはずだもの！」

エイミー嬢は、どうやら人の心を逆撫ですることに関しては天賦《てんぷ》の才があるようだ。

彼女は嘲笑の笑みを消して怒り顔になり、さらに言葉を続けた。

「だからしつこく嫌がらせをしているんでしょう⁉　私はこんな罰を受けるいわれはないわ！　おかしいでしょう！」

絶叫に近い声を放つ彼女の様子は、まさに自暴自棄という言葉がぴったりだ。

今のエイミー嬢は正常な判断ができていないと容易に判断できる。

そう考えられるのもアーネスト殿下の言葉のおかげだと、私は込み上げてくる不快感や不安感を何とか落ち着かせ、平静を保った。

「……そなた、今この罰がおかしいと申したか？」

地を這うように低い声で言った陛下の表情には、怒りが滲み出ていた。

その様子を見てさすがに思うところがあったのだろう。エイミー嬢が焦ったように口を開いた。

「え？　あ！　そ、その！　わ、私が、こんなにも重い罰を受けるなんて、お、おかしいじゃないですか……？　確かに、私も反省すべき点はありますが、さすがにこの罰はおかしくないですかっ……？　だって、リディア嬢がいなければ、こんなことにはなりませんでしたし……」

彼女が全く反省していないことだけはよく分かった。

しかも、陛下に向かってあんな口を利くだなんて……死に急いでいるとしか思えないわ。

いつまでも私を敵対視している彼女にも、もううんざりよ。

聴衆の貴族たちも彼女の言動に異常さを覚えた様子で、ざわつき始めた。

そして、とうとうコールデン子爵がエイミー嬢を怒鳴りつける。

「エイミー！　何てことを！　お前がこんなことをしていなければ、リディア様もエイミー自身も嫌な思いをせずに済んだ！」

子爵は感情的に言葉をぶつけ、さらに強い言葉を放った。

「むしろ、リディア様の立場からすれば、エイミーがいなければこんなことにはならなかったかもしれないんだぞ!?　すべて自分自身が蒔《ま》いた種なのに、被害者のような物言いをするな！」

子爵がそう言い切ると、エイミー嬢は怒られたことに酷くショックを受けたような顔をした。

かと思えば、いきり立った様子で子爵に言い返し始めた。

「どうして、お父様は実の娘の味方をせずに、他所《よそ》の家の娘の味方をするの？　今まで私をそんな風に怒ったことなんて一度もなかったじゃない……！　それに私は、みんなが王都に行っても素直な心で過ごすようにと見送ってくれたから、その通りにしただけなのにっ……」

――そう言えば、彼女はこの間も〝素直に〟ということを強調していたわよね？

まさか、素直という言葉の意味を履き違えているんじゃないでしょうね？

そう思った瞬間、陛下の怒声が会場中に響いた。

「静粛に！　エイミー・コールデン。そなたの言い分はよく分かった。今、ここに集まる証人たちの目の前で、この国の王である私の下した罰がおかしいと申したな？　その言動は不敬にあたる上、リディア嬢の名誉を損ね、侮辱する発言だということに気付いているのか？　もしや、わざとか？」

エイミー嬢はそう尋ねられるなり、一瞬で顔面が蒼白になり、唇を震わせた。

どうやら、口は動いても言葉が思うように出てこないようだ。

「この国は相当のことがない限り基本的に罪刑法定主義に則っている。だから、私は今までの判例を踏まえた上で、そなたへの処分を下したつもりだった」

そう淡々と述べる陛下は、皆の注目が最高潮に達した瞬間、驚くべき発言を繰り出した。

「だが、そなたがこの罰をそんなにおかしいと言うのなら、望み通り罰を変えてやろう。今の発言により、そなたが反省していないということがよく分かった。よって、そなたの禁錮年数を二倍にしてやろう。二倍にしても罪刑法定主義の範囲内だ」

そう陛下が言い放った瞬間、会場中には今日一番のどよめきが走った。

「陛下はお優しいから、今までの判例や年齢を踏まえた上で、刑期を軽くして下さっていたのでしょうに、彼女は墓穴を掘ったわね」

「約二十年間も禁錮刑なら、四十歳頃になって刑が終わるのか。その年齢から、自分で生き抜く手段を見つけなければならないとは、なかなか辛い道だな」

「辛い道……ですか？　不敬罪を犯しているのに、死刑にならなかっただけましではなくて？」

小さい声ではあるものの、貴族たちがコソコソと会話する声が、否が応でも耳に入ってくる。

ふとコールデン子爵夫妻の顔を見ると、ふたりとも生気が抜け落ちたようだった。

――無理もないわ。

かわいがって育ててきた娘が何をしたか知っていたとしても、刑期二十二年と言われたら、あんな顔にならざるを得ないだろう。

エイミー嬢に至っては、絶望的そのものといった様子で、床を見つめジッと黙り込んでいる。

「皆、言いたいことがあるのならはっきり申せ。異論があるのなら聞こう」

陛下の言葉に、会場は一瞬にして静寂に包まれた。しかし、異論を申し出るものはひとりもいない。

「皆のその反応、私の判断に肯定と見做すぞ。では、最後の処分を述べる。コールデン子爵、そなたもエイミー・コールデンのいるところまで出てきて横に並びなさい」

子爵の顔は酷く青ざめていたが、陛下の指示通りエイミー嬢の横に並んだ。

「では、最終処分について述べる。エイミー・コールデンのしたことは、多くの人間に被害を及ぼすものであり、貴族にとって致命的と言えるものもあった。横領自体重罪な上、国庫に直結する職場での横領は忠誠義務違反による王室反逆とも見做せる。ただ、横領額を見ると、王室反逆の意図はなかっただろう。多くの無礼な言動も、不敬の意はあれど王室反逆の意はないと判断できる」

そこまで言うと、陛下はコールデン子爵に目を向けた。

「それに、エイミー・コールデンは今年がデビュタントの年齢だ。このことから、子爵、そなたたちの娘への貴族教育が十分ではなかったが故に、このような結果になったとも言える」

　この陛下の言葉に、子爵の肩が大きく跳ねた。

「また、子爵の管轄領地の経済状況が火の車になっていることは周知の事実だ。つまり、領民の見本になるべき立場の人間が道義的義務を果たしておらず、領民が安心して暮らせる経済環境が整えられていないという、コールデン子爵家の現状が証明された」

　陛下の表情が険しくなるにつれて、子爵夫妻の顔色はさらに青白くなっていく。

　それでもなお陛下は淡々と続けた。

「これらの出来事の全ては、ノブレス・オブリージュに反している。よって、これ以上そなたに領地を任せるわけにはいかない。経済問題だけなら国が援助できるが、そなたの娘の重罪がそれを不可能にした。故に、今日を以てコールデン家に爵位返上の処分を下す」

　コールデン子爵は諦めの滲む納得の表情で宣言した。

「その罰、しかとお受けいたします。今、この場を以て、子爵の爵位を返上いたします」

　子爵がそう言った途端、絶望で放心していたエイミー嬢が、慌てたように声を上げる。

「お父様！　どうして返上するの　お父様は何も悪いことをしていないじゃない！　私たちは貴族ではなく平民になるの？　お父様……どうしてそんなことを受け入れてしまったのです⁉」

　そう言ったかと思うと、命知らずな彼女は陛下に訴えかけ始めた。

「陛下！　罰は私が受けますから、お父様やお母様を巻き込まないでください！　お父様とお母様は何も悪くないのです！　陛下がおっしゃるのであれば、リディア嬢にも謝りますから！」

――この期に及んで、まだそんなことを言うのね。

陛下に言われたら私に謝る。つまり、自ら謝る意思が一切ないということが見て取れる。

私が正気でいる限り、何を言われたとしてもエイミー嬢を許すなんてことはあり得ないわ。

苛立ちと冷める気持ちで彼女を見つめると、陛下がさらに続ける。

「前回、そなたの言動が父母の処分に直結する旨を王太子は忠告したはずだ。今さら何を言おうともう遅い。その最後の機会を、そなたは自ら手折ったのだ」

「そ、そんな……。どうして……？　う、うそ、嘘よ……。こんなこと、現実なわけがないわ。私が今日から貴族じゃなくなるだなんて、どうやって生きていけば良いの……⁉」

エイミー嬢はかすれた声でそう呟くと、床に四つん這いになるようにへたり込み、涙を流した。

子爵夫妻は宿命を受け入れるように、背筋をピンと伸ばし、ただ前を見つめていた。

そんなふたりを平然と見つめる陛下は、エイミー嬢にとって最悪な処遇を口にした。

「そなたは今日からただの平民になった。よって、貴族たちが収容される牢獄ではなく、平民たちが使っている牢獄に収容することになる」

へたり込んでいたエイミー嬢が途端に驚きの表情を浮かべる。

そして、涙を流し両膝を突いて胸元で両手を握りしめ、懇願するように陛下に訴えかけた。

「どうか……どうかお願いです！　今まで私は貴族だったのです！　平民たちと同じ場所に収容されるなんて耐えられません！　私が罪を犯したときは貴族でした！　だから収容する場所も、せめて貴族と同じ場所にしてください！」

――何様のつもりで、そんなわがままを言っているの？　いい加減にしなさい！

自分の立場をまだ分かっていないどころか、全く反省していない彼女に絶句する。

どんな神経を持っていたら、そんな嘘みたいに非常識な発言ができるのだろうか。

周りの貴族たちも、自分の立場を理解せず、加えて平民を見下す彼女の発言に呆れ果てた様子で、一部の貴族に至っては彼女に侮蔑の眼差しを向けている。

子爵夫妻は必死に彼女を止めようとしていたが、これ以上勝手に話したり動いたりして罪が重くなることを避けたかったのか、彼女に向かって必死の形相で首を横に振っていた。

陛下は取り乱したり怒ったりすることもなく、ただただ冷静にエイミー嬢に言葉を返した。

「よし、分かった。そなたがそんなにも平民たちと同じ場所にいたくないというのなら、最後の願いとして要望を飲むとしよう」

「「えっ⁉」」

なぜ？　という声が聞こえてきそうなほど、皆が声を漏らし陛下を凝視する。

陛下は我々の視線を一切気に留めることなく、エイミー嬢にさらに問いかけた。

「場所も貴族が収容される場所にしてやろう。ただし、私の指示する場所は素直に受け入れるのだ。そこも嫌というのはもう許さない。絶対にそこに収容する。変更はもうなしだ。よいな？」

陛下の言葉に、エイミー嬢は感謝の言葉を述べた。

「この国の太陽であらせられる国王陛下の御慈悲に、深く感謝いたします！　平民たちと同じ場所でなく、貴族が使用する場所を陛下にご指示いただけるのなら、どこでも構いません」

――こんな風に言えるということは、貴族教育の一部はきちんと受けているみたいね。

それにしても、本当に浅はかで業の深い子ね。

初めて会ったときは、まさかこんな性格だなんて一ミリも思わなかったのに。

ところで、何故陛下は罪人の願いを聞くようなことを言い出したのかしら……？

正直言って、理解できない。そんな思いを抱えながら、私は陛下の言葉を待った。

参席している他の貴族たちも、怪訝そうに、あるいは不信感を纏った表情で陛下の言葉を待っていた。

エイミー嬢の返答にうんうんと頷きながら陛下の下した処分は、衝撃的だった。

「そなたの願いを考慮し、独房に入れてやろう」

〝独房〟と聞いた瞬間、エイミー嬢の表情はピキンと凍り付いた。

しかし、陛下は彼女に構うことなく、その場に参席していた刑務官長に問いかけた。

「刑務官長、今空いている貴族用の独房は、確かひとつしかなかったな？」

「はい、長期収容対応の貴族用の独房はひとつしか空いていません。しかし、貴族の中でもかなり悪質な人間が入る場所です。形ばかりの小さな窓には鉄格子がはめられ、昼間でも暗く、夏もですが冬は特に寒く雨が降ると湿気が酷いような場所です……本当によろしいんでしょうか？」

刑務官長は心配そうに陛下の顔色を窺うが、陛下は泰然として言葉を返した。

「良いのだ。本人が貴族の牢獄が良いと言ったのだから。そうだろう？　エイミー・コールデン」

「い、いや……。あの、陛下。わ、わ、私、まさかそのような場所とは思っていなくて……それなら、平民と同じでも……」

　顔を引きつらせ彼女がそう言うと、陛下はついに堪忍袋の緒が切れたのか怒りに顔を赤く染め、エイミー嬢を怒鳴りつけた。

「私はそなたに、私の指示する場所、かつその場所の変更はなしでよいのだなと皆の前で言質をとったぞ！　そなたは罪人だ！　何もかも思い通りになると思うな！　自分で選択したのだっ！　そなたは自分の犯した罪に対する罰を受ける立場だ！　先ほどからの言動の数々、いったい何様のつもりだ⁉　これ以上何か言おうものなら覚悟しておけ！　そうだ。言い忘れていたが、娯楽はもちろん、外部との交流も一切なしだぞ。隔絶された場所で、ひとり反省するがよい！」

　その発言に、参席者たちは胸をなで下ろしていたが、エイミー嬢や彼女の両親は絶望を隠すこともできず呆然としていた。

　陛下はさらに言葉を続けた。

「先ほどから、そなたの言うことを聞いていると、自分の犯した罪の重さを正しく理解しているとは到底思えぬ。そなたが今回の起こした出来事の中で、最も大きな被害を受けている者が誰かそなたは理解しているか？　申してみよ！」

　そう言われ、エイミー嬢は声を絞り出すようにして、ぼそりと呟いた。

「最もということは……誰、でしょう……。陛下……ですか？」

　耳を疑うようなその答えに、陛下は大激怒といった様子でエイミー嬢を怒鳴った。

「違う！」

その陛下の怒鳴り声の直後、エイミー嬢の父親の怒声も会場に響いた。

「エイミー！　お前が最も傷つけた人はリディア様ではないか！　若いから分からないのかもしれないが、リディア様はまだうら若き未来ある御令嬢だ。そんなリディア様の婚約を破談にし、名誉を傷付けた！　エイミーの行動は、リディア様の人生にとってとんでもない損害だ！　貴族令嬢にとって結婚がどれほど大事なものか、エイミーにも分かるだろう⁉」

切実なる子爵の思いが声となってエイミー嬢にぶつけられる。

しかし、彼女にそれが伝わることはなかった。

「私だって……私だってリディア嬢に傷つけられました！　私の方が人生もめちゃくちゃにされました！　リディア嬢がいなかったら――」

その言葉を聞いた途端、もう我慢できないという様子でコールデン夫人がツカツカとエイミー嬢の前まで行ったかと思うと、思い切りエイミー嬢の頬を打った。

「お母様！　ひど――」

言いかけたエイミー嬢の声を遮るように、コールデン夫人は逆側の頬も打ち、叫んだ。

「これだけの罪を犯しておいて、さらに一番の被害者であるリディア様のせいにするような発言をするなんて、いい加減にしなさい！」

ピシャーンと雷が落ちたかのような夫人の声が、会場に反響する。

エイミー嬢も驚いているのか、目を見開き言葉を詰まらせた。

「もし、あなたがいなければリディア様が今回のような被害を受け、お辛い思いをすることはなかったはず……！　一番辛いのは被害者の方たちよ！　あなたが不幸面するなんて図々しいにもほどがあるわ！」

エイミー嬢も受け継いでいるらしい華奢な印象の夫人の口から、容赦のない言葉が次々と飛び出してくる。

そして、夫人はひときわ強い言葉を彼女にぶつけた。

「はっきりと言うわ。今のあなたはもはや悪人！　いや、領地では天使のような子と思っていたけれど、今や天使の皮を被ったただの悪魔だわ！　それに……こんな風に育ててしまった私も悪魔よ……」

そう言うと、コールデン夫人は力なく項垂れ、その両目から大粒の涙を流した。

エイミー嬢の方は打たれた頬の一方に手を添えながら、放心状態になっている。

陛下の方を見るとちょうど目が合ったが、陛下はすぐに視線を戻して続けた。

「コールデン夫人、これ以上は何も言わなくて良い。さて、エイミー嬢の罰も収容所も決まったがこれは国が決めたものであり、ベルレアン家からの要望罰を聞いていなかったな。ベルレアン侯爵。もし要望があれば、今この場に参席している者が証人となるため述べよ。それはこの場で多数決を取り、可決されたものを最終決定とする」

その言葉に、お父様は即座に反応を示した。

「刑務期間や罰などは法に則ったものですから陛下の決定通りで一向に構いません。ただ、娘には心の平穏を保つためにも、一生エイミー・コールデンに関わらせたくありません。なので、今後一切娘が彼女に会うことのないようご配慮お願いいたします」

お父様のその要望に、私は心から安堵した。

彼女とはもう二度と関わりたくない。

彼女にとっても、それがきっと良いはずだ。

「本来ならば慰謝料を請求したいところです。しかし、領民に還元されるべき金銭を私たちの慰謝料にあてると、ただでさえ苦しい状況の領民を、より苦しめることになると思います。それは、我が娘も望んでおりません。そのため、家などの財産や貯蓄をコールデン家から没収し、元コールデン領地の今後の運営費に充て、慰謝料はいりませんから、どうかエイミー・コールデンに己の罪を自覚させてください」

そのお父様の言葉に、陛下はとある提案を口にした。

信じ難き現実〈コールデン子爵（エイミーの父）視点〉

ある日の早朝、王家の紋章の封蝋が施された手紙が速達で届いた。

紋章を見て、いったい何事かと不安感が押し寄せる。

——領地経営に関して、とうとう王家に見切りをつけられたのだろうか？

もしくは……エイミーに仕事上で何かあったのでは⁉

冷や汗をかきながら急いで手紙を開いた。

中を見ると、そこには気を失いそうなほど衝撃的な内容が書かれていた。

娘が犯したという罪がずらりと書き連ねられ、その末尾に王宮へ来るよう書かれていたのだ。

まるで、足元が切り崩されていくような感覚に襲われる。

――まさか、エイミーがこんなことをするなんて信じられない！

絶対に娘の濡れ衣を晴らしてやらねば……！

その思いだけで、急いで夫婦で王宮までやって来た。

途上で、エイミーが無実である確信を得るため、私は我が娘について思い返した。

エイミーはコールデン家直系の唯一の子どもとして生まれ、コールデン家の人間や使用人、領民までもが、それはそれは可愛がってくれた。

また、領地でエイミーと最も歳の近い人間は六歳上というくらい、歳の近い子がいなかった。

そのため、エイミーは大人たちに囲まれ、過保護と言っても良いような環境で大切に育てられた。

コールデン家は他の領地と比べ、領民と領主の距離が比較的近かったこともあり、田舎ということも相まって、エイミーは幼い頃から貴族よりも平民と話す機会の方が多く仲も良かった。

王女宮に出稼ぎに行く前は私が止めても、領民の農作業を手伝うこともあったほどだ。

そんなエイミーを見て、見目麗しくうら若い貴族の令嬢なのに平民と対等に接するとは、なんて優しい子なんだろうと大人たちなら誰もが口にした。

それほどまでに、我が領地においてエイミーは皆の人気者だった。特に大人たちからの人気は抜群で、いつも皆の中心で楽しそうに笑う姿が印象的だった。

しかし時が経つにつれ、エイミーと年の近い若者ほど、どんどん領地外に出て行った。

一度、エイミーと最も歳の近かった娘が領地を出て行くと聞き、どんな無礼も許すから出て行く理由を正直に話してくれないかと尋ねたことがあった。

そのときに言われ、今も忘れられない言葉が、ふと脳裏を過った。

『……一度でも良いから、私も誰かに見てほしいのです。私はここにいるんだと。そして、認めてもらいたいのです。だから私の居場所はここだと思えるような場所に行こうと思いました。ここにいてはそれが一生叶いそうにもないと思えたので。惨めな思いはもう十分ですから……。領主様、今まで本当にありがとうございました。両親のことをよろしくお願いいたします』

このときの私は、こんな田舎よりも自分の持つ力を余すことなく発揮できる可能性の高い王都の方が良いのかと思い、それ以上彼女の言葉を深く読み取ることはなかった。

それから数年が経ち、どんどん過疎化が進み領地経営が徐々に苦しくなっていった。

そのことを知ったエイミーは、十七歳になると自分が領地のために出稼ぎに行くと言い、王女宮に行った後は、宣言通り領地に送金してくれた。

領主としても親としても、娘の給与に頼らなければならない状況というのは情けなく心苦しくはあった。その一方で、こんなにも優しい子どもに育ってくれたのなら、今の領地は経済的に苦しくとも、きっとこの子の将来は明るいものになるだろうと思っていた。

だから、どうしても手紙に書かれたエイミーの罪状が信じられなかった。

しかし王宮に着き、私の思いはただの幻想にすぎないと痛いほど思い知った。

親としてこんなことを言ってはいけないと分かっているが、とても自分の娘とは思えなかった。

ついそう考えてしまうほど、エイミーはここ四カ月ほどで別人のように変わっていたのだ。

風紀を乱したということだけなら、まだ何とか理解することができた。

しかし、職務怠慢、横領、名誉棄損、不敬罪は話が違う。王宮に着くなりこれまでの経緯を聞かされ、私はここで死ぬのではないかというぐらいの憤りを初めて娘に対して覚えた。

その直後、自分が弾劾されつつあるにもかかわらず非常識な我が娘の言動に、卒倒しかけた。

何より驚いたのは、ベルレアン家の御令嬢であるリディア様へのあの態度だった。

自分の悪さを棚に上げ、リディア様に見当違いも甚だしいほどの怒りをぶつけている姿は信じ難いものだったし、とても許すことはできなかった。

犯した罪の重さはエイミーに自覚させなければならないと考えた。

だからこそ、私は凄まじい葛藤に苛まれながらも、陛下に自らの娘への処罰を求めた。

エイミーに自分を見捨てるのかと問われ、刑期を聞くと、つい心が揺らぎそうになったが、それでも私は彼女の親として撤回しなかった。

だが、虚しいことにエイミーには何も伝わらず、彼女は私の思いに反し自ら罪を重くしていった。

しかし、このように娘を育ててしまったのは私だ。

だからこそ、陛下が下した子爵位の剝奪も、己の罪ゆえだと受け入れた。

しかし、エイミーは違った。

彼女は貴族であることに酷くこだわりを見せ、牢獄は貴族用にしろとまで言い出したのだ。

――今まで領地の平民たちと楽しそうに過ごしていたのに、どうしてあんなにも平民という存在を嫌悪するような物言いをするんだ？

確かに貧乏とはいえ、今まで貴族として育ってきたのだから、もちろん抵抗感はあるだろう。

だが、私たちとは比べ物にならないほど高貴な御令嬢でもあるまいし、平民たちのことを下に見るような子ではないと思っていたのに……。

私たちが今まで見てきたエイミーは、すべて幻想だったのか？

何を信じてよいのか分からない。

――もう何も言わないでくれ。エイミーがこれ以上変わる姿を見たくない！　止まってくれ！

絶望感に浸りながら心の中で必死に叫ぶが、エイミーが劣悪な環境の独房に入ることが決定し、私の心にはさらなる絶望が押し寄せた。

それと同時に、そうなっても仕方がないと思ってしまった自分に対し、自分の教育で娘がこんな風に育ったのに、仕方がないと思う自分にも嫌気が差した。

だが、エイミーはそれでも文句を言った。

そんなエイミーの頰を妻が打ったのを見た時、止めようとは思えなかった。妻がぶつける言葉はすべて正論で、リディア様への申し訳なさがより募るばかりだった。

それにもかかわらず、ベルレアン侯爵は要望罰を尋ねられた際、領民と娘の罪はまた別の話として私情を押し殺し、領民を苦しめるようなことは求めてこなかった。

その代わりに唯一、娘に対する罰の追加でなく罪を認めさせることを求めた。

それを聞き、私は底なしの情けなさに包まれた。

――私の娘はあなたの娘をこれほどまでに愚弄《ぐろう》したのですよ？

記憶の中のエイミーが純粋過ぎるから、酷になり切れない自分がいる。

もっと言えば、このエイミーは偽者で昔のままのかわいいエイミーは別にいるんじゃないかとさえ思ってしまいそうになっている。

だからこそ、私と違いベルレアン侯爵は酷な判断が下せたはずなのに、そうはしなかった。

そもそも、そんなことをする価値もないと思ったのだろうか。

いずれにせよ、こんなにも素晴らしい人格者の侯爵やその御令嬢を苦しめてしまった。

そのことに、心からの申し訳なさと果てしのない罪悪感が込み上げた。

そのとき、陛下がベルレアン侯爵の要望に対しある提案を口にした。

「よし分かった。エイミー・コールデンがリディア嬢と、二度と会うことがないようにしよう。ただ、慰謝料の代わりに罪を認めさせるということについては、余からひとつ提案がある。罪を認めることは当たり前のことだ。しかし、今回の罪人にはその当たり前が難しい。よって、刑期の数え始めを、エイミー・コールデンが己の罪を自覚したと私が認めてからにするのはどうだ？」

陛下のこの提案に、この会場中の誰もが息を呑んだ。

「もちろん、罪を自覚させるよう働きかけもする。もしエイミー・コールデンが罪を認める前に私が亡くなったら、次代の王、つまり現王太子のアーネストが認めてからということになる。ゆえに、今からこの場に参席している者の五分の四以上の賛成で、本提案を決行する」

通常、罪人本人が罪を認めることで初めて刑が執行される。

けれど、罪を認めたと陛下が確認し、そこから刑期を数え始めるという事例は、今まで片手で足りる数ほどしか前例のないことだ。

罪を認めさせる拷問の代わりに、この方法が用いられると聞いたことはあったけれど……。

ただ、己の罪を認め、理解しなかったらいくら独房にいても何も変わらないわよね。

彼女はあまりにも反省していないどころか、自分の今の立場すら分かっていないもの。

私はこの陛下の提案に賛成よ。

私の場合エイミー嬢に個人的な怒りを抱えているから賛成だけれど、五分の四以上の賛成がなければ決行されないから、きっと反対する人はいるはずよ。

大丈夫、この提案を受け入れましょう。

そう心に決め視線を前に向けると、悪魔のような形相で私を睨むエイミー嬢が視界に入った。

この場にいる皆が、エイミー嬢の視線の先にいる私に気付いている。

しかし、誰もそのことに触れることなく、陛下は評決の案内を始めた。

「では、この提案に賛成の者は起立したまえ」

その言葉を聞くや否や、裁判官と立会人の全員が起立した。

五分の四以上の賛成どころか、満場一致だ。

彼女の両親ですら立ち上がっている。

彼女が反省していない様子が招いた結果だと、その場にいた誰もが思ったに違いない。

起立に躊躇いがありそうな人は見当たらなかった。

それから間もなく、全体を見回した陛下が口を開いた。

「皆も見て分かるだろう。本提案は満場一致の賛成を得た。これをもって、弾劾は成立という判決の下、此度の弾劾審理を終了とする。衛兵、エイミー・コールデンを独房まで連れて行け」

その声に応じ、衛兵が床にへたり込んだ彼女を立たせようとしたところ、エイミー嬢は衛兵の腕を振り払って叫び出した。

「嫌よ！　離して！　そんな場所にひとりで二十年以上もいないといけないなら死んだ方がましだわ！　お父様！　お母様！　助けてっ……！　リディア・ベルレアン！　絶対に許さないわ！　私のものを全部奪った挙げ句、こんな仕打ちをするだなんて！　これで終わりだと思わないことね！　あなたはたくさんの人間に恨まれている！　間違いないわ！」

「黙るんだ！　いい加減にしろ！　まだ罪を増やすつもりか⁉」

自身を連行している衛兵に怒鳴られ、これ以上暴れることのないよう強く抑え込まれた。

だが、彼女は臆することなく、衛兵の手を振りほどこうとしながら叫び続けた。

「……もうっ！　離してよ！　罪を認めるくらいなら死んだほうがマシよ！　私は悪くないの！　何も悪いことしてない！　嫌！　やめて！　助けて！　お父様！　お母様！　独房で二十年なん

て嫌よ……！　何で私がっ！　助けて！　いやぁぁぁぁぁぁぁぁ！」

エイミー嬢が会場を出てもなお、この断末魔のような絶叫はしばらく続いた。

彼女の父親は自身の娘の叫び声を聞き、エイミー嬢のところへ走り出そうとした。

だが、衛兵や夫人に止められ、それは叶わなかった。

エイミー嬢の声が完全に聞こえなくなり、ふと気づけばコールデン夫妻は見ていられないほど憔悴しきった状態になっていた。

貴族たちの中には、気分が悪くなり退室したり泣き出したりする者までいた。

一方で、満足そうな笑顔を浮かべている者もいた。

心の中ではどう思っているのか分からないが、大多数の人は感情を表に出さないようにしていた。

この弾劾にかかわった者は、皆エイミー・コールデンという人間の闇を忘れることはないだろう。

そう思えるほど、皆の記憶に色濃く残る強烈な弾劾騒動は、エイミー嬢の有罪という結果で幕を閉じたのだった。

――彼女は『あなたはたくさんの人間に恨まれている』と言っていたわね？

最後までなんて後味が悪いのかしら……。

そう言って、私を最後の最後まで嫌な気持ちにしたかったのでしょう。

けれど、何か引っかかる。

終わったのに、終わったという実感がまだ湧かない。

勘とでも言ったら良いのだろうか。

でも、これも彼女の策かもしれない。

私がすべきなのはエイミー嬢の言葉に囚われるよりも、アーネスト様がおっしゃってくれたように、自分にとって負の言葉よりも、信頼できる人の言葉を心に留めることだ。

今思い返すと、アーネスト様が来てくれなかったら、私は廃人寸前になっていたに違いない。

今度お会いする機会があれば、きちんとお礼を伝えましょう。

すぐには気持ちを切り替えられそうにないものの、こうして私はロジェリオもエイミーもいない新たな人生を歩み始めることになった。

それから数日後、王女宮侍女たちの処分が下された。

侍女長は自らの申し出もあり、懲戒処分という形で王女宮を辞すこととなった。

さらに、侍女長という肩書きのため元々子爵家の出自だが伯爵の位をもらっていた侍女長は、男爵位に下げられることになった。

その他、噂を流し始め辞めた張本人の侍女たちは、可哀想な事情があったにしろ、したことの罪の重さは変わらないということで、見つけ出されてすぐ懲戒処分になった。

噂を流し王女宮の風紀を乱したと認定された侍女たちも皆、此度の件で一斉に降格処分が下された。

こうして、春に始まった私の婚約から弾劾騒動まであっという間に時は過ぎ、季節はいつの間にか夏になっていた。

novel スピラ

侯爵令嬢リディアの美しき決断
～裏切られたのでこちらから婚約破棄させていただきます～

発行日 2025年4月17日　第1刷発行

著者　綺咲潔

イラスト　とよた瑣織

キャラクター原案　きよせ

編集　定家励子（株式会社imago）
装丁　しおざわりな（ムシカゴグラフィクス）
発行人　梅木読子
発行所　ファンギルド
〒160-0022 東京都新宿区新宿2-19-1ビッグス新宿ビル5F
TEL 050-3823-2233　https://funguild.jp/
発売元　日販アイ・ピー・エス株式会社
〒113-0034 東京都文京区湯島1-3-4
TEL 03-5802-1859 / FAX 03-5802-1891
https://www.nippan-ips.co.jp/
印刷所　中央精版印刷株式会社

ISBN 978-4-910617-34-3　Printed in Japan

コミカライズ版
第1巻発売中!!
裏切り者には
スカッとざまぁ
してみせます!
侯爵令嬢
リディアの美しき決断
The Lady Lydia's Beautifu Determination
～裏切られたのでこちらから婚約破棄させていただきます～
シリーズ累計
100万DL
突破!!!!
漫画 きよせ
原作 綺咲潔

転生先は殺されるはずの
モブ令嬢でした
～見知らぬ公爵様との婚約は想定外です～
千石かのん
illustration 秋鹿ユギリ
ワルツを3回踊っただけなのに…
モブな私が公爵様と偽装婚約!?
novel スピラ

著者：稲井田そう　イラスト：鈴ノ助